Werner J. Egli • Tunnelkids

cbt

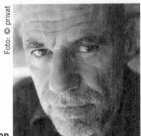

Werner J. Egli

Tunnelkids

cbt

 Band 30145

cbt – C. Bertelsmann Taschenbuch
Der Taschenbuchverlag für Jugendliche
Verlagsgruppe Random House

www.bertelsmann-jugendbuch.de

1. Auflage
Erstmals als cbt Taschenbuch Juli 2004
Gesetzt nach den Regeln der Rechtschreibreform
© 1999 C. Bertelsmann Jugendbuch Verlag, München,
in der Verlagsgruppe Random House GmbH
Alle Rechte vorbehalten
Lektorat: Frank Griesheimer
Umschlagfoto: Photonica, Hamburg
Umschlagkonzeption: init.büro für gestaltung, Bielefeld
If · Herstellung: IH
Satz: Uhl + Massopust, Aalen
Druck: Clausen & Bosse, Leck
ISBN 3-570-**30145**-1
Printed in Germany

SAN CRISTOBAL DE LAS CASAS, Mexiko (AP) – Indianische Rebellen zogen sich gestern in den Dschungel zurück und überließen drei Dörfer 12 000 Soldaten, die in dieses entlegene Gebiet von Mexiko einmarschierten, um einen blutigen Aufstand niederzuschlagen.

Aus dem *Arizona Daily Star*, im Januar 1994

Man nennt sie die Tunnelratten. Einer Gesellschaft, die ihre Kinder als Ungeziefer bezeichnet, fällt es dadurch leichter, sie als Ungeziefer zu behandeln.

Aus dem *Arizona Daily Star*, im Mai 1994

Santjago

Das Foto war von meiner Mutter und eigentlich war es gar kein Foto, sondern nur die Erinnerung an den Tag, als ein Touristenbus sich in unsern Ort verirrt hatte und der Weihnachtsmann aus der *American Bar* torkelte, um zum Fußballplatz zu gehen, wo die Kinder alle ein Geschenk erhalten sollten. Der Weihnachtsmann war ein Gringo, den wir im Dorf Papa Biddle nannten und der mir einmal einen Dollar Schweigegeld gegeben hatte, damit ich Vater nicht erzählte, dass ich ihn dabei überrascht hatte, wie er meiner Schwester mit seiner fleischigen Gringohand unter den Rock fasste, während er ihr eine kleine lustige Geschichte erzählte.

Es waren seither schon ein paar Jahre vergangen, aber ich erinnerte mich noch oft an diesen Weihnachtstag, der wegen all der Festlichkeiten überhaupt nicht richtig in mein Leben passte. Kurz vor zwölf Uhr mittags war Papa Biddle aus der *American Bar* getreten und in ziemlicher Schräglage über die Straße und über den Fußballplatz gegangen, zu der Stelle hinter dem Tor, die im Waldschatten lag. Dort hatten wir uns alle versammelt, etwa zweihundert Kinder aus der ganzen Gegend, einige sogar von weit entfernt, etwa vom Rio Pequi und aus dem Dorf San Isidro. Und wir bekamen alle unser Geschenk vom Roten Kreuz aus der zitternden Gringohand von Papa Biddle, an der die Fingernägel vom Tabak der dicken Zigarren so braun waren wie seine übrig gebliebenen Zähne.

Meine Mutter war da und meine Schwester Theresa und meine Brüder Miguelito und Francisco. Und meine Mutter hatte die Kleine auf dem Arm, Paolita. Und auf einmal hielt am

Rand des Fußballplatzes, der gleichzeitig der Marktplatz und der Festplatz unseres Dorfes war, dieser kleine Touristenbus, und die Leute aus aller Welt, die hierher kamen, um uns, die Nachkommen des Mayareiches, zu sehen, liefen eilig über den holprigen Platz, auf dem das Gras so spärlich wuchs, dass nicht mal eine einzige Ziege davon fett werden konnte.

Einer der Touristen, ein Gringo mit einem Bocksbärtchen und einem Geldbeutel, der ihm schwer in der Gesäßtasche seiner schlottrigen Hose hing, machte eine Blitzlichtaufnahme von meiner Mutter, gerade als Papa Biddle sich mit wehendem Bart vorbeugte, um Paolita das Weihnachtsgeschenk zu übergeben. Die Kleine schrie wie am Spieß und Mutter sah irgendwie verstört aus, wahrscheinlich weil ihr Biddle gerade seine Whiskeywolke ins Gesicht hauchte, und genau in diesem Moment drückte der Gringo mit dem Spitzbärtchen auf den Auslöser und der Blitz erschreckte Mutter zu Tode. Von diesem Tag war mir später besonders dieses Foto in Erinnerung geblieben. Der Gringo hatte es mit einer Polaroidkamera gemacht und zeigte es in Sekundenschnelle stolz herum, bevor er es meiner Mutter aushändigte. Ein Wunder war das an einem Tag voller Wunder, die sich jedoch nur in meinem Kopf abspielten, während ich meine geheimsten Wünsche zum Himmel schickte, zusammen mit dem Qualm der rauchenden Männer aus unserem Dorf, die vor einer Bodega saßen und Bier tranken, während sie Papa Biddle beim Verteilen der Geschenke gelangweilt zusahen und meine Mutter betrachteten, die einmal das schönste aller schönen Mädchen unseres Dorfes gewesen war, schöner noch und begehrenswerter als meine Schwester Theresa.

Dieses Weihnachten lag jetzt vier Jahre zurück. Das Gesicht meiner Mutter in Biddles whiskeygetränktem Atem. Der Schreck in den weit aufgerissenen Augen der Kleinen und Papa Biddles zerfurchte Knollennase, rot wie eine reife, schon leicht angefaulte Erdbeere.

Es war nicht das Foto, das ich seither bei mir trug, sondern die Erinnerung an das Foto. Wer sich jetzt im Besitz des Fotos befand, falls es überhaupt noch existierte, wusste ich nicht. Eine Zeit lang hatte es Mutter in der Hütte in unserem Dorf Los Chorros aufgehängt. Dann, als Vater weggegangen war, um mit Comandante Marcos an der Revolution teilzunehmen und für Gerechtigkeit, Freiheit und Demokratie zu kämpfen, war es verschwunden, und ich glaube, Vater hatte es während jener Zeit in der Brusttasche seiner alten Jacke getragen, direkt über seinem Herzen. Später, als er zurückkehrte und alle glaubten, dass die Rebellion nun vorbei wäre und die Regierung uns wenigstens ein Stück unseres Landes zurückgeben würde, da hing es wieder in der Hütte. Als ich es mir das letzte Mal genau angeschaut hatte, waren dunkle Flecken darauf, und ich wusste, dass es das Blut meines Vaters war. Vielleicht hing es noch immer dort, mit einem Nagel an einem der Pfosten befestigt, die das Hüttendach trugen.

Biddle war inzwischen tot. Hatte sich in der *American Bar* regelrecht zu Tode gesoffen. Einige Monate lang hatte Theresa in der *American Bar* als Serviererin gearbeitet. Sie lebte nicht mehr bei uns. Sie lebte mit einem jungen Mann zusammen, der Pedro hieß und in einer Sägerei in der Nähe von Acteal arbeitete, in der Bäume zu Brettern gesägt wurden. Sie hausten zusammen in einer Hütte, die ihnen von der Company, die das Sägewerk betrieb, zur Verfügung gestellt worden war. Theresa kam nie nach Hause. Nur einmal, da holte sie ihre Sachen, die noch unter ihrem Bett lagen, und ich fragte sie, ob sie diesen Pedro heiraten würde, und sie lachte und sagte, dass sie überhaupt noch nie daran gedacht hatte, jemanden zu heiraten. Aber schwanger war sie und ich hörte sie mit Mutter streiten und Mutter nannte sie eine Hure ohne Verantwortungsgefühl. Theresa lief aus dem Haus, und draußen wartete Pedro in einem Kleinlaster auf sie, der der Company gehörte. Bevor sie einstieg, blickte sie sich noch einmal um, ihr Bündel an sich gedrückt, als wäre es ein Baby.

Wo Paolita war, wusste ich nicht. Man hatte sie einige Wochen später weggeholt, weil Mutter sie zur Adoption freigegeben hatte, als unser Leben plötzlich kein Leben mehr war, sondern eine Qual. Damals begriff ich nicht, was das bedeutete. Adoption. Das war nur ein Wort für mich. Sonst nichts. Erst als irgendwelche Leute aus der Stadt herkamen und Paolita und Francisco holten, hatte ich begriffen, was los war. Ich konnte es in den Augen meiner Mutter sehen. Dunkle Augen. Wie Kohle. In ihnen konnte ich den Schmerz sehen. Das Leid. Ich lief in den Wald und weinte mir die Seele aus dem Leib, weil ich begriff, dass unsere Familie durch die Ermordung meines Vaters zu existieren aufgehört hatte. Unsere Familie war zerstört, unsere Blutbande zerrissen. Als ich nach Hause kam, war Mutter auf dem Feld. Miguelito saß in der Hütte und stierte in ein Loch. Ihn hatte Mutter nicht zur Adoption freigegeben. Niemand hätte ihn haben wollen. Irgendetwas mit seinem Kopf war nicht in Ordnung. Von Geburt an. Und da wollte ihn niemand haben. Außer Mutter. Sie liebte ihn. Mehr als Paolita oder Francisco. Vielleicht sogar mehr als mich.

Darüber hatte ich dann eine Zeit lang nachgedacht, aber ich verstand nie, warum Mutter nicht auch mich weggegeben hatte. Wochenlang dachte ich jeden Tag darüber nach und auch in der Nacht, wenn ich nicht schlafen konnte. Vielleicht war ich zu alt dazu. Zu rebellisch. Zu sehr davon überzeugt, dass ich meinen eigenen Weg gehen und mich niemals und von niemandem dabei aufhalten lassen würde.

»Dein Junge ist ein gefährlicher Junge«, hatten die Männer, die mich zu kennen glaubten, meine Mutter gewarnt.

»Du gibst diesen Jungen weg und es passiert ein Unglück«, sagten sie. »Er kann sich in sein Schicksal nicht fügen. Er nicht.«

Und so war es. Ich dachte, dass ich eine ganze Menge Menschen einfach umbringen würde, wenn man mich zur Adoption weggab. Ich war bereit. Der Tod bedeutete für mich nicht mehr viel. Der Tod war mein Freund. Ein Befreier von Qualen und Leid. Wer ihm sein Leben gab, der hatte Frieden.

Meine Mutter und ich, wir redeten kaum mehr miteinander.

Und dann, irgendwann als der lange Regen vorbei war, holte ich den Geldbeutel, den ich dem kleinen Gringo mit dem Spitzbärtchen unbemerkt aus der Gesäßtasche seiner schlottrigen Hose geklaut hatte, und verließ unser Dorf.

Ich ging auf der alten Karrenstraße durch den Wald nach Norden, und zwei Tage lang versteckte ich mich jedes Mal im Gestrüpp, wenn mir jemand entgegenkam. Am dritten Tag kam ich in die Stadt Tuxtla Gutierrez. Ich ging in einen Laden und kaufte mir ein paar richtige Schuhe und eine Hose und ein Hemd. Ich kaufte mir auch eine Mütze, weil der Wald hier am Fluss aufhörte und dahinter das offene Land lag, auf das die Sonne niederbrannte. Ich verließ die Stadt in der Nacht und ging im Mondlicht auf das offene Land hinaus, bis ich müde war. Dann legte ich mich hin und schlief, mit dem Geldbeutel in der Hose und die Finger meiner rechten Hand fest um den Griff der Machete geschlossen, die ich von zu Hause mitgenommen hatte.

So war das jeden Tag und jede Nacht. Ich war ein Fremder in einer fremden Welt. Ein Indianer, der von den Maya abstammte. Meine Muttersprache war nicht die der Menschen, denen ich begegnete. Ich hatte zwar Spanisch in unserer Dorfschule gelernt, aber meine Muttersprache war Tzotzil, und für alle Leute, die nicht zu uns gehörten, war ich ein Tzotzil-Indianer, obwohl meine Mutter eigentlich eine Mexikanerin war, die mein Vater aus einem weit entfernten Dorf geholt hatte, wo es keine Tzotzil-Indianer gab, sondern nur Mexikaner.

Ich traute niemandem und niemand traute mir. So war das auf meinem Weg nach Norden.

Bis ich in die große Stadt kam. Die Hauptstadt. Zwanzig Millionen Menschen lebten da. Ich versuchte, mir vorzustellen, wie das von hoch oben aussah. Ein Gewimmel von Millionen Ameisen auf einem Haufen. Und eine davon war ich. Die einzige, die keine Ahnung von nichts hatte und einfach herumlief. Mal dahin und mal dorthin. Bei Rot über die Straße. »He, bist du farbenblind, Junge?« Gegen den Strom. »Verdrück dich, Junge.« Und irgendwelchen Leuten über die Füße. »Entschuldigen Sie«, sagte ich. »Pass besser auf, wo du hintrittst, du Dreckskerl!«

Eine Ameise ohne Volk und Familie. Äußerlich unterschied ich mich nicht von den anderen Ameisen. Aber ich gehörte nicht zu ihnen. Ich war ein Außenseiter. Eine gefährliche kleine Ameise, der niemand in die Quere kommen sollte.

Da stand einer an einer Bude, wo es eiskalte Limonade gab. Ein Junge, der kaum älter war als ich. Der stand da und grinste.

»Wo bist du her, Freund?«, fragte er, der nur eine Ameise war, jung wie ich und vielleicht ohne Volk und Familie, was man ihm jedoch nicht ansah.

»Chiapas«, sagte ich und bezahlte den Becher mit der Limonade.

»Chiapas ist weit«, sagte er.

»Sehr.«

»Hast du auch einen Namen?«

»Santjago Molina.«

»Jesus.« Er streckte mir die Hand entgegen, an der zwei Finger fehlten. »Wie der, den sie für deine Sünden ans Kreuz genagelt haben.«

»Und wie ist es mit deinen Sünden?«, erwiderte ich misstrauisch.

»Du kannst mir vertrauen«, sagte er und lachte. »Ich bin einer wie du.«

Ich sah ihm in die Augen. Er war keiner wie ich. Er war wie Jesus. Sanft und ohne Hinterlist. Seine Augen waren die meiner Mutter, und die war wie Maria, bis Vaters Blut auf das Bild in meinem Kopf spritzte. Sie hieß Maria und so war sie auch.

»Wetten, dass du nach Amerika gehen willst«, sagte Jesus.

Er meinte die Vereinigten Staaten von Amerika. Das hatte ich noch in der Schule gelernt. Dass hier alles Amerika war. Von Feuerland bis Alaska. Amerika. Mein Land war es, Indianerland, das man uns gestohlen hatte und für das mein Vater an der Seite von Comandante Marcos gekämpft hatte. Aber wenn einer wie ich unterwegs war, war er unterwegs in die Fremde. Nach Amerika. Los Estados Unidos. Coca-Cola. Hollywood. Marilyn Monroe. Basketball und Disneyland. Das Land der Zombies, hatte es Papa Biddle genannt, obwohl er selbst ein Gringo war.

»Ich weiß nicht, wohin ich gehe«, sagte ich.

»Wetten, du gehst nach Amerika.«

Wir gaben uns die Hand, und er sagte, dass er wüsste, wo ich in dieser Nacht unterkommen könne.

»Meine Mutter wird dir ein Essen machen und du kannst in meinem Bett schlafen«, sagte er. »Bestimmt hast du seit vielen Tagen nicht mehr in einem richtigen Bett geschlafen.«

»Wochen«, sagte ich.

*

Ich ging mit ihm. Quer durch die Stadt. Er bahnte mir den Weg und benutzte dazu seine Ellbogen. Nein, er war nicht Jesus. Die Leute traten nicht ehrfürchtig vor ihm zurück. Er legte keinem der verkrüppelten Bettler, die vor den alten Kirchen und auf den marmornen Bänken hockten, die Hand auf den Kopf und erlöste sie von ihren Leiden und Sorgen. Er stieß Leute aus dem Weg, rempelte einen Mann an, der aus einem

Laden trat. Er lief vor mir her über die Straße, zwischen den Autos hindurch, und er lachte, als einer ihn anschrie, und er schüttelte seine Faust und schlug sie auf einen verbeulten Kotflügel, und er spuckte einem gegen die dreckverschmierte Windschutzscheibe, und das Geheul ihrer Hupen verfolgte uns, als wären sie alle eine Meute angeketteter Tiere.«

»Diese Stadt ist die Hölle«, sagte er. »Man kriegt mehr Abgase als Luft in die Lungen. Das Wasser ist verseucht, und wenn du einen Platz findest, wo du dich zum Sterben hinlegen kannst, fressen dir die Ratten die Sandalen von den Füßen.«

»Warum lebst du nicht woanders?«

»Woanders will ich nicht leben.«

Ich lief blindlings mit ihm, bis wir zu einer Blechhütte kamen, wo seine Freunde auf ihn warteten. Es waren vier, und ein Mädchen war bei ihnen, das zerrissene Jeans trug und ein löchriges T-Shirt.

»Das ist Santjago«, sagte er ihnen. »Er will nach Amerika.«

Sie musterten mich. So als hätte er ihnen gesagt, dass ich von einem anderen Stern käme. Das grüne Männchen aus dem All. Eine Ameise, die gar keine war. Nur das Mädchen lächelte mich an. Aus irgendeinem Grund machte mir das Angst.

*

»Wo hast du dein Geld versteckt?«, fragte mich einer.

»Ich habe kein Geld«, log ich ihn an.

»Du willst kein Geld haben?«

»Ich habe kein Geld.«

Er ging um mich herum. Hinter meinem Rücken blieb er stehen. Ich spürte ihn hinter mir, aber ich drehte mich nicht nach ihm um. Das Mädchen wagte ich nicht anzusehen. Ich sah Jesus an. Sah in seine Augen.

»Ich hab es dir gesagt«, sagte er. »Diese Stadt ist die Hölle und mein Name ist nur meine Tarnung.«

Der, der hinter mir stand, blies mir den Rauch einer Zigarette ins Genick.

»Ich frage dich noch einmal«, sagte er. »Wo hast du dein Geld versteckt?«

»Sag es ihm«, verlangte das Mädchen. »Sag ihm lieber, wo du das Geld versteckt hast.«

»Wenn ich Geld hätte, würde ich es euch geben.«

»Dann zieh die Hose aus!«

»Nein. Das werde ich nicht tun.«

»Du sollst dich ausziehen«, sagte das Mädchen.

»Tu, was er sagt«, sagte Jesus.

»Ich geh jetzt«, sagte ich, und ich ging auf die Tür zu, die nach draußen führte, raus aus dieser Blechhütte, wo der Fußboden schwarz war wie fest gestampfte Kohle und es nach Motorenöl stank. Ich wollte auf die Tür zugehen, auf die Lichtstreifen zwischen den Blechstücken, mit denen die Hüttenwände gebaut waren, aber sie stellten sich mir in den Weg, das Mädchen und die beiden anderen.

»Ihr könnt alles behalten, was in meinem Beutel ist«, sagte ich. Der Beutel lag am Boden. Sie hatten ihn durchsucht. Mein Zeug lag jetzt auf dem Boden verstreut. Sie wollten es nicht. Nur die Machete hatte einer von ihnen in der Hand. Er grinste mich an und zeigte mir meine eigene Machete.

Der, der hinter mir stand, drückte mir die Glut seiner Zigarette in den Nacken. Ich schrie auf, weil ich nicht darauf gefasst war. Der jähe Schmerz ließ mich aufschreien. Ein Schmerz, wie ich ihn noch nie gespürt hatte.

✳

Er stand mit gespreizten Beinen über mir und er sah groß aus und stark. Ich sah ihn nur verschwommen in den dünnen Lichtstreifen, die zwischen dem Wellblechdach und den Hüttenwänden hereindrangen. Er rauchte eine Zigarette und die

Asche fiel durch einen Streifen von Sonnenlicht, zerfiel in kleine Flocken, die leicht durch die Luft schwebten. Er hob den Fuß und trat mir in den Bauch.

»Du hast Glück«, sagte er. »Du hast Glück, dass wir dich nicht umbringen.«

Ich wollte ihm sagen, dass er mich umbringen soll, aber ich kriegte die Worte im Kopf nicht zusammen. Irgendetwas mit meinem Kopf stimmte nicht mehr. Er dachte alles Mögliche durcheinander. Er dachte, warum bringst du mich nicht endlich um, du Bastard! Und er dachte an das Foto. Das Gesicht meiner Mutter. Die angefaulte Erdbeere, die Papa Biddles Nase war. Paolitas Augen.

Und meine Augen sahen was anderes. Meine Augen sahen zurück nach Los Chorros und in unsere Hütte, wo mein Bruder Miguelito in ein Loch stierte, das er mit einem Stock in den Fußboden unserer Hütte gegraben hatte. Einfach in das Loch stierte er, in das ein kleiner Käfer hineingefallen war, der vergeblich versuchte herauszukriechen.

Blut riecht gut, dachte mein Kopf. Besser als Motorenöl.

Ich fror, weil ich nackt war.

Das Mädchen schaute mich an. Es lächelte nicht mehr. Es hatte Angst. Jetzt war es das Mädchen, das Angst hatte. Nicht ich. Ich war zu Hause. Ich sah den Käfer aus dem Loch kriechen und ich sah Miguelito den Fuß heben und auf den Käfer treten.

Jesus stand bei der Tür.

»Okay?«, fragte ihn einer der anderen.

Jesus machte die Tür einen Spaltbreit auf. Gleißendes Sonnenlicht verwandelte ihn in einen Schatten. Er streckte den Kopf durch den Spalt.

»Okay«, sagte er.

Die anderen gingen hinaus. Nur er blieb stehen und blickte zu mir herüber.

»Tut mir Leid, dass ich dich enttäuschen musste«, sagte er. »Wir könnten Brüder sein.«

Jetzt ging auch er. Er ließ mich in der Hütte zurück und ich blieb liegen und machte die brennenden Augen zu. Mein Herz polterte, als wollte es explodieren. Ich hatte Blut im Mund und in der Nase. Sie hatten mit ihren Fäusten und mit einem Stück von einem Leitungsrohr so lange auf mich eingedroschen, bis ich in die Knie fiel. Und sie hatten mir einen Ziegelstein an den Kopf geworfen und mich mit der Glut ihrer Zigaretten verbrannt, als ich nackt am Boden lag.

Ich wollte sterben, aber ich konnte nicht. Dann wollte ich leben. Ich nahm all meine Kraft zusammen und zog meine Hose an und das Hemd. Die Schuhe hatten sie mitgenommen. Ich hob den Beutel vom Boden auf und tat das Zeug, das sie mir gelassen hatten, hinein. Es war dunkel, als ich die Hütte verließ.

Die Stadt rumorte in einer Nacht, die nicht mehr Nacht war. Lichter überall. Ein Meer von Lichtern. Licht und Lärm. Der Himmel war Licht. Keine Sterne. Kein Mond. Lärm überall. Und Licht, hell und strahlend und schmutzig wie die stickige Nachtluft.

Ich ging eine Straße entlang und fand im Licht einer Lampe einen Brunnen, der einem Engel gewidmet war. Ein Mann lag da am Boden, ein alter Mann, dem das Licht der Lampe in das zerfurchte Gesicht schien. Weiße Bartstoppeln glitzerten. Er hatte den Mund halb offen, aber er atmete nicht. Der Mann war tot. War hierher gekommen, um Wasser zu trinken, hatte es aber nicht mehr geschafft. Der steinerne Engel blickte mit einem Auge auf ihn nieder. Das andere Auge hatte ihm jemand ausgeschlagen. Ich trank das Wasser, das nicht nach Wasser schmeckte. Ich wusch mir das Blut vom Gesicht und von den Wunden und kühlte die schmerzenden Brandlöcher in meiner Haut.

In einem Park legte ich mich in den tiefen Schatten blühender Büsche. Ich dachte an die Ratten. Ich schlief ein und erwachte, als mir ein Hund das Gesicht leckte.

Mendoza

Der Hund war ein kleiner, struppiger Köter, der nach Abfall roch. Er trug ein rotes Halsband aus Leder und von seinem linken Schlappohr fehlte ein Stück. Ich mochte Hunde. Bei uns streunten immer welche herum, die meinten, sie gehörten zu uns. Mein Bruder Francisco war mal von einer Hündin gebissen worden. Pedro Chavez, der Polizist von Los Chorros, hatte die Hündin danach mit einem Gewehrschuss getötet. Denn Hunde, sagte er, hatten kein Recht, Menschen zu beißen.

Dieser kleine, struppige Hund mit dem halben Ohr dachte wohl, ich bräuchte einen Freund. Als ich erwachte und ihn von mir stieß, begann er mich anzukläffen.

»Was willst du?«, fragte ich ihn.

Er raste im Kreis um mich herum und sprang dabei über meine ausgestreckten Beine. Das große Schlappohr flog neben seinem Kopf und das halbe Ohr war halb aufgerichtet. Als ob er vom Teufel besessen wäre, so raste er kläffend um mich herum. Ich versuchte, ihn zu packen, aber er wich meiner Hand geschickt aus.

»Hör auf«, rief ich ihm zu. »Mir ist schon ganz schwindelig.«

Er hörte auf und legte sich, ein paar Schritte entfernt, hechelnd ins Gras. Seine Augen halb geschlossen, tat er so, als blickte er an mir vorbei. Dabei wartete er nur darauf, dass ich versuchen würde, ihn zu packen. Wenn ich nur einen Finger rührte, hörte er auf zu hecheln. Er wollte mir zeigen, wie gewandt und schnell er war und dass es mir unmöglich gelingen würde, ihn zu greifen und festzuhalten.

»Du bist nicht so schlau, wie du denkst«, sagte ich.

Er grinste mich an. Die Zunge hing ihm seitlich aus dem Maul.

»Glaub nur nicht, dass ich einen Hund brauchen kann. Ich wüsste nicht mal, womit ich dich füttern soll.«

Ich war selbst hungrig. Das Letzte, was ich gegessen hatte, waren ein paar Tacos gewesen. Mit Hühnerfleisch und Bohnen.

»Komm her!«

Der Hund blieb liegen.

»Du sollst herkommen.«

Er gehorchte nicht. In meiner Hosentasche fand ich ein paar vertrocknete Tortillakrumen. Ich legte sie auf die Hand und streckte sie ihm entgegen. Er rührte sich nicht vom Fleck. Ich leckte mir die Krumen selbst von der Hand und legte mich wieder hin. Ich hatte keine Ahnung, wie viel Uhr es war. Mitten in der Nacht. Vielleicht drei Uhr. Ich lag da und konnte nicht mehr einschlafen. Ich stand auf und ging durch den Park. Den Lampen wich ich aus. Der Hund folgte mir. Ich hob einen Stein auf und warf ihn nach ihm. Ich wollte ihn nicht treffen, aber ich traf ihn am Bein. Er sprang japsend hoch und schnappte nach dem schmerzenden Bein, als hätte ihn dort eine Wespe gestochen.

»Siehst du, es wäre besser für dich, wenn du abhaust.«

Ich ging weiter. Als ich mich nach ihm umdrehte, sah ich ihn auf dem Weg im Schatten eines riesigen Gebäudes, das ein Museum war. Er humpelte stark. Ich begann zu laufen, aber ich hörte bald wieder auf, weil mein ganzer Körper schmerzte. Schmerzte, dass ich die Zähne zusammenbeißen musste. Ich setzte mich auf die Treppe einer alten Kirche in die warme Morgensonne. Unten auf dem Platz schob einer einen Handkarren zum Straßenrand. Dort klappte er den Kistendeckel hoch und es kamen drei oder vier Blechkübel zum Vorschein.

Aus dem Kistendeckel wurde ein Regal, auf das er Flaschen aufreihte. Der Inhalt jeder Flasche hatte eine andere Farbe. Verschiedene Grün. Verschiedene Rot und Gelb und Blau. Wie die leuchtenden Farben eines Regenbogens. Er spannte einen Sonnenschirm auf und hängte eine Tafel an den Ständer. Eiskalte Limonade für jeden Geschmack.

Zwei alte Frauen kamen die Treppe herauf und verschwanden in der Kirche. Eine Nonne kaufte einem kleinen Kind eine Limonade. Himbeer. Das Kind und die Nonne gingen Hand in Hand und teilten sich die Limonade. Ich grüßte die Nonne, als sie zu mir hochschaute, und sie nickte mir zu, als wüsste sie irgendetwas über mich, was sonst niemand wusste. Ich durchforschte mein Gewissen. Da war nichts. Kein Gewissen und nichts.

Ich stand auf und ging die Treppe hoch. In der Kirche war es so kalt, dass ich zu frieren anfing. Ich setzte mich hinten auf eine Bank. Neben einer Nische, in der ein Heiliger aus Stein stand, mit einem Kreuz in den Händen und auf nackten Füßen. Auf dem Sockel vor seinen nackten Füßen lag ein kleiner Opferkorb mit ein paar Münzen drin. Leute, die Kerzen anzündeten, legten Geld in den Korb. Es brannten etwa drei oder vier Dutzend Kerzen, aber im Korb lagen nur ein paar Münzen, die im Kerzenlicht blinkten. Mein Kopf begann zu denken. Er dachte an meinen Vater, der im Himmel war, falls es einen Himmel gab. Vielleicht war er auch in der Hölle, dafür dass er meiner Mutter mal die Zähne eingeschlagen hatte, als er betrunken nach Hause kam. »Wo immer du bist, es soll dir gut gehen«, betete ich. Ich stand auf. Beim Hinausgehen langte ich schnell in den Korb und klaubte ein paar Münzen heraus. Ich tat sie in die Tasche und verließ eilig die Kirche und lief die Treppe hinunter. Unten wartete der Hund. Er blickte mich an, wie die Nonne es vorhin getan hatte. So, als wüsste er, dass ich den lieben Gott beklaut hatte. Da trat ich ihm in den Bauch, und es kam so überraschend für ihn, dass er dem Tritt nicht ausweichen konnte. Er jaulte und sprang zurück und dann folgte er mir in einigem Abstand.

Ich ging über den Platz und in eine schmale Seitenstraße hinein, in der noch die Nachtschatten nisteten. Von den rissigen Hauswänden floss warm das Licht der Morgensonne. In den Fensterscheiben spiegelte sich der wolkenlose Himmel. In einer Metzgerei kaufte ich ein Stück Wurst. Das teilten wir uns. »Mach das nie wieder«, sagte ich zu dem Hund, aber ich sah in seinen Augen, dass er nicht begriff, was ich meinte. Er war nur ein Hund, und er leckte mir meine Finger ab und schielte nach meinem Fuß, mit dem ich ihn getreten hatte. Der Fuß war für ihn die Gefahr. Nicht ich. Dem Fuß wollte er nicht mehr trauen. Dummer kleiner Köter. Ich mochte ihn, weil er mein Freund war. Der einzige Freund, den ich hatte.

Auf einem Platz war Markt. Ich ließ einen Poncho mitgehen, aber jemand bemerkte es und rief nach der Polizei.

»Haltet den Dieb!«, rief ein Mann. »Dort läuft er mit seinem verdammten Köter!«

Wir rannten zwischen den Marktständen hindurch, und ein paar Leute versuchten, mich aufzuhalten. Ich warf den Poncho weg und rannte eine Frau über den Haufen, die mich am Arm packen wollte. Die Frau stürzte und riss einen Tisch mit Gemüse um. Ich rannte wie ein Hase, und ich dachte schon, dass ich es geschafft hätte, als mir ein Polizist seinen Knüppel auf die Schulter schlug. Rechts vom Hals. Es geschah so plötzlich, dass ich dem Schlag nicht ausweichen konnte. Ich spürte, wie etwas in meiner Schulter entzweibrach, und der Schmerz jagte mir Tränen in die Augen. Ich ging in die Knie. Der Polizist trat hinter mich und drückte mir seinen Knüppel gegen die Kehle. Mit beiden Händen hielt er ihn fest, und während seine Knie in meinen Rücken drückten, würgte er mir mit dem Knüppel die Luft ab, bis mir beinahe schwarz vor den Augen wurde.

»Wenn du einen Muckser machst, brech ich dir das Genick, du Kröte!«

Ich gab keinen Muckser von mir. Konnte ich gar nicht. Ich konnte nicht mal mehr atmen vor Schmerzen. Ich sah den Mann vom Marktstand, wo ich den Poncho geklaut hatte, mit schwingenden Fäusten auf mich zukommen. Er war dunkelrot im Gesicht und schäumte vor Wut.

»Das ist er!«, brüllte er.

Meine Ohren vernahmen seine Stimme, aber ich wollte ihn nicht mehr hören. Das Licht erlosch und der Lärm wurde leiser und hörte auf.

✳

Ich erwachte, weil ich pinkeln musste. Langsam, die Zähne vor Schmerz zusammenbeißend, richtete ich mich auf. Rechts von mir war eine Gittertür. Links eine doppelstöckige Pritsche. Auf der unteren Pritsche saß einer, der mich anstarrte. Er trug eine zerlöcherte Hose und ein schmutziges weißes Unterhemd, das nass war vom Schweiß. In seinem Mundwinkel hing eine Zigarette. Der Rauch kroch an seinem Gesicht hoch zu einem kleinen Gitterfenster oben in der Wand. Der Rauch kräuselte sich blau im Licht, das durch das Gitterfenster fiel und einen hellen Balken an die Wand warf, schräg von oben nach unten und abgewinkelt über die Ecke.

Der Mann beobachtete mich mit dunklen, müden Augen.

»Ich muss pinkeln«, sagte ich und versuchte aufzustehen.

»Du siehst aus, als hättest du mit Hunden gelebt«, sagte der Mann.

Ich verharrte auf allen vieren und würgte hervor, was ich im Magen hatte. Mein ganzer Körper zog sich wie im Krampf zusammen, und ich erbrach die Wurst und das Blut, das ich geschluckt hatte. Der Mann brüllte nach einem Mann, den er Capitan nannte. Capitan Mendoza.

»Ich versuche, diese Zelle sauber zu halten«, schimpfte der Mann. »Schau dich um. Alles ist sauber, verdammt noch mal!«

Ein Mann in einer khakifarbenen Uniform kam. Es war Capitan Mendoza, ein Polizist. Er hatte ein goldenes Abzeichen auf seinem Uniformhemd, einen Goldzahn im Mund und lauernde Augen, in denen ich nichts anderes sehen konnte als Bedrohung. Zuerst blickte er zwischen den Gitterstäben hindurch und sagte nichts.

»Was ist hier los?«, sagte er dann.

»Er versaut mir die ganze Zelle«, schimpfte der Mann auf der Pritsche.

Capitan Mendoza öffnete die Tür. Hinter ihm war ein anderer Mann, der einen Knüppel in den Händen hielt. Ihre Abzeichen blinkten wie Ornamente an einem Weihnachtsbaum. Das Foto fiel mir ein. Papa Biddle, der betrunken aus der *American Bar* gekommen war, um den Kindern die kleinen Geschenke vom Roten Kreuz auszuhändigen, und der große Weihnachtsbaum hinter dem Fußballtor, an dem bunte Ballons hingen und Girlanden und kleine Puppen aus Stroh. Und die Männer, die vor der Bodega saßen und meine Mutter beobachteten und meine Schwester Theresa.

»Was ist los?«, fragte der Capitan den Mann auf der Pritsche.

»Sieh nur, was er getan hat«, sagte der Mann. »Er hat gekotzt.«

»Er hat gekotzt?« Der Capitan lachte. »Du kannst froh sein, dass er nicht geschissen hat, du Wurm!«

Er kam zu mir und trat mir in den Bauch. Ich fiel vornüber und krümmte mich am Boden in meiner eigenen Kotze. Er stand vor mir. Breitbeinig. Die Daumen in den Gürtel gehakt. Als ich aufblickte, spuckte er mir ins Gesicht.

»Steh auf!«, sagte er.

Ich stand auf. Und wunderte mich, dass es mir überhaupt gelang, aufzustehen.

»Raus«, sagte er.

Ich ging hinaus. Der Mann draußen stieß mir den Knüppel in den Bauch.

»Warte«, sagte er. Ich blieb stehen.

Hinter mir machte Capitan Mendoza die Zellentür zu. Ich wartete und meine Beine wollten schlappmachen.

»Gehen wir!«, sagte der Capitan. »Vorwärts!«

Sie nahmen mich in die Mitte und brachten mich in einen Waschraum. Dort musste ich mich ausziehen, und sie schauten mir zu, wie ich mich unter die kalte Dusche stellte und das Wasser über meinen Kopf und meinen mageren Körper laufen ließ. Auch über die Schulter mit dem Bluterguss, dort, wo mich der Schlag getroffen hatte.

»Wasch deine Sachen!«, befahl mir der Capitan.

Ich wusch in einem Trog mein Hemd und die Hose.

Der Capitan trat hinter mich. Ich sah es am Schatten an der Wand. Ich spürte seine Hand auf meinem Rücken und ich spürte seinen Atem. Ich wusch die Hose mit Seife aus, versuchte, die Blutflecken aus dem Stoff zu reiben und nicht wahrzunehmen, was mein Rücken spürte. Seine Finger auf meiner nassen Haut. Sein Atem. Seine Stimme.

»Komm, Kleiner. Blas mir einen.«

Seine Hand kroch an meinem Nacken hoch. Er packte meinen Haarschopf und zerrte meinen Kopf in den Nacken. Ich stöhnte auf vor Schmerzen. Der Mann an der Tür lachte, während Capitan Mendozas Hand über meine Brust und meinen Bauch fuhr. Er packte mich zwischen den Beinen, packte meinen Penis und drückte die Hoden so fest, dass ich in die Knie ging. Er ging mit mir runter, bis ich am Boden kniete. Er richtete sich auf und zerrte mich am Haarschopf herum. Ich kniete vor ihm in einer Pfütze von Wasser und Seifenschaum. Es war still im Waschraum. Irgendwo fielen Tropfen auf ein Blech nieder. Der Mann bei der Tür hatte die Zähne gebleckt.

Sein Gesicht war wie eine hässliche Maske. Der Capitan ließ meinen Haarschopf los.

»Wenn du es gut machst, kannst du gehen«, sagte er.

Er begann, den Hosenladen aufzuknöpfen, und dabei lachte er ein heiseres Lachen.

Don Fernando

»Junge«, sagte der Mann. »Was tust du denn hier?«

Ich lag in der Nacht auf der Straße und die Scheinwerfer eines Autos blendeten mich.

Der Mann half mir, mich aufzusetzen.

»Ist das dein Hund dort drüben?«, fragte er.

Ich blickte in die Richtung, in die er zeigte. Dort lag der Hund am Straßenrand und äugte herüber, das halbe Ohr aufgestellt.

»Kannst du überhaupt reden?«

Ich nickte.

»Und du hörst mich?«

»Ja.«

Der Mann lachte auf.

»Ich bin auf dem Weg nach Hause. Auf dieser Straße fährt sonst niemand. Nicht zu dieser Stunde.«

Er zeigte in die Richtung, in die die Scheinwerfer strahlten. Die Straße war nicht wirklich eine Straße. Da waren nur lange, tiefe Radfurchen und rechts und links Gras, das im Scheinwerferlicht stand, kniehoch und jeder Halm ein gebogener Strich vor dem Nachthimmel.

»Es sind etwas mehr als sechs Kilometer bis zur Hacienda Bosque Redondo. Und zwischen hier und dort ist nichts. Nur die Straße und die Nacht mit ihren Sternen und dem Mond.« Er lachte. »Ich weiß nicht, was Carmelita dazu sagen würde, wenn ich mit dir und deinem Hund nach Hause käme.«

Ich setzte mich auf. »Wer ist Carmelita?«, fragte ich.

»Meine Tochter«, sagte er. »Ich habe fünf Töchter und drei

Söhne gezeugt. Carmelita ist die Jüngste. Vor sechs Jahren wurde sie geboren.«

Ich starrte ihn an. Er kauerte neben mir auf der Straße und das weiße Hemd leuchtete im Scheinwerferlicht. Wie ein Haciendero sah er nicht aus. Eher wie ein Geschäftsmann aus der Stadt. Er trug eine rot und blau gestreifte Krawatte lose um den Hals, der oberste Knopf seines Hemdkragens war geöffnet. An seinem linken Handgelenk funkelte das Gold einer Uhr.

»Wie heißt du, mein Junge?«, fragte er.

»Santjago«, sagte ich.

»Und woher kommst du?«

Ich deutete mit dem Kopf in die Dunkelheit hinaus. Irgendwohin. Irgendwohin, wo ich einmal aufgebrochen war, um nach Amerika zu gehen. Irgendwohin, wo mein Vater lag und wo die Rebellion zu Ende gegangen war und unser Land immer noch denen gehörte, denen es nicht gehörte, und wo die Welt nicht mehr hinschaute, seit keine Schüsse mehr fielen und keine Soldaten mehr starben und keine Dörfer überfallen wurden und kein Blut floss.

»Du bist nicht aus der Stadt, nicht wahr?«

»Nein.«

»Woher bist du dann?«

»Chiapas.«

Er nickte, als hätte er es gewusst.

»Dann bist du ein Indianer? Ein Tzotzil?«

»Das bin ich.«

»Und du bist ein Zapatista, der aufgegeben hat und davongelaufen ist.«

»Mein Vater war ein Zapatista«, sagte ich. »Er war ein Zapatista und er war mein Vater und der Vater meiner Brüder und Schwestern.«

»War er ein Mitglied der Gruppe, die sich *Las Abejas* nennt, die Bienen?«

Ich nickte. »Fast alle in unserem Dorf gehören dazu. Sie sind stolz darauf, fleißige Landarbeiter zu sein.«

»Es ist eine politische Gruppe, die sich gegen die Regierungspartei auflehnt. Manchmal schreiben die Zeitungen, dass es sich um linksgerichtete Rebellen handelt.«

Ich schwieg.

»Das schreiben die Zeitungen.«

Ich schwieg.

»Es seien Kommunisten, heißt es.«

Ich schwieg.

Er lachte. »Die Zeitungen schreiben viel«, sagte er. »Papier nimmt alles an, ohne rot zu werden. Was geschah mit deinem Vater?«

»Er wurde ermordet.«

»Während der Rebellion?«

»Nein. Er wurde ermordet, als alle sagten, dass niemand mehr ermordet würde.«

»Und nun bist du auf dem Weg in die Vereinigten Staaten, stimmt's?«

»Ja.«

Er lächelte. Seine Zähne waren weiß wie sein Hemd und über der Oberlippe trug er einen Schnurrbart, schmal wie ein Strich.

»Kannst du mit Pferden umgehen, Santjago?«

Ich nickte. Pferde liefen bei uns herum wie Hunde. Ich konnte sie alle reiten. Ohne Sattel. Einige sogar ohne Zaumzeug und Zügel.

»Ich werde Pedro fragen, ob er einen Gehilfen braucht«, sagte er. »Wenn er dich brauchen kann, zahle ich dir einen Lohn als Pferdeknecht. Viel ist es nicht, aber ich glaube, du könntest das Geld gut gebrauchen. Deine Taschen sind leer, nicht wahr?«

»Ich habe nichts mehr.«

»Hat man dich in der Stadt ausgeraubt?«

»Ja.«

»Die Stadt ist kein sicherer Ort. Nicht für einen Jungen aus Chiapas, der sich nicht auskennt. Mein Sohn Ronaldo geht in der Stadt auf die Uni, aber das ist eine andere Welt. Eine Welt, die für dich nicht existiert. Er kommt manchmal übers Wochenende nach Hause. Er will Politiker werden und mit der Korruption aufräumen, wenn er einmal in die Regierung gewählt wird. Er ist jung und voll gestopft mit Idealismus und Vertrauen in eine bessere Zukunft für Mexiko. Er erinnert mich sehr an mich, als ich ein junger Mann war und auf die Uni ging. Ich wollte mit der Armut aufräumen. Genau wie er. Korruption und Armut, die gehen Hand in Hand. Mein Sohn Ronaldo wird im Laufe seines Lebens viele Enttäuschungen erleben, aber vielleicht hat er die Kraft, nicht aufzugeben, selbst wenn alles aussichtslos scheint.«

Ich fragte ihn nach Wasser.

»Tut mir Leid, mein Junge, aber ich habe kein Wasser dabei. Wenn du aufstehen willst, helfe ich dir. Und dann fahren wir nach Hause. Auf dem Weg dorthin ist ein Bach und zu Hause wird dir Maria eine Mahlzeit zubereiten und zu trinken geben.«

Er half mir tatsächlich aufzustehen. Es machte ihm nichts aus, mich anzufassen.

»Weiß deine Mutter, dass du auf dem Weg in die Vereinigten Staaten bist?«, fragte er, während er mich in das blendende Licht hineinführte.

»Ja«, sagte ich nur.

Der Hund kam hinter uns her.

»Wie heißt dein Hund?«, fragte er.

»Er hat keinen Namen«, sagte ich.

»Carmelita wird ihm einen Namen geben.«

Er half mir einzusteigen. Das Auto war ein neuer Pickup,

der im Innern nach Leder roch und nach seinem Eau de Cologne. Da war auch leise Musik. Irgendeine Musik, die mir fremd war. Geigen und so. Engelsmusik. Teufelsmusik. Neben mir, zwischen dem Fahrersitz und meinem, lag ein Telefon. Im Rückspiegel sah ich, wie der Mann den kleinen Hund auf die Ladefläche hob, und der kleine Hund rollte sich hinter der Fahrerkabine zusammen und versteckte seine Schnauze irgendwo zwischen seinen Hinterpfoten. Die ganze Zeit, während ich eingesperrt gewesen war, musste er auf mich gewartet haben.

Der Mann stieg ein.

»Übrigens«, sagte er, »ich bin Don Fernando Ochoa de Coronado. Manchmal steht mein Name in den Zeitungen.«

Er griff nach dem Telefon und wählte eine Nummer.

»Antonio, sag Maria bitte, dass ich auf dem Weg nach Hause bin und einen Gast mitbringe.«

Er legte den ersten Gang ein und fuhr an, den Telefonhörer am Ohr.

Er lachte.

»Nein, Antonio. Du brauchst Silva nicht zu alarmieren. Es ist schon alles in Ordnung… Nein, es ist ein Junge. Ich habe ihn auf der Straße aufgelesen. Man hat ihn ausgeraubt und zusammengeschlagen.«

Er brauchte nicht zu schalten, da der Pickup mit einem automatischen Getriebe ausgestattet war. Ich hatte keine Ahnung von solchen Dingen, aber später erklärte er mir alles, was ich wissen musste, und vieles mehr.

»Ja. Wir sind in zwanzig Minuten daheim«, sagte er. Und dann: »Natürlich weiß ich, dass es nach Mitternacht ist, Antonio. Es war ein anstrengender Tag.«

Er legte auf.

»Das war mein zweitältester Sohn Antonio. Er hat sich Sorgen um mich gemacht, dabei habe ich schon um elf angerufen, als ich in der Stadt losfuhr.«

Er schwieg eine Weile. Hing seinen Gedanken nach.

»Ich bin Bundesrichter«, sagte er schließlich. »Deshalb steht mein Name manchmal in den Zeitungen.«

Wir fuhren die Straße entlang.

»Du liest bestimmt keine Zeitungen.«

Der Pickup schaukelte und tanzte in den Radfurchen. Ich musste mich an einem Haltegriff an der Tür festhalten.

»Die Straße ist von den Winterregen ausgewaschen«, sagte er. »Es hat viel geregnet dieses Jahr. Alles ist grün. Das Vieh hat viel zu fressen auf den Weiden. Es wird ein gutes Jahr werden für die Ranch. Da kann ich es mir erlauben, einen Pferdeknecht zu bezahlen.«

Ich starrte durch die Windschutzscheibe hinaus. Ein Coyote tauchte im Scheinwerferlicht auf und verschwand sofort wieder.

»Don Coyote«, sagte er. »Es gibt kein schlaueres Tier als ihn und trotzdem geht er uns immer wieder in die Falle.«

Wir durchquerten ein Flussbett, das beinahe ausgetrocknet war. Er hielt an und schöpfte mit beiden Händen Wasser.

»Hier, trink!«, forderte er mich auf, und ich beugte mich nieder und trank ihm aus den Händen.

*

Die Hacienda Bosque Redondo befand sich in einem weiten, hoch gelegenen Tal, dessen Nordhänge bewaldet waren. Die Straße führte über einen Hügelrücken hinweg in zwei oder drei langen Kurven in das Tal hinein. Im Scheinwerferlicht sah ich Kühe mit Kälbern auf den Weiden zu beiden Seiten der Straße, und einige standen am Straßenrand und auf der Straße, sodass Don Fernando hin und wieder auf die Hupe drücken musste, um sie zu verscheuchen. Vor uns tauchten Lichter auf und die dunklen Umrisse großer Corrals, in denen mehrere Dutzend Pferde standen.

Die Hacienda selbst bestand aus mehreren Gebäuden. Eines davon war das Wohnhaus, ein wuchtiger weißer Klotz mit einer Umfassungsmauer und einem mächtigen Torbogen und einem Turm, der aussah wie ein Wachturm. Die anderen Gebäude, erklärte mir Don Fernando, waren Stallungen und Gebäude, in denen Geräte und Werkzeuge untergebracht waren. Außerdem gab es mehrere kleine Häuser, in denen Vaqueros wohnten, ein Gemeinschaftshaus mit einem Essraum und einer Küche und das Haus des Caporal, der Raul Viera hieß und eine Familie hatte. Pedro Legarra, der für die Pferde verantwortlich war, wohnte in einer Kammer im Stall, weil er nirgendwo schlafen konnte, wo es nicht nach Pferden roch.

Es war nach Mitternacht, als wir ankamen. Überall brannten Lichter, sodass die Hacienda und ihre unmittelbare Umgebung taghell erleuchtet waren. Außerdem sah ich, dass sich auf dem Turm ein Mann bewegte, der ein automatisches Gewehr in den Händen hielt.

»Sie haben auf meine Rückkehr gewartet«, sagte Don Fernando. »Früher, bevor ich ein Telefon im Auto hatte, fuhr ich zu solch später Stunde nie allein. Der Mann dort auf dem Turm, der hat mich auf Schritt und Tritt begleitet. Sein Name ist Silva. Señor Silva. Du wirst ihn kennen lernen.«

Er hielt vor dem großen weißen Wohnhaus mit der Veranda, deren Ziegeldach von dicken weißen Säulen getragen wurde. Eine Treppe führte zur Veranda hoch. Sobald er den Pickup angehalten hatte, tauchte von irgendwoher ein Mann auf und öffnete ihm die Tür.

Er stieg aus und kam um den Pickup herum und öffnete mir die Tür. Als ich ausstieg, wollte er mich beim Arm nehmen und stützen, aber ich sagte ihm, dass ich seine Hilfe nicht brauchte. Er lächelte nur und ließ mich aussteigen. Auf der Veranda standen Leute im warmen Licht einiger Lampen. »Carmelita, mein Schatz, solltest du nicht längst im Bett sein?«, rief er einem

Mädchen zu, das in einem knöchellangen Nachthemd am oberen Ende der Treppe stand.

»Ich habe geschlafen, aber dann bin ich aufgewacht«, sagte eine helle Mädchenstimme. »Wen hast du mitgebracht, Papa?«

Er wandte sich zu mir um. »Komm«, sagte er, »du sollst meine Familie kennen lernen.«

Er war sehr stolz auf seine Familie. Wie ich später erfuhr, war er überhaupt ein sehr stolzer Mann, weil er ein gutes und glückliches Leben führte, obwohl seine Frau bei der Geburt von Carmelita gestorben war.

Der Mann, der ihm die Autotür aufgemacht hatte, fuhr den Pickup in eine Garage. Oben auf dem Turm beugte sich der Mann mit dem Gewehr über die Brüstung. Señor Silva.

»Alles in Ordnung?«, rief er.

»Alles in Ordnung, Umberto«, rief der Haciendero zu ihm hinauf. »Er ist ein Junge aus Chiapas, der in der Stadt ausgeraubt wurde.«

»Ich werde ihn mir morgen genau ansehen«, rief der Mann zurück. »Ein Junge aus Chiapas kann eine Ratte mit spitzen Zähnen sein.«

Der Haciendero lachte und ging vor mir her, die Treppe hoch. Seine Tochter Carmelita fiel ihm um den Hals und er küsste sie und sie küsste ihn. In der Tür stand eine Frau, die ihr schwarzes Haar straff zurückgekämmt und zu einem Knoten gebunden hatte. Sie blickte mich mit ihren dunklen Augen argwöhnisch an.

»Das ist Carmelita«, sagte er und nahm das Mädchen bei der Hand. »Und dort ist Maria, meine älteste Tochter. Ohne sie wäre die Familie hoffnungslos verloren.« Er zeigte auf den jungen Mann. »Antonio, dieser Junge ist in Not geraten. Ich hoffe, er wird eine Weile bei uns bleiben, denn er kennt sich mit Pferden aus.«

»Gut für ihn«, sagte Antonio nur.

Der Haciendero lachte. »Santjago, mein Sohn traut niemandem, den er nicht kennt. Und das ist gut so. Wir leben in einer merkwürdigen Zeit, in der man leider niemandem mehr den Rücken zukehren kann. Ich weiß nicht, ob das früher wirklich anders war, aber wenn mich meine Erinnerungen nicht trügen, dann bin ich ohne Angst aufgewachsen. Nur vor Gespenstern fürchtete ich mich natürlich.« Er lachte und umarmte Maria.

»Sein Essen steht auf dem Tisch«, sagte Maria. »Vielleicht hätte ich es ihm in den Essraum bringen lassen sollen.«

»Nein, Maria. Er wird nicht bei den Vaqueros wohnen, sondern bei uns im Haus. In einem der Gästezimmer, so, wie es sich für einen persönlichen Gast gehört. Und wenn sich die Gelegenheit ergibt, wird er auch mit uns essen.«

»Und wie, wenn ich fragen darf, hat er sich diese Ehre verdient, Papa?«, fragte ihn Antonio. »Du hast doch gesagt, er sei dir noch nie zuvor begegnet.«

Sein Vater legte einen Arm um die Schultern seines Sohnes und zog ihn an sich heran.

»Dieser Junge kommt von weit her, mein Sohn«, sagte er. »Er sucht sich seinen Weg nach Norden. Es ist ein beschwerlicher Weg mit vielen Hindernissen und Fallen. Ich weiß nicht, ob er sein Ziel jemals erreichen wird, aber hier, bei uns, soll er sich so sicher fühlen wie in Abrahams Schoß.«

Antonio sagte nichts mehr, er wusste wohl, dass jedes weitere Wort unnütz gewesen wäre. Sein Vater hatte entschieden, und damit war alles so, wie es sein musste.

Maria ließ uns ins Haus. Auf einem Tisch unter einem riesigen Kronleuchter stand mein Essen. Ich aß mit Silberbesteck und trank eisgekühltes Wasser aus einem Kristallglas. Das hatte ich zuvor noch nie getan und ich war aufgeregt und schlug mir die Gabel gegen die Zähne und das Essen fiel mir auf halbem Weg zum Mund in den Teller zurück. Der Haciendero saß am Kopfende des Tisches und las in einer Zeitung.

»Es macht dir doch nichts aus, wenn ich die Zeitung lese, während du isst«, fragte er mich.

Ich schüttelte den Kopf. Maria sah mir beim Essen zu. Ich gab mir Mühe, mit dem Besteck nicht gegen den Porzellanteller zu schlagen und das Wasser, ohne zu schlürfen, zu trinken. Es gab Kartoffeln und Geflügelstücke und Bohnen. Frische Tortillas aus Maismehl. Ich aß alles. Ich hatte einen Bärenhunger, und ich wollte unbedingt dieses ekelhafte Gefühl im Magen loswerden, mit dem ich auf der Straße zusammengebrochen und dann aus der Ohnmacht erwacht war. Warum ich überhaupt das Bewusstsein verloren hatte, wusste ich nicht. Ich hatte mich so saumäßig wie nie zuvor in meinem Leben gefühlt, nachdem sie mich mit Fußtritten aus dem Gefängnis befördert hatten. Dann war ich einfach losgelaufen, nur weg von diesem Ort und von den beiden Männern, und während ich durch die Nacht lief, ohne zu wissen, wo ich mich hätte verkriechen können, dachte ich nur daran, zurückzugehen und diese beiden Männer zu töten. Aber ich besaß weder ein Messer noch eine Pistole, und meine Machete, mit der ich gut umgehen konnte, hatte man mir geklaut.

Als ich zusammenbrach, war das so, als hätte ich plötzlich keine Knochen mehr im Leib. Es wurde mir schlecht und ich kotzte mir die Knochen aus dem Leib und dann wusste ich nichts mehr. Das Nächste, was ich wahrgenommen hatte, war der Mann im Scheinwerferlicht. Der Haciendero.

Seine Tochter wollte wissen, warum ich auf dieser Straße, die nur zur Hacienda führte, unterwegs gewesen war und nicht auf der Überlandstraße nach Norden.

»Ich wusste nicht, wohin diese Straße führt«, sagte ich.

»Du wusstest nicht, dass die Straße hier auf der Hacienda endet?«

»Nein. Ich wusste nicht mal, dass es eine Straße war. Ich bin einfach gelaufen.«

Sie studierte mich. Ich aß weiter. Sie studierte mich, weil sie mir nicht traute. Sie hätte mir bestimmt nicht den Rücken zugedreht. Ihr Vater blätterte die Zeitung um.

»Die Leute, die dich ausgeraubt haben … haben sie dich verfolgt?«, fragte Maria.

»Nein.«

»Und deine Wunden, hast du sie von ihnen?«

»Ja.«

»Waren es Straßenbanditen?«

»Es waren ein paar Jungen und ein Mädchen.«

»Eine Bande?«

»Ja.«

Sie nickte und studierte mich weiter, während ich aß.

»Es gibt viele solcher Banden in der Stadt. Jugendbanden. Sie terrorisieren die anständigen Leute. Kann es sein, dass du zu einer solchen Bande gehört hast und deswegen in Schwierigkeiten geraten bist?«

Ich legte Gabel und Messer weg und wischte mir den Mund mit dem Handrücken ab.

»Dazu nimmt man eine Serviette«, sagte sie. Sie zeigte auf ein zusammengerolltes Stück dicken Stoff, das neben meinem Teller lag und von einem Silberring zusammengehalten wurde. Da mein Mund sauber war, wischte ich den Handrücken an der Serviette ab.

»Santjago ist aus Chiapas«, sagte Don Fernando, ohne die Zeitung zu senken. »Hier steht, dass sich in Chiapas die Zustände nicht gebessert haben und die Indios ihren Aufstand gegen die Regierung fortsetzen werden. Der Bericht kommt aus San Cristobal de las Casas.«

San Cristobal de las Casas. In dieser Stadt hatten wir, als Großmutter noch lebte, auf dem Markt die Weidenkörbe und Liegematten verkauft, die sie und Mutter geflochten hatten. Und den Mais, wenn es eine gute Ernte war und im Dorf der

Vorrat an Mais und Bohnen bis zur nächsten Ernte ausreichte. San Cristobal de las Casas war die Stadt, wo ich einmal beinahe von einem Lastwagen überfahren worden war, als ich über die Straße rannte, um dem Mann mit der Drehorgel und dem Affen zuzusehen. Seit ich weggegangen war, hatte ich keine Nachricht von zu Hause erhalten. Die Leute, denen ich begegnet war, wussten nicht, was in Chiapas los war. Die Rebellion sei längst vorbei, sagten sie. Alles sei wieder in Ordnung. Verdammte Indianer. Hätten mit ihrer Rebellion den Wertverlust des Peso herbeigeführt und darunter hätte nun das ganze Land zu leiden.

»Hier in der Zeitung *La Jornada* steht: ›Am vierzehnten März wurden im Indianerdorf San Pedro Nixtal'ucum vier indianische Kleinbauern in einem Gefecht zwischen Polizei und Tzotzil-Indianern getötet. Mehrere Rebellen und einige Polizisten wurden verwundet. Über dreihundertfünfzig Menschen flohen aus ihren Hütten und suchten in einem nahe gelegenen Dorf Zuflucht. Die Polizei hat einige Dutzend Leute verhaftet, mehrheitlich Sympathisanten der *Zapatista National Liberation Army*. Von einem Regierungshelikopter wurden Schüsse auf die Rebellen abgefeuert, die wiederum die Einheit der Staatspolizei angriffen, als diese dabei war, das Dorf mit den Gefangenen zu verlassen.‹«

Don Fernando blickte von der Zeitung auf.

»Das sind deine Leute, nicht wahr, Santjago?« Er legte die Zeitung aufgeschlagen auf den Tisch und schob sie zu mir herüber. Auf einer Seite waren zwei Bilder, die mir bekannt vorkamen. Staatspolizisten bedrohten eine Familie mit Maschinenpistolen. Im Hintergrund brannte eine Hütte. Auf dem anderen Bild war der Gouverneur von Chiapas abgebildet. Ich las die Schlagzeile. *Kämpfe zwischen Polizei und Rebellen stören Friedensverhandlungen in Chiapas.*

»Kannst du lesen, Santjao?«, fragte mich der Haciendero.

»Ja. Es gab eine Zeit lang eine Schule in unserem Dorf. Jeden Morgen gingen wir alle zur Schule, wo wir lesen und schreiben und rechnen lernten. Dann, eines Morgens, als wir zur Schule kamen, war die Tür verriegelt und Señor Gonzalez kam nicht, um uns aufzuschließen.«

»Warum nicht?«

»Er konnte nicht.«

»Er konnte nicht?«

»Er konnte nicht herkommen und uns aufschließen. Man hatte ihn in der Nacht abgeholt.«

»Wer hat ihn abgeholt?«

»Polizisten.«

»Warum?«

»Keine Ahnung. Es hieß, dass sowieso kein Geld mehr da war für Schulen und für Lehrer.«

»Das ist eine Schande, Santjago. Aber in dieser Hinsicht scheint die Rebellion etwas bewirkt zu haben. Man sagt, dass nun in den Dörfern wieder Schulen eingerichtet werden. Ja, die ganze Welt ist auf die Missstände in Chiapas aufmerksam geworden.«

Ich schwieg und blickte auf die Zeitung nieder, die vor mir auf dem Tisch lag.

»Wenn du die Welt kennen lernen willst, wie sie wirklich ist, lies die Zeitungen, mein Junge. Da steht alles drin. Alles, was wahr ist, und auch alle Lügen. Das Gute und das Böse.«

Er erhob sich vom Stuhl.

»Komm, ich zeige dir dein Zimmer. Und wo du dich duschen kannst. Morgen wird dir Maria Kleider besorgen, nicht wahr, Maria? Der Junge braucht Hemd und Hose und ein paar Stiefel. Sobald du ausstaffiert bist, meldest du dich bei Pedro. Es wird dir nicht schwer fallen, ihn zu finden. Dort, wo die Pferde sind, findest du Pedro. Außerdem glaube ich, dass dir Señor Silva ein paar Fragen stellen will. Er ist für meine

Sicherheit und die Sicherheit meiner Familie verantwortlich.«

Ich bedankte mich bei Maria für das Essen und folgte ihrem
Vater hinaus und durch die Halle und die Treppe hinauf. Oben,
im ersten Stock, waren die Schlafzimmer der Familie. Die Gästezimmer befanden sich ein Stockwerk höher, direkt unter dem
Ziegeldach. Es war ein sehr schönes Zimmer, das er mir zeigte.

»Es ist das geräumigste Gästezimmer, das wir haben«, sagte
er. »Die Tür dort führt direkt in ein Badezimmer.« Er öffnete
die Tür und machte Licht im Badezimmer. Ich sah mich und
ihn im Spiegel, und ich erschrak, als ich mein Spiegelbild sah.
Das war nicht ich, der mich da anstarrte wie ein böser Geist.
Ich sah verschreckte Augen und ein blutverschmiertes und
verschwollenes Gesicht, in denen Augen voller Hass glühten.

»Morgen wirst du dich schon besser fühlen«, sagte Don Fernandos Spiegelbild zu mir. »Jetzt ruh dich erst mal aus. Über-
morgen ist Sonntag, da werde ich wie immer einen Ausritt
machen. Wenn du Lust hast, kannst du mich und Carmelita be-
gleiten. Und vielleicht kommt auch Antonio mit, obwohl ihm
das Reiten keinen Spaß macht.«

Er ging zur Tür. Dort drehte er sich noch einmal um.

»Ich hoffe, dass es dir bei uns gefällt«, sagte er.

»Danke«, sagte ich. Das war ein Wort, das ich noch nicht oft
gesagt hatte, und es machte mich unruhig, als ich es aus meinem Mund hörte.

»Gute Nacht«, sagte Don Fernando.

»Gute Nacht«, antwortete ich.

Er ging hinaus und machte die Tür leise hinter sich zu. Ich
ließ mich auf den Bettrand nieder und starrte das Foto an der
Wand an, das Foto an der Wand bei uns zu Hause. Ich sah das
Gesicht meiner Mutter und die Nase von Papa Biddle und
meine kleine Schwester Paolita. Ich sah meinen Vater, als sie
ihn töteten. Ich sah, wie sie ihm eine Kugel in den Kopf schos-

sen. Einfach so. Weil er sie mit der Faust bedrohte und ihnen sagte, dass das Land hier das Land seines Vaters war und nicht das Land der Regierung. In seiner eigenen Hütte sagte er es ihnen. Wo er sich so sicher fühlte, dass er es nicht mal nötig gefunden hatte, irgendwo eine einzige Kugel aufzutreiben und in die Kammer seines Jagdgewehrs zu stecken, das mit dem Schulterriemen am Pfosten hing, direkt neben dem Polaroidfoto. Da töteten sie ihn, und als er am Boden lag und schon nichts mehr hörte, kauerte ein Offizier nieder und packte ihn am Ohr und sagte: »Nun hör mal gut zu, du verdammter Zapatista! Dieses Land, das ist Mexiko, und wer sagt, Mexiko ist Indianerland, befindet sich auf dem Holzweg!«

Das war der Tag, als meine Mutter unsere Sachen zusammenpackte und wir ins Dorf zogen, in die kleine Hütte, in der Großmutter lebte und wenig später vor Gram über den Tod meines Vaters starb.

Ich saß lange auf dem Bettrand und hing meinen düsteren Gedanken nach. Dann ging ich ins Badezimmer und stellte mich unter die Dusche und ließ das lauwarme Wasser über mich herunterrieseln. Zu meinen Füßen, in der weißen Wanne, bildete sich eine Pfütze von Wasser, Blut und Dreck. Bevor ich ins Bett ging, machte ich die Wanne sauber, aber es schien mir, als wäre sie nicht mehr so blendend weiß, wie sie es zuvor gewesen war. Ich hängte das Badetuch gefaltet an den Bügel, kämmte mein Haar und ging in das Gästezimmer zurück. Ich sah mich eine Weile um, um mir alles einzuprägen, falls ich in der Nacht aus irgendeinem Grund aufwachte und nicht sogleich wusste, wo ich mich befand. Dann machte ich das Licht aus, aber die Schmerzen hielten mich wach. Ich blickte aus dem Fenster auf den hell erleuchteten Hof hinunter. Beim Tor stand ein Mann mit einem Gewehr. Ich konnte nicht erkennen, ob es der gleiche Mann war, den ich auf dem Turm gesehen hatte. Dieser Señor Silva.

Silva

Er sagte zu Carmelita, dass er mit mir unter vier Augen sprechen wolle.

Carmelita sah ihn an und dann mich. Ich gab ihr den kleinen Hund, den ich im Arm hatte.

»Geh bitte«, sagte ich zu ihr.

Sie zögerte. Dann sah sie noch einmal Señor Silva an, der ein merkwürdiges Lächeln in sein Gesicht gezwungen hatte.

»Geh nur. Ich tu ihm schon nichts, Carmelita.«

Sie sagte kein Wort und drehte sich um und ging ins Haus. Als die Fliegengittertür hinter ihr zufiel, wandte er sich von mir ab und sagte, dass ich in die Sonne treten solle.

Ich trat aus dem Schatten in das gleißende Sonnenlicht, damit er mich besser sehen konnte. Er stand im Schatten, die Daumen in den Waffengurt gehakt, an dem ein Futteral mit einem Revolver hing, und er begann, im Schatten auf und ab zu gehen, einige Schritte nur, und ohne mich anzusehen.

Obwohl er nicht wie der Capitan im Gefängnis aussah, erinnerte er mich an ihn. Er sah hart aus. Wie ein Mann, der Macht hat und nicht davor zurückschreckt, sie zu missbrauchen. Während er auf und ab ging, hatte er die Daumen in den Waffengurt gehakt. Als er abrupt stehen blieb und sich nach mir umdrehte, schaute er mich an, als wartete er nur darauf, dass ich vor ihm auf die Knie ginge.

»Du weißt, wer ich bin?«, fragte er.

Ich nickte.

»Mein Name ist Silva. Die Leute hier nennen mich Señor Silva.«

Er wollte eine Antwort, aber mir fiel nichts ein, was ich ihm darauf hätte sagen können. Also schwieg ich.

»Du kommst aus Chiapas, hat man mir gesagt.«

»Ja.«

»Hast du Familie?«

Ich schüttelte den Kopf.

»Du hast keine Familie?«

»Nein.«

»Keinen Vater?«

»Nein.«

»Und keine Mutter?«

»Ich habe eine Mutter.«

»Dann bist du keine Waise?«

»Nein.«

»Hast du Geschwister? Brüder und Schwestern?«

»Ja.«

»Die sind bei deiner Mutter geblieben?«

»Nein. Zwei meiner Brüder und eine meiner Schwestern sind weg.«

»Weg?«

»Sie wurden adoptiert.«

»Du weißt nicht, wo sie sind?«

»Nein. Nur Antonio ist noch zu Hause.«

»Wo ist das? Zu Hause?«

»Los Chorros.«

»Das ist ein Indianerdorf, nicht wahr?«

Ich nickte.

»Warum bist du weggegangen?«

»Mein Vater wurde von Soldaten getötet.«

»Während des Aufstandes im Januar?«

»Nein. Er wurde später getötet.«

»Später? Du meinst, er gehört nicht zu den hundertfünfundvierzig, die während des Aufstandes getötet wurden?«

»Nein. Sie haben ihn zu Hause ermordet.«

»Regierungssoldaten?«

»Ja.«

»Davon habe ich nichts in den Zeitungen gelesen.«

Ich schwieg und senkte den Kopf.

»Schau mir in die Augen, Junge! Wenn ich mit dir rede, schaust du mir in die Augen!«

Ich versuchte, ihm in die Augen zu schauen, aber das klappte nicht.

»Es war ein Zufall, dass du auf der Straße hierher zusammengebrochen bist?«

»Ja.«

»Das glaube ich nicht.«

»Es stimmt aber.«

»Schau mir in die Augen!«

Ich hob den Kopf. Jetzt schaute ich ihm in die Augen. Seine Blicke drangen in mich ein und wühlten in mir herum. Ich hätte ihn in diesem Moment töten können, aber ich wusste nicht, wie. Ich besaß nichts, womit ich ihn hätte töten können. Keinen Revolver. Kein Messer. Nicht mal eine Machete, mit der ich ihm mit einem Hieb den Kopf hätte abschlagen können.

»Gut«, sagte er schließlich. »Du kannst gehen. Pedro erwartet dich.«

Ich ging über den Platz. Da stürzte Carmelita aus dem Haus und rannte mit dem kleinen Hund über den Platz zu den Stallungen hinüber. Dort war Pedro dabei, ein Pferd zu striegeln. Es war ein sehr großes und schönes Pferd mit einem kupferfarbenen, glänzenden Fell und weißen Strümpfen an den Vorderbeinen. Der Hund geriet Carmelita zwischen die Beine. Sie stürzte und der kleine Hund und das Mädchen wurden im Staub zu einem kläffenden und kreischenden Knäuel. Ich ging über den Platz und da sah mich der Hund und er kam zu mir. Carmelita rappelte sich auf und klopfte sich den Staub aus dem T-Shirt und den Blue Jeans. Mit ihrem kurz geschnittenen Haar und den Stirnfransen sah sie fast aus wie ein Junge.

»Wie heißt dein Hund?«, rief sie mir zu.

»Er hat keinen Namen«, sagte ich. Sie kam zu mir und trottete hinter mir her.

»Willst du, dass er einen Namen kriegt.«

»Weißt du etwa einen?«

»Rata.«

»Rata?«

»Ja. Es ist ein passender Name. Er sieht nämlich mehr aus wie eine riesige Ratte als wie ein Hund.«

Ich musste lachen. »Es stimmt«, sagte ich. »Er sieht tatsächlich aus wie eine riesige Ratte.«

»Nur sein Schwanz nicht.«

»Sein Schwanz nicht?«

»Nein. Hast du noch nie einen Rattenschwanz gesehen?«

»Doch. Ich habe sogar schon mal einen gegessen.«

Sie starrte mich an. »Du lügst.«

»Nein. Warum sollte ich das?«

»Du lügst trotzdem.«

»Wenn du meinst, dass ich lüge, kann ich es nicht ändern.«

»Warum hättest du einen Rattenschwanz essen sollen?«

»Das war, als wir zu Großmutter ins Dorf zogen. Da gab es wenig zu essen und wir fingen die Ratten und aßen sie.«

Sie schwieg nachdenklich. Dann bemerkte uns Pedro.

»Das ist Santjago«, sagte Carmelita. »Er soll dir mit den Pferden helfen.«

»Und wer bist du, Kind?«, fragte Pedro.

»Ich? Kennst du mich denn nicht? Ich bin Carmelita.« Sie stellte sich vor ihm in Positur und grinste ihn frech an.

»Tatsächlich«, sagte er und fasste sich an die Stirn. »Du

musst über Nacht schon wieder ein ganzes Stück gewachsen sein, Kind.«

＊

Von jenem Tag an half ich Pedro mit den Pferden, und beinahe vergaß ich, dass ich nicht lange auf der Hacienda bleiben wollte. Es waren wirklich wunderschöne Pferde, die Don Fernando besaß, und er war genauso stolz auf seine Pferdezucht wie auf seine Familie und auf sein Amt als Bundesrichter.

»Viele haben schon versucht, mich zu kaufen«, sagte er mir einmal über den Rand der Zeitung hinweg. »Man hat mir viel Geld angeboten und eine Karriere in der Politik versprochen, aber meine Familie gab mir die Kraft, allen Versuchungen zu widerstehen.«

Die Wochentage hindurch sah ich ihn selten. Meistens verließ er das Haus schon früh am Morgen. Manchmal sah ich ihn dann aus der Ferne in seinem Pickup durch das Morgengrauen fahren und manchmal hielt er bei den Corrals und betrachtete voller Bewunderung und Zuneigung die Pferde und sprach mit Pedro über dieses oder jenes Pferd. Den ganzen Tag verbrachte er in der Stadt, und meistens kam er erst nach Hause, wenn es schon dunkel war. Oft blieb er auch in der Stadt und dann rief er an und sprach mit Maria und mit Carmelita und Antonio. Seine anderen Kinder waren alle weg. Ronaldo ging auf die Uni. Und Frederico, der jüngste seiner drei Söhne, war als Austauschschüler in Madrid. Dolores, die zweitälteste Tochter, arbeitete bei einer Luftfahrtgesellschaft in Florida, Belinda war Tanzlehrerin in Guadalajara und Selina war verheiratet und lebte mit ihrer Familie in Monterey, wo ihr Mann eine Anwaltskanzlei hatte. Obwohl ich bisher nie mit Leuten wie Don Fernando und seiner Familie zu tun gehabt hatte, begriff ich, dass der Haciendero ein besonderer Mann war, einer, der für mich, der ich hilflos in einem Meer trieb, wie ein Fels aufragte.

Ich hätte mich nur an ihm festklammern müssen, aber dazu fehlte mir wohl die Kraft.

»Es gibt einige Feiertage im Jahr, an denen alle meine Kinder hierher kommen«, sagte er bei einem Sonntagsausritt zu mir, als wir auf einem Hügel die Pferde anhielten und in das Tal hinunterschauten, in die Ferne zu den Wäldern hinüber und zu einer Kette von Hügeln, über denen ein Flugzeug einen weißen Strich durch das Blau des Himmels zog. »An Weihnachten und an Ostern kommen sie alle hierher und wir feiern zusammen. Und dann ist da noch ein besonderer Tag. Der Geburtstag meiner Frau. Der ist im Oktober. Am Zwanzigsten. Jedes Jahr an diesem Tag kommen alle zurück und wir feiern das Andenken an eine wundervolle Frau, die meine große und einzige Liebe ist.«

Er erzählte mir von ihr, als wäre ich sein bester Freund, und vielleicht war ich das in diesem Augenblick auch tatsächlich. Er erzählte mir von dem Tag, an dem er ihr zum ersten Mal begegnet war, und er zeigte mir Bilder vom Hochzeitstag und von einer Reise nach Europa. Und als er zu erzählen aufhörte, waren seine Gedanken weit weg und in einer Zeit, in der ich nicht existierte. Als er von dort zurückkehrte und mich bemerkte, wunderte er sich. Er lächelte und sagte mir, dass er das alles noch nie jemandem erzählt habe. Ich glaube, darüber wunderte er sich am meisten.

Jeden Sonntag führte der Ausritt kreuz und quer durch sein Land und hinauf zum Hügel, wo seine Frau begraben war, neben ihrer Mutter und ihrem Vater und neben einem ihrer Söhne, der mit dem Motorrad ums Leben gekommen war. Wir ritten zusammen durch die Wälder und er erzählte mir sein Leben. Ich hörte ihm aufmerksam zu und las ihm manchmal die Worte von den Lippen ab, wenn seine Stimme so leise wurde, dass ich ihn anders nicht verstehen konnte. Und wir ritten durch das offene Tal zu einem See, dort zügelten wir die

Pferde und blieben auf ihnen sitzen und blickten in das weite Land hinaus, auf dem seine Rinder weideten. Wir ritten die Grenzen seines Landes ab, unterhielten uns mit seinen Nachbarn und mit den Leuten in einem kleinen Dorf, das San Miguel hieß, und die Leute wunderten sich über seinen Begleiter, den Jungen aus Chiapas, den er in seine Familie aufgenommen hatte, als wäre es ein lange Zeit verlorener Sohn.

Manchmal begleitete uns Carmelita auf ihrem gescheckten Pony und Rata lief hinter uns her und stöberte im Gestrüpp Wildkaninchen und Wachteln auf, die er mit Gekläff verfolgte, bis ihm die Zunge so weit aus dem Maul hing, dass er mit den Vorderpfoten darauf trat.

Es waren gute Tage, die ich auf der Hacienda Bosque Redondo verbrachte. Gute Tage, weil meine Wunden verheilten und ich zum ersten Mal seit langem das Gefühl hatte, dass ich zu jemandem gehörte. Seine Familie war auch meine Familie. Sein Land war mein Land und sein Leben war mein Leben. Er war ein merkwürdiger Mann, der in mir ein merkwürdiges Gefühl weckte, das ich noch nie zuvor verspürt hatte. Ich hatte keinen Namen dafür und deshalb fragte ich Pedro danach.

»Du respektierst ihn«, sagte Pedro. »Genau wie alle hier. Ich auch. Ich respektiere ihn, weil er ein respektabler Mann ist. Offen und ehrlich und stark. Ich kenne sonst keinen mehr, der so ist wie er. Es ist eine Schande, dass er eine Frau liebt, die schon so lange nicht mehr lebt.«

»Für ihn lebt sie«, sagte ich.

»Wie kommst du darauf?«, fragte er mich argwöhnisch.

»Weil ich sie mit meinen eigenen Augen gesehen habe«, erwiderte ich, und er sah mich an und schüttelte dabei den Kopf, aber ich wusste, dass er mir glaubte.

Hätte ich mich gehen lassen, wäre ich beinahe ein anderer Mensch geworden, dort auf der Hacienda. Die Wunden waren verheilt. Ich hatte Träume, die ich noch nie geträumt hatte, und manchmal, wenn ich daraus erwachte, hatte ich vergessen, wer ich wirklich war.

Nur tief in mir spürte ich noch das Feuer, das im Gefängnis zum ersten Mal richtig aufgelodert war, seit sich in meinem Herzen beim Tode meines Vaters das Glutnest gebildet hatte.

»Was sind deine Ziele?«, fragte mich der Haciendero eines Tages.

Ich konnte ihm keine Antwort geben.

»Dann sag mir deine Träume, Santjago«, forderte er mich auf.

»Ich habe keine Träume«, log ich ihn an.

»Aber es ist wichtig, dass ein junger Mensch Träume hat und sich ein Ziel setzt.«

Dasselbe hatte mir mein Vater auch einmal gesagt, aber damals hatte ich gelacht, weil mein Vater selbst bis dahin noch nie ein Ziel ins Auge gefasst hatte. Das war, bevor er sich den Zapatistas angeschlossen hatte.

»Ohne Ziel irrst du durch ein Leben, das viel zu schnell vergeht«, fuhr Don Fernando fort. »Meine Familie, Santjago, war nicht reich. Ich musste hart arbeiten, um meine Ausbildung zu finanzieren. Auf der Uni traf ich meine Frau Consuela. Ihre Eltern besaßen diese Hacienda, und sie wollten nicht, dass Consuela sich mit mir einlässt, nicht mit einem armen Schlucker, der ein Rechtsanwalt werden wollte. Da habe ich es ihnen gezeigt. Ich bin nicht nur Rechtsanwalt geworden, sondern ein Richter. Niemand konnte mich aufhalten, meinen Weg zu gehen und mein Ziel zu erreichen.«

Ich fragte ihn, ob er jetzt am Ziel war.

»Wenn ich einmal die Augen für immer schließe, dann bin ich am Ziel«, sagte er.

Er war ein seltsamer Mann. Jeden Abend las er mir aus der Zeitung vor, obwohl er merkte, dass ich kein Interesse daran hatte, irgendetwas über irgendwelche Ereignisse zu erfahren, die mich einen alten Hut angingen. Krieg auf dem Balkan. Ich hatte keine Ahnung, wo das war. Irgendwo auf der anderen Seite der Welt. Eine Konferenz der Vereinten Nationen, bei der über die globale Erwärmung geredet wurde. Ich hörte ihm zu und langweilte mich. Irgendwie kriegte ich nur mit, dass die Politiker uns ganz schön an der Nase herumführten. Und dass alles eine Sache des Geldes war. Geld war Macht, und wer keins hatte, der war am Arsch. Während ich ihm mit einem Ohr zuhörte, träumte ich davon, ein reicher Mann zu sein. Einer wie er. Einer, der auf alles, was ihm gehörte, stolz sein konnte.

Er forderte mich nie auf, die Zeitung selbst zu lesen. Er fragte mich nicht einmal, ob ich damals in der Schule überhaupt richtig lesen gelernt hätte. Eine Zeitung zum Beispiel. Und nicht nur die fett gedruckten Buchstaben der Schlagzeilen. Oder gar ein Buch. In seinem Arbeitszimmer sah man kaum die Wände vor lauter Büchern. Die ganzen Regale waren voll. Bis unter die Decke. Und auf seinem Schreibtisch lagen welche und auf einer Kommode und sogar am Boden neben dem Ledersofa, wo auch die Stehlampe stand.

Manchmal rief er mich in sein Arbeitszimmer, wenn er wusste, dass ich ohnehin im Haus war und in meinem Zimmer auf dem Bett lag und die Decke anstarrte.

»Hier steht etwas drin, was dich auch interessiert«, sagte er, wenn ich in seinem Arbeitszimmer Platz genommen hatte. Ich fühlte mich von Büchern umzingelt, und in der Stille, die in diesem Raum herrschte, kam ich mir verloren vor.

Er begriff gar nicht, dass ich alles hinter mir zurückgelassen hatte, was mich auf meinem Weg in meine Zukunft behindert hätte. Ich wollte nichts mehr hören von politischem Unrecht und vom Kampf der Armen und Hungernden. Ich hatte das alles von meinem Vater gehört und von denen, die mit ihm gekämpft hatten. Ich hatte es selbst erlebt, als die Soldaten in unser Dorf einmarschierten und so taten, als wären wir irgendwelche lästigen Schädlinge, die es zu vertilgen galt, bevor wir uns vermehrten und in der restlichen Welt für Unruhe sorgten.

Er las mir von den Friedensverhandlungen vor, die in einem der Dörfer in Chiapas stattfanden, und dass die Regierung zum ersten Mal die Oberhand hatte, weil sich die Indianer in Chiapas untereinander selbst nicht einig waren. Immer weniger von ihnen glaubten daran, dass die Revolution vom Januar, die zwölf Tage gedauert und 145 Menschenleben gekostet hatte, die Wunden heilen konnte, die meinen Leuten jahrhundertelang durch Ausbeutung und Verfolgung geschlagen worden waren.

Er brach ab und legte die Zeitung auf den Tisch und sah mich an, als versuchte er zu ergründen, ob ich ihm überhaupt zugehört hatte.

»Santjago.«

»Ja?«

»Pedro hat mir gesagt, dass du daran denkst, die Hacienda zu verlassen.«

»Woher will Pedro das wissen? Wir haben darüber nie gesprochen.«

»Er kennt dich, Santjago.« Er sah mich an. »Stimmt es, dass du vorhast wegzugehen?«

»Das stimmt.«

Er lächelte, aber es war nicht das Lächeln, das ich von ihm gewohnt war.

»Selbstverständlich weißt du, dass du hier bleiben kannst, so lange du willst.«

»Das weiß ich.«

»Aber du hast dich dagegen entschieden, nicht wahr? Fühlst du dich nicht wohl bei uns?«

Ich schüttelte den Kopf. »Nein, das ist es nicht. Ich habe

mich nur daran erinnert, dass ich auf dem Weg nach Norden war, bevor ich hierher kam.«

»Sagst du das nur, weil du meine Gefühle nicht verletzen willst?«

»Ich kann nicht hier bleiben.«

»Warum nicht?«

»Weil ich einmal ein Ziel hatte. Und weil es Dinge zu erledigen gibt.«

»War es ein erstrebenswertes Ziel, Santjago?«

»Das weiß ich nicht.«

»Aber du willst nicht mit mir darüber reden, nicht wahr?«

»Nein.«

»Und was sind das für Dinge, die es so dringlich zu erledigen gibt?«

»Dinge, über die ich nicht reden will.«

»Vielleicht könnte ich dir zur Seite stehen, wenn du mir sagst, was dich bedrückt.«

Ich schwieg. Wie hätte ich ihm sagen können, dass ich mit dem Hass nicht fertig wurde, der in mir brannte? Wie hätte ich ihm sagen können, dass ich manchmal mitten in der Nacht aufwachte, weil ich den Capitan in Mexico City im Traum getötet hatte? Tausendmal tötete ich ihn. Tausendmal sah ich ihn auf den Knien um Gnade winseln, aber ich hatte kein Erbarmen mit ihm. Ich tötete ihn mit einer Kugel, die ich ihm in den Kopf schoss. Das war meine Rache. Das war das, was ich tun musste.

»Sag es mir rechtzeitig, wenn du dich entschieden hast, die Hacienda zu verlassen, Santjago«, sagte er.

Ich versprach ihm, dass er es als Erster erfahren würde.

Da lächelte er, stand auf und kam um den Tisch herum. Er legte mir eine Hand auf die Schulter.

»Ich hoffe, du erreichst dein Ziel, Santjago«, sagte er.

Ich saß wie erstarrt auf dem Stuhl.

»Ich bin sicher, dass deine Träume in Erfüllung gehen werden, und das ist gut zu wissen, wenn du einmal nicht mehr hier bist. Dann kann ich mir sagen, dass du auf dem richtigen Weg bist, Santjago.«

Er küsste mich. Dann ging er hinaus und ließ mich allein zurück. Das hatte er noch nie getan. Immer war ich es gewesen, der hinausgegangen war, während er zurückblieb an seinem Schreibtisch. Ich hörte seine Schritte in der Halle und ich hörte ihn leise mit Maria reden. Ich wollte aufstehen und das Zimmer verlassen, als mein Blick auf die Zeitung fiel und auf eine Seite, auf der sein Bild abgedruckt war. Auf dem Foto saß er vor einer dunklen Wand, an der ein Gemälde hing. Sein Gesicht wirkte blass. Am rechten Bildrand war ein Stück einer Fahne zu sehen. Don Fernando stürzte sich mit der linken Hand auf einem Schreibtisch auf. Er trug eine dunkle Robe, die nur ein Stück seines Hemdkragens und seinen Krawattenknopf erkennen ließ.

Ich hatte keine Schwierigkeiten, die Überschrift zu lesen.

Der eiserne Richter, stand dort in großen fett gedruckten Buchstaben. Und darunter, etwas kleiner und weniger fett: *Richter Fernando Ochoa im Prozess gegen Miguel Saldivar-Otero*.

Da ich mindestens zwei, drei Stunden gebraucht hätte, um den ganzen Artikel zu entziffern, erhob ich mich und ging hinaus. Draußen war Carmelita dabei, Rata in einem Bottich ein Schaumbad zu verpassen. Als er mich aus dem Haus kommen sah und Carmelita dadurch abgelenkt wurde, nützte er die Gelegenheit zur Flucht. Wie ein gesengtes Ferkel raste er, sich im Laufen den grünen Schaum aus dem Fell schüttelnd, über den Platz und warf sich beim Brunnen in eine Dreckpfütze.

»Du bist schuld!«, rief mir Carmelita zu. »Jetzt stinkt er wieder wie ein Pferd.«

»Er mag es lieber, wie ein Pferd zu riechen als wie ein saurer

Apfel«, gab ich ihr zurück und zeigte auf die Shampooflasche, auf deren Etikett ein grüner Apfel abgebildet war.

*

Silva übte sich im Schießen. Das tat er jede Woche zweimal, meistens am Dienstag und am Donnerstag. Carmelita und ich sahen ihm einige Male aus sicherer Entfernung zu. Sein Schießstand war eine Mulde auf der anderen Seite eines ausgetrockneten Bachbettes. Dort hatte er mit dem Bulldozer aus Erde und Geröll einen Kugelfang aufgeworfen. Er stellte Zielscheiben auf, die die Form richtiger Menschen hatten, mit Oberkörper und Kopf, jedoch ohne Arme und Beine. Mit allen möglichen Waffen, die zu seinem Arsenal gehörten, schoss er auf diese Zielscheiben. Mit automatischen Pistolen und Revolvern, aber auch mit kleinen Maschinenpistolen und verschiedenen Gewehren und Schrotflinten. Carmelita hielt sich meistens mit beiden Händen die Ohren zu, besonders wenn er mit den Maschinenpistolen ein Stakkato von Schüssen abgab oder mit einer Schrotladung eine Zielscheibe förmlich zerfetzte. Und Rata wagte sich überhaupt nicht in die Nähe der Mulde. Sobald er Silva mit seinen Waffen über den Platz zu seinem Pickup gehen sah, verkroch er sich im Pferdestall unter einem Haufen alter Decken. Mindestens drei, vier Stunden dauerte Silvas Training. Er schoss aus verschiedenen Stellungen, am Boden liegend, kniend, sitzend, stehend, mit dem Rücken zur Zielscheibe gewandt und aus der schnellen Drehung heraus, sich am Boden rollend, beim Hechtsprung auf eine alte Matratze und im Vorbeilaufen, aus jeder Position, zweimal, dreimal und mehr. Einmal stellte er sich sogar auf den Kopf und schoss einer Zielscheibe mitten in den Brustkreis.

»Silva ist ein fantastischer Schütze«, sagte Carmelita. »Er könnte einer Fliege ein Auge ausschießen.«

»Arme Fliege«, sagte ich.

»Kannst du schießen?«

»Ich habe es noch nie versucht.«

»Du hast noch nie geschossen?«

»Nein. Du etwa?«

»Klar. Und wie. Silva hat gesagt, dass ich ein Naturtalent bin.«

»Du? Ein Mädchen? Es wird wohl kaum je nötig sein, dass du einer Fliege ein Auge ausschießt, Carmelita.«

Sie sprang auf.

»Komm. Ich frage ihn, ob er uns mal schießen lässt.«

Wir gingen durch das Bachbett und näherten uns ihm vorsichtig. Er sah uns kommen und hörte zu schießen auf. Die Luft in der Mulde roch nach Pulverrauch. Meine Ohren läuteten von dem Geknalle.

»Señor Silva, stellen Sie sich vor, Santjago hat noch nie geschossen«, plapperte die Kleine heraus. »Ich habe ihm gesagt, dass ich besser treffen kann als er. Dürfen wir mal auf diese Zielscheibe dort schießen?«

Über Silvas Gesicht lag der Schatten seines Mützenschildes. Er trug eine Sonnenbrille aus Spiegelglas und blaue Ohrenschützer aus Plastik, die wie Kopfhörer aussahen.

»Dürfen wir, Señor Silva?«, fragte Carmelita noch einmal.

Silva sah mich an. »Du hast noch nie geschossen, Junge?«

Ich schüttelte den Kopf.

»Dort unten in Chiapas, da wird doch gekämpft? Die Indios gegen die Regierungssoldaten.«

»Mein Vater hat gekämpft.«

»Ich dachte, du hast keinen Vater?«

»Mein Vater ist tot.«

Er legte den Kopf schief und blickte mich an, als hätte er schlecht gehört.

»Dein Vater ist tot?«

»Ja. Regierungssoldaten haben ihn erschossen.«

Jetzt nahm er die Ohrenschützer vom Kopf. »Wie ist das passiert?«

»Sie kamen zu uns nach Hause und haben ihn erschossen.«

»Hatte er kein Gewehr? Oder eine Pistole?«

»Er hatte ein altes Jagdgewehr, aber es war nicht geladen.«

»Er besaß ein Gewehr, das nicht geladen war?«

»Ja.«

»Warum war es nicht geladen?«

»Weil er kein Geld hatte, Kugeln zu kaufen.«

Silva bleckte die Zähne. »Ein ungeladenes Gewehr ist ziemlich wertlos, wenn man sein Leben verteidigen soll. Kommt her, ihr beiden! Ich will euch zeigen, wie man mit dieser kleinen, wundervollen Maschinenpistole umgeht.«

Er nahm das Magazin heraus. Dann ließ er Carmelita die Waffe halten und sie durfte sogar den Abzug betätigen.

»Siehst du, da tut sich überhaupt nichts«, erklärte er, mir zugewandt. »Wenn du ein ungeladenes Gewehr hast und dich verteidigen musst, dann rate ich dir, es nicht als Gewehr, sondern als Keule zu benützen.« Er nahm Carmelita die kleine Maschinenpistole aus den Händen und gab sie mir. »So hält man sie. Mit dem Kolben am Bizeps deines Armes, direkt unter der Schulter. Die linke Hand an diesem Handgriff hier. So kannst du jederzeit eine Salve abfeuern, selbst wenn du dich dabei bewegen musst. Willst du es mal versuchen?«

Ich hatte zwar einen Riesenbammel, ließ mir aber nichts anmerken. Dabei spürte ich, wie mein Herz regelrecht zerspringen wollte. Ich hatte im Leben noch nie eine Maschinenpistole in den Händen gehalten, geschweige denn eine abgefeuert.

»Mit diesem kleinen Wunderding hätte dein Vater vielleicht eine Chance gehabt, Junge«, sagte Silva.

Ich schüttelte den Kopf. »Er wusste nicht, dass sie kommen würden, um ihn zu töten. Nicht in seinem Haus.«

Er lächelte und nahm mir die Maschinenpistole aus den Händen. Geschickt schob er ein volles Magazin in den Ladeschlitz und entsicherte sie.

»Haltet euch mal die Ohren zu!«, forderte er uns auf. Und kaum hatte ich meine Hände an den Ohren, bellte die Maschinenpistole in seinen Händen wütend auf und mehr als ein Dutzend Kugeln fetzten durch eine der Zielscheiben und wühlten sich dahinter in den Kugelfang. Zwei, drei Sekunden dauerte das. Mehr nicht. Ratsch, und das Magazin war halb leer. Ein Schleier von blauem Pulverrauch trieb im Wind.

»Stell dir vor, das wären die Soldaten gewesen«, sagte er zu mir. »Hier! Aber pass auf. Das Ding geht fast von alleine los, sobald du den Finger am Abzug hast.«

Ich nahm die Maschinenpistole so in die Hände, wie er es mir demonstriert hatte. Den Zeigefinger hielt ich ausgestreckt, bis ich, der Zielscheibe zugewandt, neben Silva stand, der mir den Ohrenschutz anlegte.

»Lehn dich ein bisschen nach vorn, Junge«, sagte er. »So als ob du gegen den Wind vorwärts marschieren müsstest, die Knarre im Anschlag. Jawohl, so ist es richtig. Und denk dran, wenn du eine Serie abfeuerst, zieht es den Lauf nach oben. Das heißt, dass du dagegenhalten musst.«

Der Schweiß lief mir in die Augen. Ich starrte die Zielscheibe an und sah in die Augen des Capitan, der vor mir am Boden kniete. Ganz sachte legte ich den Zeigefinger an den Abzug. Kaum berührte ich den kalten Stahl, da brüllte die kleine Maschinenpistole ganz plötzlich auf. Ich spürte, wie sie mir aus den Händen springen wollte, während ich, mehr vor Schreck als durch den Rückschlag der Waffe, rückwärts taumelte, über meine eigenen Füße stolperte und auf den Hintern fiel, als hätte mich ein Pferd vor die Brust getreten. Da saß ich im Geröll, den beizenden Geruch von verbranntem Pulver in der Nase und das Echo der Schüsse wie eine Explosion im Kopf.

Silva, den ich noch nie lachen gesehen hatte, krümmte sich vor Lachen, und Carmelita schrie wie am Spieß, weil sie glaubte, ich hätte mir in den Bauch oder sonst wohin geschossen.

»Hör mit dem Geschrei auf!«, knurrte ich und begann, mich aufzurappeln. Silva half mir auf die Beine und forderte mich auf, Carmelita zu zeigen, dass ich nicht von Kugeln durchsiebt war. Da tanzte ich vor ihr im Kreis herum. »Schau, nirgendwo ein Loch! Und kein bisschen Blut.«

»Er hat die Zielscheibe getroffen, Carmelita«, sagte Silva, der mir die Maschinenpistole aus den Händen genommen hatte. »Für einen Anfänger ist er ein ganz passabler Schütze. Nun bist du an der Reihe, Carmelita.«

»Ich? Aber nicht mit diesem Ding! Ich möchte dieselbe Pistole wie letztes Mal.«

Silva gab ihr eine 25er Automatik und nach einem Fehlschuss traf sie tatsächlich dreimal hintereinander die Zielscheibe. Ich fragte ihn, ob ich mal mit einem der Revolver schießen dürfte, und er holte einen 38er Spezial hervor, dessen Griffschalen mit Perlmutter ausgelegt waren. »Der soll einmal dem berühmten Revolutionär Zapata gehört haben«, sagte er. »Du weißt doch, wer Emiliano Zapata war, oder?«

»Ein Held«, sagte ich.

»Er hat vor hundert Jahren gelebt«, sagte er. »Deine Leute in Chiapas, die nennen sich ihm zu Ehren Zapatistas.«

»Mein Vater war ein Zapatista.«

Er reichte mir die Waffe.

»Lass den Zeigefinger vom Drücker, solange du nicht bereit bist, einen Schuss abzugeben, Junge. Siehst du diese drei Dosen dort drüben auf der Böschung?«

»Ja.«

»Du hast sechs Kugeln in der Trommel. Wenn du sie alle drei von der Böschung schießt, kriegst du von mir für die Zeit, die du hier bist, diesen schönen Revolver.«

Ich wollte ihm in die Augen sehen, aber das schaffte ich einfach nicht. Irgendetwas in seinen Augen irritierte mich. Machte mich unsicher.

Er lachte. »Sechs Schuss, Junge. Aus dem Stand und von genau dort, wo du stehst. Das sind keine zwanzig Schritte bis zur Böschung.«

Ich blickte zur Böschung hinüber. Auch wenn es nur zwanzig Schritte waren, die Dosen sahen aus dieser Entfernung winzig aus.

»Die könnte sogar ich treffen«, rief Carmelita. »Mit der Automatic.«

»Wenn er eine stehen lässt, bist du dran, Carmelita«, grinste Silva.

Ich hob den Revolver mit beiden Händen und spannte den Hammer. Vorsichtig legte ich den Zeigefinger um den Abzug. Ein Auge kniff ich fest zu. Mit dem anderen zielte ich. Meine Hand begann zu zittern. Ich brachte Kimme und Korn kaum auf eine Linie.

»Ziel auf den unteren Büchsenrand«, hörte ich Silva sagen. Ich wollte abdrücken, aber der Hammer fiel nicht. Mein Finger hatte sich am Abzug verkrampft und bewegte sich nicht. Meine Arme wurden schwer, und ich sah, dass ich immer tiefer zielte.

»Fang lieber noch mal an«, sagte Silva, der sich neben mir die Ohren zuhielt.

Ich senkte die Arme, bis der Lauf des Revolvers auf den Boden zeigte.

Ich hatte die ganze Zeit den Atem angehalten. Jetzt platzten mir beinahe die Lungen und ich stieß die Luft heftig aus und atmete einige Male tief durch.

»Soll ich dir zeigen, wie es geht?«, fragte Carmelita.

»Du kannst mir mal zeigen, wie man eine Puppe zum Rülpsen bringt«, stieß ich hervor.

»Ich spiele nicht mit Puppen«, sagte sie.

»Warum denn nicht?«

»Weil ich kein Mädchen bin.«

»Du bist aber ein Mädchen.«

»Nein! Das sieht nur so aus. Frag Señor Silva. Der kennt mich schon länger als du.«

»Es stimmt«, sagte Silva und zwinkerte mir mit einem Auge zu, sodass Carmelita es nicht sehen konnte. »Sie ist kein Mädchen. Sie ist eine Göre.«

»Jetzt weißt du's!« Carmelita zupfte an meinem Hemd. »Ich bin eine Göre.«

»Ja. Jetzt weiß ich's«, sagte ich. Mit leicht angewinkelten Armen hob ich den Revolver, bis ich die erste Büchse über Kimme und Korn sehen konnte. Ohne noch eine Sekunde zu zögern, drückte ich ab, und zu meiner eigenen Überraschung flog die Büchse in die Luft, als wäre ein Frosch darin gefangen. Sie fiel etwa drei oder vier Meter weiter hinten ins Geröll und kollerte einen Abhang hinunter.

»Getroffen!«, rief Carmelita und klatschte in die Hände. »Du hast getroffen, Santjago!«

»Jetzt die zweite«, sagte Silva.

Ich hob den Revolver, feuerte und traf erneut.

»Getroffen!«, rief Carmelita und klatschte wieder in die Hände.

»Ein drittes Mal schaffst du das nicht«, sagte Silva.

»Wetten?«

»Wetten, was?«

»Dass ich die Büchse treffe.«

»Mit dem nächsten Schuss?«

»Ja. Mit dem nächsten Schuss.«

»Von dort, wo du stehst?«

»Ja. Von hier.«

»Um was?«

»Tausend Pesos.«

»Eintausend Pesos?«

»Ja.«

»Bueno. Ich gebe dir eintausend Pesos, wenn du sie triffst. Aber wenn du nicht…«

Ich hob den Revolver, zielte und drückte ab, bevor er ausreden konnte.

»Tausend Pesos«, sagte ich in das Echo des Schusses hinein.

Er starrte dorthin, wo die Büchse gestanden hatte, und gab mir keine Antwort.

Mendoza

Ich verließ die Hacienda in der Nacht von Montag auf Dienstag, ohne jemandem etwas zu sagen. Es war eine mondlose Nacht. Der Himmel wolkenverhangen. Irgendwo im Südosten gewitterte es. Blitze leuchteten am Horizont, zeichneten die Umrisse der Hügel scharf im aufzuckenden Feuer. Ein kühler und heftiger Wind wehte durch das Tal, wirbelte Staub von den Hufen der Pferde, die sich unruhig in den Corrals bewegten, aufgeschreckt vom fernen Grollen des Donners.

Wenn der Morgen graute, wollte ich in der Stadt sein. Was ich besaß, waren die Kleider, die ich bekommen hatte, der Lohn, der am Samstag ausgezahlt worden war, und der Revolver, den ich nicht zurückgegeben hatte. Als ich schon weiter als eine halbe Meile von der Hacienda entfernt war, blickte ich noch mal zurück, konnte aber nichts anderes mehr erkennen als den Widerschein der Scheinwerfer, die auf das Tor und auf die hohe Umfassungsmauer gerichtet waren, damit sich niemand ungesehen dem Haus nähern konnte.

Keiner der Wachhunde hatte gebellt. Und niemand war aufgewacht, nicht einmal Silva, der von sich meinte, dass er im Schlaf sogar einen Kojoten hören könnte, der um das Haus schleicht.

Und auch Rata hatte nichts gemerkt. Er schlief bei Carmelita im Zimmer. Auf ihrem Bett. Da schlief es sich angenehm und geborgen.

Ich ging schnell, obwohl ich mich nicht beeilen musste. Es waren noch mehr als vier Stunden bis zum Morgengrauen.

Der Wind wehte mir ins Gesicht, er zerrte an meinen Erinnerungen an die Hacienda, als wären sie Geschenke, die er mir nicht gönnte. Ich dachte an Carmelita, und ich wusste, dass ich ihr wehtat, sobald sie am Morgen aufwachen und hören würde, dass ich weg war. Sie war die Einzige, die ich nicht so leicht loswurde. Ich musste meine Gefühle überwinden und mein Herz erfrieren lassen, so wie ich es schon oft getan hatte. Die Kälte war nicht um mich herum. Sie war in mir und blockierte alles, was von außen kam. Ich war durch und durch aus Eis. Ich war einer, der in die Stadt zurückging, um sich zu rächen.

Das war ich. Santjago Molina. Niemand konnte mich aufhalten. Meine Träume hatte ich selbst zerstört. Und mein Ziel war Amerika.

*

Drei Tage beobachtete ich den Capitan. Ich beobachtete ihn am Morgen, wenn er zum Dienstbeginn in die Polizeistation kam. Ich beobachtete ihn am Mittag, wenn er zum Essen in das *El Gallo Pinto* ging, ein Restaurant am Ende der Straße, wo er immer am gleichen Tisch auf dem gleichen Stuhl Platz nahm, mit dem Rücken zur Wand und dem Gesicht zur Straße hin. Er trank Bier und las die Zeitung, bis man ihm das Essen brachte. Auch während er aß, las er die Zeitung, und wenn er mit Essen fertig war, faltete er die Zeitung zusammen und legte sie neben dem Teller auf den Tisch. Er trank einen Kaffee, bezahlte, stand auf und ging die Straße hinunter zum Gefängnis zurück, und die meisten Leute, denen er begegnete, kannten ihn. Sie grüßten ihn und er grüßte sie und manchmal wechselte er ein paar Worte mit dem einen oder dem anderen. Manchmal polierte er mit dem Ärmel seines Uniformhemdes das goldene Abzeichen an seiner Brust, er lachte mit Frauen und Kindern und einmal half er einer alten Frau über die Straße.

Drei Tage beobachtete ich ihn.

Einmal ging ich ins Restaurant und nahm die Zeitung vom

Tisch, als er gegangen war. Die Serviererin, die ihn bedient hatte, sah mich.

»He, was willst du mit der Zeitung, Kleiner?«, rief sie.

»Lesen«, gab ich ihr zur Antwort.

Sie lächelte und ließ mich gehen.

In einem Park setzte ich mich auf eine Bank und blätterte die Zeitung durch. Es war kein Bild von Don Fernando drin. Aber ich fand seinen Namen in einer Schlagzeile: *Urteil von Richter Ochoa: Schwerer Schlag gegen die Drogenmafia.*

Mühsam las ich den Bericht. Ein Mann namens Miguel Saldivar-Otero war von Don Fernando zu lebenslanger Haft verurteilt worden. Er war ein Drogenkönig mit Beziehungen zur Regierung und Polizei.

Ich las noch ein paar andere Artikel. Schließlich hatte ich nichts anderes zu tun bis zum Abend. Irgendwo, wo Krieg war, hatten Soldaten einer Friedenstruppe ein Massengrab entdeckt. Hunderte von Menschen waren dort ermordet und verscharrt worden. Die Verhandlungen in Chiapas gingen weiter. Die Rebellen waren bereit, den Forderungen der Regierung nachzukommen und die Waffen niederzulegen.

Ein Foto zeigte einen der Rebellenführer mit einer Skimütze über dem Kopf, flankiert von anderen Rebellen, alle mit Skimützen. Ich kannte nur den in der Mitte. Durch die Löcher der Skimütze konnte man seine Augen sehen. Helle Augen. Das war Subcomandante Marcos, der Anführer der Zapatista National Liberation Army. Ich hatte ihn einmal in unserem Dorf gesehen, zusammen mit meinem Vater. Er hatte auf dem Dorfplatz, hinter dem Fußballtor, wo der Gringo Biddle an Weihnachten die Geschenke verteilt hatte, auf einem Podest gestanden und eine Rede gehalten.

»Heute sagen wir, es ist genug!«, hatte er über die Leute hinweggeschrien, und seine Stimme hatte man noch im hintersten Winkel des Dorfes hören können. »Heute sagen wir, es ist genug! Genug der Ungerechtigkeit! Genug der Ausbeutung! Genug der Unterdrückung! Genug ist genug!«

Am Mittag des vierten Tages ging ich zum Restaurant und wartete, bis der Capitan herauskam.

Es war ein schöner Mittag. Über der Stadt hing ein Dreckfilter, der das Sonnenlicht dämpfte. Es waren wenig Leute auf der Straße. Niemand in der Nähe. Ich hatte den Revolver unter dem Hemd versteckt, den Finger am Abzug. Ich stand einfach da und wartete. Er kam direkt auf mich zu und zuerst erkannte er mich nicht. Irgendetwas in ihm warnte ihn vor mir, obwohl er mich nicht erkannte. Seine Augen weiteten sich etwas. Er stockte im Schritt. Dann blieb er stehen.

»Santjago Molina«, sagte ich. »Du erinnerst dich, du Schwein!«

Jetzt erkannte er mich.

»Was willst du?«, fragte er. Auf seiner Stirn glitzerte plötzlich Schweiß.

»Knie nieder!«, sagte ich.

Er lachte. »Was soll der Quatsch, Junge?«

»Knie nieder, du Schwein!«

Natürlich kniete er nicht nieder. Da nahm ich den Revolver unter dem Hemd hervor und schoss ihn nieder. Einfach so. Er starrte mich an, während er in die Knie ging, und ich schoss noch einmal, und er konnte nicht glauben, was ihm geschah.

Die Serviererin kam aus dem Restaurant gerannt und schrie nach der Polizei. Ich drehte mich um und lief davon, und niemand versuchte, mich aufzuhalten, weil ich noch immer den Revolver in der Hand hatte und bereit war, auf jeden zu schießen. Eiskalt.

*

Auf der Busstation in Morelia beobachtete ich einen Mann, der aus einem Abfalleimer eine Zeitung klaubte und dann darin las. Als sein Bus kam, ließ er sie liegen, die Hälfte davon auf der Bank und die andere Hälfte am Boden. Ich setzte mich dorthin, wo er gesessen hatte, und las die Zeitung. Ich las über mich, als wäre ich ein anderer.

Kind schießt Polizeichef nieder
Bisher kein Motiv für die blutige Tat

Kurz nachdem er in einem Restaurant unweit der Polizeistation in der Innenstadt sein Mittagessen zu sich genommen hatte, wurde auf Capitan Luis Francisco Figueroa Mendoza ein Attentat verübt.

Nach Berichten von Augenzeugen wartete auf der wenig belebten Straße ein Junge von ungefähr dreizehn Jahren auf den Capitan und streckte ihn mit zwei Kugeln aus einem 38er Special Revolver nieder. »Es ging alles sehr schnell«, berichtete Magdalena Ortiz, eine Serviererin des Restaurants, die kurz zuvor den Capitan bedient hatte. »Der Junge sagte etwas zu ihm und der Capitan lachte. Dann zog der Junge eine Waffe unter seinem Hemd hervor und feuerte. Der Capitan fiel auf die Knie und dann schoss der Junge noch einmal. Ich sah alles durch die Tür. Es war furchtbar. Alles ging so schnell. Als ich hinauslief, war es zu spät. Der Junge lief mit dem Revolver in der Hand die Straße hinunter. Ich habe in seine Augen gesehen, als er flüchtete. Die Augen eines Kindes, das die Hölle ausgespuckt haben muss. Ich glaube, er hätte jeden getötet, der sich ihm in den Weg gestellt hätte.«

Kollegen von Capitan Mendoza, die nur wenige Minuten später am Tatort eintrafen, suchten vergeblich nach dem »Kid-Bandido«. Von ihm fehlt jede Spur, aber die Serviererin sagte aus, dass er schon am Tag zuvor aufgefallen war, als er etwa um

die gleiche Zeit das Restaurant betrat und eine Zeitung mitge-
hen ließ, die der Capitan beim Mittagessen gelesen hatte.

Capitan Mendoza ist ein lang gedienter Offizier unserer Stadt-
polizei, der von seinen Kollegen hochgerühmt wird. Niemand
weiß, warum ihm der »Kid-Bandido« aufgelauert hat. Es fehlt
jedes Motiv und jede Spur. Der Capitan selbst war noch nicht
in der Lage, zum Sachverhalt Stellung zu nehmen. Nach seiner
Einlieferung in die Intensivstation des Hospitals wurden die
beiden Kugeln operativ entfernt. Der Capitan schwebt nicht
mehr in akuter Lebensgefahr.

Die Polizei hat folgende Beschreibung des Täters ausgegeben:
junger Mexikaner, wahrscheinlich indianischer Abstammung.
Mittelgroß. Dunkle Haut. Schwarzes, schulterlanges Haar, in
der Mitte gescheitelt. Dunkle, grünlich schimmernde Augen.
Trägt ein beiges Männerhemd, ziemlich neue Blue Jeans und
Cowboystiefel aus braunem Leder. Er ist mit einem Revolver
vom Kaliber 38 Special bewaffnet.

Die Polizei warnt die Bevölkerung davor, diesen gefährlichen
Verbrecher stellen zu wollen. Er ist ein treffsicherer Revolver-
schütze, der vor nichts zurückschreckt. Wer ihn sieht, soll
äußerste Vorsicht walten lassen. Sachdienliche Mitteilungen
sind umgehend an die nächste Polizeidienststelle zu richten.

In der Zeitung war ein Foto von der Serviererin. Sie machte ein
erschrecktes Gesicht und zeigte irgendwohin, wahrscheinlich
in die Richtung, in die ich gelaufen war.

Ich legte die Zeitung auf die Bank und sah mich um. Es
schien, als ob niemand Interesse an mir hätte. Ein Busfahrer
stand am Bürgersteigrand und rauchte eine Zigarette. Er
blickte nicht einmal zu mir herüber, als ich aufstand. Ich ging
über den Platz und kaufte mir in einem Warenhaus einen
Kamm und eine Schere. Die Verkäuferin war nett. Ich erzählte
ihr, dass ich meinem kleinen Hund die Haare schneiden wollte.

Sie sah mich ganz eigenartig an. Als wäre ich ein Engel oder so was. Als sie an der Kasse herumhantierte, klaute ich einen kleinen Taschenspiegel von einem Regal und ließ ihn unter meinem Hemd verschwinden.

Ich ging in eine öffentliche Toilette und schnitt mir das Haar kurz. Richtig kurz. Vielleicht ein oder anderthalb Zentimeter über der Kopfhaut. Im Halbdunkel sah das nicht schlecht aus, aber draußen im Sonnenlicht, als ich noch einmal in den Spiegel sah, erschrak ich. Überall schimmerte die Kopfhaut durch. Ich sah aus wie ein Hund, der die Räude hatte. Ich war überhaupt nicht mehr ich. Meine Augen sahen mich kalt an. So als gehörten sie zu einem, der mich umbringen wollte. Böse Augen. Ich grinste. Ein böses Grinsen.

»Chingaso«, fluchte ich. »Fuck you, you son of a bitch!«

Das hatte ich einmal in einem Film gehört. Im Kino in Tuxla Gutierrez. Manchmal, vor der Rebellion, waren wir alle dorthin ins Kino gefahren. Fast das ganze Dorf. Alle auf dem Lastwagen von Pablo Aguirre. Der war auch tot. Soldaten hatten ihn am zweiten Tag der Rebellion getötet. Mit einem Maschinengewehr, als er mit seiner Machete einen Straßengraben entlanglief und »Genug ist genug!« rief.

Ich steckte den Spiegel ein, drückte den Revolver tiefer in den Hosenbund und machte mich auf den Weg aus der Stadt. Niemand beachtete mich. Ich existierte nicht mehr.

Nicht mal für die Polizei. Ein Streifenwagen fuhr an mir vorbei. Ich blieb stehen und lachte und winkte den beiden Polizisten zu. Einer winkte zurück.

Irgendwo setzte ich mich ins Gras und las noch einmal den Artikel in der Zeitung. Und ich wünschte mir, jemandem die Wahrheit sagen zu können, ich wusste nur nicht, wem. Die Wahrheit war, dass ich ihn für etwas niedergeschossen hatte, was er mir angetan hatte. Ich hatte keine Ahnung, was schlimmer war, das, was er mir angetan hatte, oder das, was ich ihm angetan hatte. Ich wusste auch nicht, ob sich das gegeneinander aufwiegen ließ. Auf der Waage Gottes vielleicht. Oder auf der des Teufels. Oder auf irgendeiner Waage, mit der Reis abgewogen wurde oder Mais. Ich wusste nur, dass es eine andere Wahrheit gab, die nicht in der Zeitung stand. Ich hätte sie hinausschreien können, aber niemand hätte sie mir geglaubt. Nicht mir.

Lucia

Sie saß da mit ihrer kleinen Katze im Schoß und blinzelte mich an, weil ihr die Sonne ins Gesicht schien.

Ich blieb am Straßenrand stehen. Sie hatte ein merkwürdig schönes Gesicht, in dem nicht viel stimmte und trotzdem alles wunderbar zusammenpasste. Ich hatte nie zuvor in ein schöneres Gesicht gesehen, außer in das meiner Schwester Theresa. Sie hatte schwarzes Haar, das sie halblang geschnitten und in der Kopfmitte gescheitelt hatte. Vielleicht war sie eine Indianerin, aber ihre Haut war heller als meine und ihr Gesicht schmal und die Nase ziemlich klein und mit einem gebrochenen Nasenbein.

»Wie heißt du?«, fragte ich sie.

»Lucia«, sagte sie und beschattete mit der linken Hand ihre Augen. Misstrauische Augen. »Und du?«

»Jimmy Molina«, sagte ich.

Sie streichelte ihre kleine Katze und das Haar fiel ihr ins Gesicht.

»Jimmy Molina?«, wiederholte sie meinen Namen. »Jimmy?«

Ich grinste. »Eigentlich heiße ich Santjago.«

Sie nickte, als hätte sie das schon gewusst.

»Sie hat keinen Namen«, sagte sie unter dem Haar hervor, ohne den Kopf zu heben.

»Sie ist nur eine Katze«, sagte ich. »Ich hatte einen Hund ohne Namen.«

»Willst du ihr einen Namen geben?«

»Ich?« Ich lachte.

»Was gibt es da zu lachen?«

»Das ist keine Sache für einen Mann«, sagte ich. »Nur Mädchen und kleine Kinder geben Katzen und Hunden und anderen Tieren einen Namen.«

»Und du bist ein Mann?«

»Ich denke schon.«

Sie sah mich genauer an.

»Du bist ziemlich dünn für einen Mann.«

Ich gab ihr keine Antwort.

»Chico«, sagte sie. »Ich nenne meine Katze Chico.«

»Zeig her.« Ich streckte die Hand aus. Sie begriff nicht, was ich von ihr wollte, und zuckte zurück. Der Ausdruck in ihren Augen wurde hart. Da sagte ich es ihr und sie gab mir die kleine Katze.

»Es ist ein Weibchen«, sagte ich, nachdem ich ihr kurz den Schwanz gehoben hatte.

»Die Katze ist ein Weibchen?«

»Ja. Sag bloß, du weißt nicht, woran man das erkennen kann?«

»Natürlich weiß ich es.«

Sie nahm mir die kleine Katze aus der Hand und erhob sich von der Mauer, auf der sie die ganze Zeit gesessen hatte.

»Ich muss jetzt gehen.«

»Wohin?«

Sie drehte sich um und ging davon. Zuerst wollte ich sie gehen lassen. Ich schaute ihr nur nach, wie sie über die Backsteine und die Zementbrocken stieg, aus dem Schatten der Mauer trat und die schmale Straße hinunterging, die zum Fluss führte, der längst kein Fluss mehr war. Sie bewegte sich gewandt und leichtfüßig und trotzdem mit der Vorsicht eines Menschen, der schon vielen Gefahren begegnet ist. Ich sah ihr nach und hoffte, dass sie noch einmal zurückblicken würde, aber das tat sie nicht.

»Blöde Ziege«, murmelte ich.

Dann lief ich ihr nach und ich holte sie ein, an einer Straßenkreuzung, wo ein altes Gebäude stand, das einmal ein Laden gewesen war. Ich hielt sie am Arm zurück, aber sie entzog ihn mir schnell.

»Fass mich ja nicht noch einmal an!«, sagte sie drohend.

»Warum kommst du nicht mit mir?«, fragte ich sie.

»Warum sollte ich mit dir kommen?«

»Weil du wahrscheinlich auch kein Zuhause hast.«

»Ich habe ein Zuhause.«

»Hier?«

»Nein. Aber dort, wo ich herkomme.«

»Wo kommst du her?«

»Aus San Javier.«

»Wo ist das?«

»Dort, wo meine Familie lebt.«

»Und wo ist das?«

»In Guatemala.«

»Bist du von dort geflohen?«

»Ja.«

»Allein?«

»Nein. Mit einem Jungen und mit meiner Mutter.«

»Wo sind sie?«

Sie hob die Schultern.

»Du weißt nicht, wo sie sind?«

»Nein. Sie haben unser Lager verlassen und sind zurückgegangen, weil jetzt Friede sein soll in Guatemala.«

»Es wird niemals Friede sein, solange einige von uns leben.«

»Das mag sein.«

»Komm mit mir!«

Sie legte den Kopf schief und sah mir in die Augen.

»Du bist allein, nicht wahr?«

Sie schwieg.

»Wenn du mit mir kommst, bist du nicht mehr allein.«

»Ich bin gerne allein.«

»Das glaube ich dir nicht.«

»Ich bin gerne allein.«

»Ich geh nach Amerika«, sagte ich.

»Auf dieser Straße bin ich schon einigen begegnet, die dorthin wollen«, sagte sie.

»Wohin gehst du?«

»Ich gehe auch dorthin.«

»Allein?«

»Ja.«

»Warum gehst du nicht mit mir?«

»Ich glaube nicht, dass das gut wäre, Jimmy Molina«, sagte sie.

»Und kannst du mir vielleicht sagen, warum das nicht gut wäre?«

»Weil ich ein Mädchen bin und du ein Junge.«

Ich grinste.

Sie nickte. »Siehst du«, sagte sie. »Ich mag nicht, wie du mich ansiehst und dabei grinst.«

»Warum nicht?«

»Weil ich mir denken kann, was du denkst.«

»Und was denke ich?«

»Was alle denken.«

»Stimmt nicht. Ich sehe dich an, und ich denke, dass du ein sehr schönes Mädchen bist.«

Sie blickte zu Boden.

»Wer hat dir das Nasenbein gebrochen?«

Sie hob den Kopf. Ihre Augen waren plötzlich hart.

»Und die Narben an deinem Kinn und an deinem Handgelenk?«

»Ich finde, das geht dich alles nichts an.«

»Weißt du, was ich sonst noch über dich denke? Ich denke, dass du ziemlich kompliziert bist für dein Alter.«

»Und du bist ziemlich unverschämt, so wie du mich ansiehst.«

Ich wollte noch einmal nach ihrem Arm greifen, aber sie
fuhr zurück, und die Katze fauchte mich an.

Wir gingen zusammen die Straße hinunter. Die Sonne im
Gesicht. Unten im Tal lagen die Schatten der Häuser eines kleinen Dorfes in einem merkwürdigen Dunst aus Licht und
Staub, in dem der Asphalt der Hauptstraße glänzte. Autos und
Menschen bewegten sich wie lautlos in einem Geräusch, das
uns hier oben schon die ganze Zeit in den Ohren lag, ohne dass
wir es hörten.

»Wovor läufst du davon?«, fragte ich sie.

»Vor nichts.«

»Ich bin noch nie einem Mädchen begegnet, das ganz allein
auf dem Weg nach Amerika war.«

»Ich bin nicht allein.«

»Du bist nicht allein?« Ich sah mich schnell um, konnte aber
niemand entdecken, der vielleicht zu ihr gehörte. Da lachte sie.

»Du bist bei mir.«

»Ich? Sag mal, spinnst du vielleicht? Wir sind uns eben erst
begegnet.«

»Aber ich weiß, wer du bist.«

»Du weißt, wer ich bin?«

»Ja.«

»Und woher willst du das wissen?«

»Die Katze hat mir gesagt, wer du bist.«

»Die Katze?«

Sie lachte. »Ja, die Katze.«

»Und was hat dir die Katze über mich erzählt?«

»Dass du Santjago Molina bist und auf der Flucht vor der
Polizei, weil du vor einigen Tagen einen Capitan der Polizei
niedergeschossen hast.«

Erschrocken blieb ich stehen und packte sie beim Arm. »Das

hast du in der Zeitung gelesen!«, stieß ich hervor. »Die Katze kann bestimmt nicht lesen.«

»Du bist ein gefährlicher Pistolero, Jimmy Molina.«

»Das stimmt«, sagte ich mit herausforderndem Trotz in der Stimme. »Was dagegen?«

»Du sollst mich loslassen«, sagte sie, und ihre Stimme zitterte.

»Und wenn ich es nicht tue?«

Sie holte mit der freien Hand aus und knallte mir so plötzlich eine, dass ich es nicht mehr schaffte, auszuweichen. Ich ließ sie los. Meine Wange brannte wie Feuer.

»Ich habe dich gewarnt«, hörte ich sie sagen. »Ich will nichts mit dir zu tun haben, verstehst du? Ich will nicht mit dir nach Amerika gehen, ich will nicht mit dir gesehen werden und ich will auch nicht mit dir pennen. Hast du das verstanden, Jimmy Molina?«

Ich blickte sie wütend an.

»Ich könnte dich töten!«, würgte ich hervor.

Sie drehte sich um und ging davon.

*

Ich sah sie am Abend des nächsten Tages unter einem Baum sitzen. Sie aß ein Stück von einer Papaya. Ihre Beine waren voller Staub, und das Kleid, das sie trug, war schmutzig und zerrissen. Am linken Knöchel hatte sie eine blutverkrustete Schramme.

Als sie mich sah, runzelte sie die Stirn und bedrohte mich mit ihrem Blick aus den schwarzen Augen.

»Geh weiter!«, sagte sie, bevor ich auf zehn Schritte an sie herangekommen war.

Ich ging an ihr vorbei, ohne etwas zu sagen und ohne sie anzusehen.

»He!«

Ich blieb stehen.

»Willst du ein Stück von der Papaya?«

Ich drehte mich um.

»Redest du vielleicht mit mir?«

»Mit wem denn sonst? Auf dieser Straße ist sonst niemand unterwegs.«

»Wie kommt es, dass du auf dieser Straße unterwegs bist? Es ist nicht die Hauptstraße.«

Sie strich sich Haarsträhnen aus dem Gesicht.

»Bist du mir gefolgt?«

»Nein.«

»Du lügst.«

»Ich lüge nie.«

»Du lügst.«

Ich ging zu ihr und setzte mich neben sie in den Schatten. Die kleine Katze lag in ihrem Schoß und schlief.

»Wie geht es Chico?«

»Gut.«

»Hat sie vielleicht die heutige Zeitung gelesen?«

»Heute steht nichts über dich drin.«

»Dann hat man mich schon vergessen.«

»Kaum. Es steht drin, dass der Capitan am Leben bleiben wird. Er wird jedoch nie mehr in der Lage sein, seine Arbeit wieder aufzunehmen, weil er wohl für immer gelähmt ist.«

Ich legte mich zurück, verschränkte die Hände hinter dem Kopf und blickte zur Baumkrone auf, einem Gewirr von Ästen und Blättern, durch die ich Flecken des Himmels sehen konnte.

»Und es steht drin, dass man überall nach dir suchen und nicht aufgeben wird, bis man dich gefunden hat.«

»Dann wird man lange suchen müssen.«

»Jemand könnte dich verraten.«

»Du?«

»Nein. Jemand, der über dich Bescheid weiß.«

»Niemand weiß über mich Bescheid.«

»Leute, denen du begegnet bist.«

Ich dachte an den Haciendero und an seine Familie. Bestimmt hatte er die Berichte in den Zeitungen gelesen. Er war ein kluger Mann, und er wusste, dass ich den Revolver mitgenommen hatte.

»Willst du mir vielleicht sagen, warum du den Capitan niedergeschossen hast?«, fragte sie.

»Nein.«

Sie sagte nichts darauf.

»Dein Kleid war gestern noch völlig in Ordnung, warum ist es so schmutzig und zerrissen?«

»Ich habe dir doch gestern gesagt, was Männer denken, wenn sie mich sehen.« Sie beugte sich zu mir herüber. »Hier. Die Papaya ist zuckersüß.«

Ich setzte mich langsam auf. Da saß sie neben mir und hielt mir ein Stück der Papaya hin, das sie mit dem Messer von der Frucht geschnitten und geschält hatte. Ich nahm es ihr aus der Hand und begann zu essen. Dabei dachte ich an das, was Männer denken, wenn sie Lucia sehen. Ich dachte, dass ich sie mit meinen Fingern berühren wollte, ihre glatte staubige Haut und ihr Haar und ihre Augen, die von unterschiedlicher Form waren, und ihre kleine Nase, die sie einmal gebrochen hatte, und ihr Kinn und ihren Hals und ihren Leib und ihre Beine, und ich dachte, dass es schöner als ein Traum gewesen wäre, mit ihr zu schlafen. Aber gleichzeitig dachte ich, dass es sinnlos war, daran zu denken, denn ich war keiner, dessen Träume in Erfüllung gingen.

*

Wir lagen unter dem Baum und die Sterne glitzerten durch das Gewirr der Äste und Blätter.

»Wir sollten aufbrechen«, sagte sie, nachdem wir fast eine Stunde lang kein Wort miteinander geredet hatten.

Ich lag still.

»Es ist kühl jetzt«, sagte sie. »Wir sollten aufbrechen und die ganze Nacht lang weiterlaufen.«

»Ich dachte, du willst nicht mit mir gesehen werden.«

»Es ist Nacht. Niemand wird uns sehen.«

Wir standen auf, packten unser Zeug zusammen und gingen in die Nacht hinaus, auf unsere eigenen Schatten tretend, weil der Mond sich hinter uns befand. Wir gingen nebeneinander auf der alten Landstraße nach Norden, und wir hörten Hunde bellen und sahen Lichter und Umrisse von Häusern, die einsam in der Nacht standen, und wir gingen durch ein schlafendes Dorf und durch ein anderes Dorf, wo aus einer Cantina Musik kam, und dann überquerten wir einen ausgetrockneten Fluss und die Straße, der wir gefolgt waren, mündete in eine asphaltierte Straße, auf der Lastwagen nach Norden und nach Süden fuhren.

»Wie kommt es, dass du mich gefunden hast?«, fragte sie mich plötzlich. Wir gingen hintereinander auf einem schmalen Pfad unterhalb der linken Straßenböschung. Der Pfad war von Pferden und Eseln und Kühen getrampelt worden und führte kreuz und quer durch das Gestrüpp, jedoch immer die Straße entlang.

»Ich habe gesehen, wie du hinten auf einen Kleinlaster geklettert bist. Dann ist der Kleinlaster von der Hauptstraße abgebogen.«

»Es waren zwei Männer«, sagte sie. »Und ein großer Hund.«

»Was haben sie dir getan?«

»Nichts. Ich bin davongerannt.«

»Und der Hund?«

»Sie wollten den Hund hinter mir herjagen, aber der Hund gehorchte ihnen nicht. Ich hörte sie fluchen, und dann schlugen sie den Hund, aber der Hund gehorchte ihnen nicht. Dann liefen sie mir nach, doch irgendwann gaben sie auf, weil sie einsahen, dass sie mich niemals einholen würden.«

»Und die Papaya?«

»Was ist damit?«

»Wo hast du die Papaya her?«

»Sie hatten Melonen und Papayas hinten auf dem Lastwagen. Ich habe die Papaya mitgenommen, als ich ihnen da-
vonlief.«

»Du hast ihnen die Papaya gestohlen?«

»Sag mal, das ist doch wohl nicht so schlimm, wie einen Capitan von der Polizei niederzuschießen.«

»Das kommt drauf an.«

»Auf was denn?«

Ich schwieg. Nach einer Weile sagte ich: »Wir könnten versuchen, per Anhalter ein Stück zu fahren.«

»Niemand würde uns mitnehmen. Nicht zu zweit und mitten in der Nacht. Die Chance, dass uns einer nicht sieht und
mit seinem Laster überfährt, ist größer, als dass einer anhält
und uns mitnimmt.«

»Wenn du allein am Straßenrand stehst, kann es gut sein,
dass einer anhält.«

»Und du?«

»Ich verstecke mich im Gestrüpp.«

»Aber wie könnte *ich* dir trauen, mit diesem Revolver, der in
deiner Hose steckt?«

»Du kannst mir vertrauen.«

Sie blieb stehen.

»Niemals«, sagte sie.

※

Der Lastwagen hielt auf einem Rastplatz. Sein Dieselmotor
lief, aber die Scheinwerfer waren ausgeschaltet und nur die
kleinen Parklichter brannten.

Der Fahrer stand am Rand des Parkplatzes und pisste in die
Büsche. Als er fertig war, trat Lucia aus dem Schatten einer
Akazie. Er sah sie erst, als er einpackte und seine Hose zu-

knöpfte. Es brannte eine einzige Lampe auf dem Parkplatz. Im Dunkeln stand ein anderer Lastwagen, dessen Motor nicht lief. Und ein Campmobil mit amerikanischem Nummernschild.

»Hallo«, sagte Lucia.

»Hallo«, sagte der Lastwagenfahrer. Er musterte Lucia von Kopf bis Fuß.

»Kannst du mich mitnehmen?«, fragte sie.

»Wohin?«

»Nach Nogales.«

»Nogales? Ich fahre nicht nach Nogales.« Er wollte zu seinem Lastwagen gehen, aber Lucia trat ihm in den Weg.

»Wohin fährst du?«, fragte sie ihn.

»Nach Hermosillo.«

»Wie weit ist es von dort bis zur Grenze?«

»Nicht mehr weit. Hör mal, Mädchen, ich habe einen Job zu tun und keinen Bock, dich mitzunehmen.« Er schob sie zur Seite und ging um seinen Lastwagen herum, um alle Räder zu überprüfen. Als er wieder bei der Führerkabine ankam, stand Lucia auf dem Trittbrett.

»Du fährst allein durch die Nacht«, sagte sie. »Wenn du mich mitnimmst, werde ich dich unterhalten. Damit du nicht einschläfst.«

Er betrachtete sie noch einmal.

»Wie alt bist du?«

»Achtzehn.«

Er schüttelte den Kopf. »Du bist nicht älter als vierzehn. Ich habe eine Tochter in deinem Alter. Ich kenne mich aus.«

»Ich habe eine Zeitung, aus der ich dir vorlesen kann«, sagte sie.

Er lachte. »Bist du allein?«

Sie legte den Kopf schief, und er merkte sofort, was los war, er merkte, dass sie ihn nicht anlügen konnte, weil sie ein Gewissen hatte, das noch funktionierte.

»Du bist nicht allein, nicht wahr?«

»Nein.«

Er blickte sich um und da trat ich hinter dem Lastwagen hervor und ich hatte den 38er in der Hand. Ich konnte hören, wie er tief Luft holte.

»Steig ein«, sagte ich.

Er war ein Menschenkenner. Er wusste gleich, dass mein Gewissen im Gegensatz zu dem von Lucia nicht mehr richtig funktionierte.

»Er tut dir nichts, wenn du uns mitnimmst«, sagte Lucia. Sie öffnete die Fahrertür und stieg zuerst ein. Sie rutschte bis zum anderen Ende der Sitzbank und kurbelte das Seitenfenster herunter.

»Steig ein!«, forderte ich den Lastwagenfahrer noch einmal auf.

»Junge, denk daran, dass ich eine Familie habe«, sagte er heiser.

»Du quatschst zu viel.«

Da ergriff er einen Haltebügel am Lastwagen, schwang sich auf das Trittbrett und stieg ein. Als er hinter dem Steuer saß, ging ich vorn um den Lastwagen herum und stieg auf der anderen Seite ein. Lucia rutschte in die Mitte.

»Danke, dass du uns mitnimmst«, sagte sie zu ihm. »Wir sind fast hundert Kilometer zu Fuß gegangen.«

»Es sind über siebenhundert Kilometer nach Hermosillo«, sagte er.

»Je früher du fährst, desto früher sind wir dort«, sagte ich und zog den Stecker des Mikrofons aus dem CB-Radio, das unter dem Armaturenbrett befestigt war.

Er blickte zu mir herüber. Ich hatte den Revolver noch immer in der Hand. Er machte die Scheinwerfer an, legte den ersten Gang ein und löste die Handbremse. Der riesige Lastwagen zitterte, als er anfuhr.

»Was hast du geladen?«, fragte ihn Lucia.

»Schrauben und Muttern«, sagte er. »Für die Ford-Werke in Hermosillo.«

Der Lastwagen kam langsam in Fahrt. Als wir ein Stück weit gefahren waren, steckte ich den Revolver so in den Hosenbund, dass er mich in sitzender Stellung nicht störte. Ich knöpfte das Hemd auf, sodass ich jederzeit schnell danach greifen konnte. Dann machte ich es mir so bequem wie möglich und schloss die Augen.

»Mein Name ist Ramon«, hörte ich den Lastwagenfahrer sagen. »Ramon Fuentes.«

»Ich bin Lucia«, sagte Lucia.

»Und er?«

»Er heißt Jimmy«, sagte sie. »Meine Katze heißt Chico, obwohl sie ein Weibchen ist.«

Ich schlief schon fast, aber ich hörte noch, wie er anfing, von seiner Familie zu erzählen, von seiner Frau und seinen Kindern und von einer trächtigen Hündin, die Luna hieß und ein braunes und ein blaues Auge hatte.

*

Er hielt an einer Tankstelle. Ich erwachte, als er damit anfing runterzuschalten. Im ersten Moment wusste ich nicht, wo ich war. Im zweiten Moment griff ich nach dem Revolver, aber er steckte nicht mehr in meiner Hose.

»Die Pistole ist dir aus der Hose gerutscht, während du geschlafen hast«, sagte der Fahrer, ohne den Blick von der Auffahrt zur Tankstelle zu nehmen. Ich richtete mich etwas auf. Lucia lag zusammengekauert neben mir auf der Sitzbank, die Beine dicht an den Leib gezogen und den Kopf auf meinem linken Oberschenkel. Einen Arm hatte sie völlig verdreht hinter ihrem Genick und der andere hing an ihrer Seite herunter auf den Fußboden.

»Hier.« Er hielt mir den Revolver entgegen, mit dem Griff nach vorne. »Ist das die Pistole, mit der du den Capitan niedergeschossen hast?«

»Es ist keine Pistole«, sagte ich, obwohl in Mexiko jeder »Pistole« sagte, auch wenn es ein Revolver war oder sonst eine Knarre, die man in der Hand halten konnte. »Una pistola« war eine Faustfeuerwaffe.

Ich schob Lucias Kopf von meinem Oberschenkel und richtete mich so weit auf, dass ich meinen rechten Arm, der zwischen der Sitzlehne und der Tür eingeklemmt war, frei bekam. Lucia erwachte und schrak hoch.

»Wo sind wir?«, fragte sie und rieb sich die Augen, während sie durch die Windschutzscheibe zur Tankstelle starrte, die hell erleuchtet war.

»An Durango vorbei«, sagte der Lastwagenfahrer. »Es sind noch etwas mehr als fünfhundert Kilometer nach Hermosillo.«

»Warum halten wir hier?«

»Weil ich Diesel brauche.«

»Diesel?«

»Benzin.«

Er fuhr den Lastwagen an eine der Zapfsäulen und hielt an, ohne den Motor auszuschalten.

»Ich muss dort rein, Junge«, sagte er und deutete mit einer Kopfbewegung zu einem Laden, über dem eine Leuchtreklame für Tecate-Bier blinkte. Zwei Männer standen beim Eingang. Einer rauchte. Der andere redete und gestikulierte dabei mit beiden Händen.

»Gehen wir«, sagte ich zu ihm.

Wir stiegen aus. Alle drei. Lucia hielt die Katze im Arm. Im Laden redete der Lastwagenfahrer mit einem Mann, der aus der Werkstatt gekommen war und seine ölverschmierten Hände an einem Lappen abrieb. Ich stand bei einem Regal mit Zeitschriften.

»Gehören die zu dir?«, fragte der Mann.

»Ich nehme sie mit nach Hermosillo«, sagte der Lastwagenfahrer. »Sie sind Geschwister auf dem Weg nach Hause.«

Der Mann sah Lucia an. Sie streichelte ihre Katze.

»Sie heißt Chico«, sagte sie.

Der Mann bleckte die Zähne. Keine Ahnung, wieso. Bleckte die Zähne und sah sie ganz merkwürdig an.

»Wenn ihr über Nacht hier bleiben wollt, ich habe ein Zimmer für dich und deine hübsche Schwester«, sagte er.

»Sie wollen nicht hier bleiben, du alter Bock!«, sagte der Lastwagenfahrer lachend. »Geh und mach die Tanks voll, dann kommst du auf andere Gedanken.«

Der Mann lachte und ging hinaus.

»Danke«, sagte Lucia.

»Wofür?«

»Dass du das gesagt hast.«

»Vergiss es«, sagte der Lastwagenfahrer. Er holte drei Cola aus dem Kühlfach und gab uns je eine Flasche.

»Früher, als ich ein Junge war, da ging ich auch nach Amerika«, sagte er und hob die Coca-Cola-Flasche, als prostete er Amerika zu. »Ich war der älteste Sohn meines Vaters und mein Vater war der älteste Sohn seines Vaters. Der älteste Sohn geht immer nach Amerika und verdient Geld, das er nach Hause schickt. Das ist so, seit es Amerika gibt.«

»Wie war es in Amerika?«, fragte ihn Lucia.

»Ich dachte, dort würde es Gold regnen«, sagte er und trank von seiner Cola.

»Es regnet kein Gold?« Lucia tat überrascht.

»In der Nähe von Houston geriet ich in ein furchtbares Gewitter, in dem ich fast ertrunken bin«, sagte er. »Ich stand in einem ausgetrockneten Flussbett und plötzlich kam das Wasser, und ich stand einfach dort und wartete auf das Gold, aber es kam nicht.«

»Vielleicht ist es jetzt anders als früher«, sagte ich.

Er sah mich an. »Wohl kaum.«

Lucia lachte. »Ich geh nach Hollywood«, sagte sie. »Dort regnet es Gold.«

Er senkte den Kopf. »Für dich soll es Gold regnen, Lucia«, sagte er, ohne sie anzusehen.

Danach schwiegen wir. Ich nahm ein Magazin aus dem Regal und blätterte darin, ohne mir die Bilder genauer anzusehen oder irgendetwas zu lesen. Lucia setzte sich auf einen Stuhl bei der Kasse und spielte mit der Katze in ihrem Schoß. Die Katze biss ihr in den Finger, ohne ihr wehzutun. Dann kam der Mann von der Tankstelle herein und schrieb die Rechnung und der Lastwagenfahrer quittierte.

»Bist du sicher, dass du nicht hier bleiben willst, Mädchen?«, fragte der Mann von der Tankstelle.

Wir gingen hinaus und fuhren weiter.

*

Die Polizei hatte eine Straßensperre errichtet. Hätte ich das CB-Radio nicht ausgeschaltet, wären wir vielleicht gewarnt worden. So bemerkten wir die Sperre erst, als wir um eine lang gezogene Kurve kamen und die Lichter auf der Straße sahen und die beiden Scheinwerfer, die eine Ausweichstelle grell ausleuchteten.

»Verdammte Bullen!«, brüllte der Lastwagenfahrer. »Bestimmt hat dich Raoul von der Tankstelle erkannt, Junge!«

Ich zog den Revolver unter dem Hemd hervor, drückte Lucia mit dem linken Ellbogen hart in den Sitz zurück, lehnte mich zu ihm hinüber und hielt ihm die Mündung an die Schläfe.

»Halt an!«

»Das ist zu spät, Junge. Ich kann …«

»Halt an, verdammt!«, schrie ich. Es waren nicht mehr als

drei- oder vierhundert Meter bis zur Straßensperre und die Straße war leicht abschüssig, aber Ramon trat sofort auf die Bremse. Der Lastwagen, geschoben von seiner schweren Last, schien sich fast zu verbiegen. Ich hörte die Bremsen zischen und die Reifen quietschen, und ich sah, wie Lucia beide Hände ausstreckte, um sich am Armaturenbrett abzustützen. In dem Moment brach der Lastwagen scharf nach links aus. Ich verlor das Gleichgewicht und wurde von der Fliehkraft gegen die Tür gestoßen. Ich hörte Lucia aufschreien und sah, wie Ramon gegensteuerte. Sein Gesicht war verzerrt. Er schien zu schreien, aber es kam kein Laut aus seinem Mund. Unsere Scheinwerfer leuchteten über eine Leitplanke hinweg in das weite Land hinaus. Der Lastwagen machte quietschend und ächzend ein paar Bocksprünge seitwärts. Ich hatte plötzlich Lucias Hand im Gesicht. Die Windschutzscheibe zersplitterte. Die Seitentür ging auf, und ich sah die Scheinwerfer und die Polizisten, die im gleißenden Licht zur Seite sprangen, als wollten sie einem Ungeheuer ausweichen. Der Lastwagen drehte sich langsam um seine eigene Achse, krachte in die Leitplanke, rutschte auf die ersten Sperrlichter zu und knallte in einen der Streifenwagen, die am Straßenrand geparkt waren. Eine Sirene heulte los. Der Motor des Lastwagens ging aus und im nächsten Moment prallte er ein zweites Mal gegen die Leitplanke und rutschte daran ein Stück weit entlang, bis er schließlich in einer Wolke von Rauch zum Stehen kam.

Ich packte Lucia beim Arm.

»Raus!«, schrie ich.

Sie starrte mich nur an. Blut lief ihr von einer Schramme auf ihrer Stirn über das Gesicht.

Ich wollte sie mit mir zerren, aber als ich schon halb aus dem Lastwagen war und vom Trittbrett springen wollte, sah ich, dass sie sich mit einem Fuß am Türrahmen abstemmte und sich mit einer Hand am Sitz festhielt.

»Komm!«, rief ich ihr zu. »Komm, Lucia!«

Sie sagte kein Wort. Sie starrte mich nur mit großen, erschreckten Augen an, und ich begriff in diesem Moment, dass sie nicht mit mir kommen wollte. Da ließ ich sie los, drehte mich um und rannte davon. Ich sprang über die Leitplanke hinweg und jagte einen Abhang hinunter und durch das Dornbuschgestrüpp. Stimmen und das Licht von Taschenlampen holten mich ein.

»Dort läuft er!«, hörte ich sie rufen. »Dort läuft dieser Hund!«

Ich achtete nicht auf sie. Ich rannte in die Nacht hinaus, und ich rannte, bis meine Lungen brannten und mich meine Beine nicht mehr tragen wollten. Ich stolperte eine Böschung hinunter in ein ausgetrocknetes Flussbett und stürzte. Ich stürzte so schwer, dass es mir den Atem verschlug. Ich bäumte mich im Sand auf, um Luft zu kriegen, und ich dachte, ich würde ersticken. Ich dachte, mein Kopf würde platzen. Ich wollte schreien, aber ich brachte keinen Laut heraus. Pfeifend sog ich die Nachtluft durch den aufgerissenen Mund in meine Lungen, in denen ein Feuer ausgebrochen war. Ich drehte mich auf den Rücken. Die Sterne über mir glühten rot. Mein Herz raste und ich hörte ihre Stimmen. Sie kamen näher. Ich hörte sie fluchen. Und dann sah ich das Licht ihrer Taschenlampen durch das Ufergestrüpp dringen.

Es gelang mir, aufzustehen. Ich lief durch das Flussbett und kroch unter einem Stacheldrahtzaun hindurch und rannte in eine Ebene hinaus, auf der kaum Büsche wuchsen. Ich lief bis zu einem Graben. Dort fiel ich hin. Ich kroch in den Graben hinein und wartete darauf, dass sie kommen und mich hier finden würden. Aber sie kamen nicht. Sie kamen nicht durch das Flussbett. Ich hörte sie reden und fluchen, aber ihre Stimmen wurden leiser und leiser und schließlich hörte ich sie nicht mehr.

Irgendwann kroch ich aus dem Graben heraus.

In der Ferne sah ich die Lichter von Autos und Lastwagen, die auf der Straße fuhren. Ganz leise hörte ich das Gebrumm der Motoren. Ich war etwa drei, vier Kilometer von der Straße entfernt in der Nacht. Allein.

Ich setzte mich auf. Ein paar Schritte von mir stand eine Kuh mit ihrem Kalb. Sie blickten beide herüber. Als ich mich erhob, trottete das Kalb davon. Die Kuh drehte sich um und folgte dem Kalb.

Flaco

Ich fuhr mit einem Überlandbus nach Hermosillo, und von dort nahm mich ein Mann mit, der Hühner nach Nogales brachte. Er besaß einen Kleinlaster, einen alten Dodge-Pickup, den er selbst mit senfgelber Farbe angestrichen hatte. »Pollo Rapido«, stand auf den Seitentüren. Hinten war ein Käfig aufgebaut. Da waren mindestens siebenhundert Hühner drin, so dicht zusammengepfercht, dass einige in ihrer panischen Angst anderen die Augen aushackten. Ein paar, die unten lagen, unter all den anderen, waren bereits tot. Ihre Köpfe hingen an langen Hälsen durch das Drahtgeflecht des Käfigs. Andere lebten noch, lagen mit aufgerissenen Schnäbeln im Käfig, nach Atem ringend, und der Tod stand schon in ihren runden, starren Augen.

»Sie sind für die Restaurants in Nogales bestimmt«, erklärte mir der Mann. »Die, die auf der Fahrt dorthin sterben, braucht man schon nicht mehr zu schlachten.«

Federn flogen hinter dem Kleinlaster im Fahrtwind. Der Motor des alten Pickup polterte, als liefe er nur auf sechs seiner acht Zylinder. Der Mann sagte, dass der Motor ein zuverlässiger Motor sei, der ihn in fast zwanzig Jahren kein einziges Mal im Stich gelassen habe. Der Mann hatte keine Frau und keine Kinder. »Mit Weibern kriegst du nur Ärger, Junge. Ich brauch keine, die mich daheim ankeift und mir auf die Finger schaut und mir sagt, was ich zu tun oder zu lassen habe. Ich fahre jede Woche einmal mit einer Ladung Hühner nach Nogales, und wenn ich Bock habe, geh ich ins Puff. Das kostet mich zwar ein paar Pesos, aber ich betrachte das als eine Investition in meine persönliche Freiheit.«

Er redete eine ganze Menge Zeug, das mich eigentlich nicht interessierte, weil mich sein Leben nicht berührte. Er fuhr mit seinen halb toten Hühnern nach Nogales und hatte einen Platz neben sich frei. Das war alles. Ich wünschte, er hätte den Mund gehalten und mich meinen Gedanken überlassen, mit denen ich bei Lucia war und bei ihrer Katze. Keine Trennung war mir bisher so sehr ans Herz gegangen wie die von Lucia. Dabei kannten wir uns kaum. Ich wusste nichts über sie, außer dass sie nach Amerika wollte. Und trotzdem schien es mir jetzt, als wären wir uns nicht erst vor ein paar Tagen, sondern schon lange vorher begegnet. In einer anderen Zeit. In einer anderen Welt. Irgendwo, wo wir uns nahe gewesen waren, so nahe, dass ich sie jetzt noch spüren konnte, die Berührung ihrer nackten Haut auf meiner und ihren Atem an meinen Lippen, bevor wir uns küssten. Dabei hatten wir uns nie geküsst. Ich war wach und ich träumte, während der Hühnerhändler neben mir redete, als hätte er auf seinen Fahrten von Hermosillo nach Nogales die Welt entdeckt. Er ging mir auf die Nerven, und ich dachte daran, ihm den Lauf meines Revolvers in den Mund zu stecken und abzudrücken, aber ich wollte nicht noch mehr Schwierigkeiten, als ich ohnehin schon hatte. So ließ ich ihn reden, ohne ihm zuzuhören, und schließlich sagte ich ihm, dass er anhalten und mich rauslassen solle. Er hielt an und ich stieg aus und er sah mich ganz verdutzt an.

»Es sind noch mehr als dreißig Kilometer nach Nogales«, sagte er.

»Schon gut«, gab ich ihm zur Antwort.

»Nun, dann pass auf die Federales bei der Kontrollstation auf, Junge. Kurz bevor du nach Nogales kommst, stehen sie an der Straße, und wenn sie dich so allein erwischen, dann machen sie Spielchen mit dir.«

»Spielchen?«

»Lieber machen sie ihre Spielchen mit irgendwelchen Gringos, aber wenn sie dich so allein erwischen und gerade kein Gringo da ist, nehmen sie ganz bestimmt mit dir vorlieb.«

Er fuhr davon, hielt nach fünfzig Metern noch einmal an, legte den Rückwärtsgang ein und kam zurückgefahren. Er beugte sich zum Seitenfenster herüber, eine Hand am Steuerrad, mit der anderen kratzte er sich im Nacken.

»Wenn du in Nogales irgendwo unterkommen willst, besuch mal die alte Sarita.«

»Wer ist das?«

»Sag ihr, dass ich dich geschickt habe.«

»Und wo finde ich sie?«

»Im *Hotel Camino Real*. Dort arbeitet sie. Vermittelt die Kojoten für die, die über die Grenze wollen. Die alte Schlampe ist mit allen Wassern gewaschen, Junge. Und keine kennt sich in Nogales besser aus als sie. Bei ihr findest du alles, was du suchst.«

»Ich suche nichts.«

»Und ob du was suchst, Junge. Das seh ich in deinen Augen, dass du was suchst. Kluge Augen sind das. Sarita wird viel Spaß an dir haben.«

Er lachte und legte den ersten Gang ein. Das Getriebe ächzte und der Pickup fuhr mit einem Ruck an. Hinten baumelten die Köpfe der toten Hühner an ihren lang gestreckten, federlosen Hälsen vom rostigen Drahtgeflecht des Gitters.

Der »Pollo Rapido« fuhr davon und ich stand am Straßenrand und fing mit der Hand eine der Flaumfedern im Flug. Ich war froh, dass ich ihn nicht zum Schweigen gebracht hatte. Bestimmt würde ich eines Tages Lucia wieder begegnen, und sie wäre sicher nicht damit einverstanden gewesen, ihn einfach niederzuschießen, weil er zu viel redete.

✳

Er lag auf der Straße in seinem Blut, und die Leute, die um ihn herumstanden, sagten, er sei ein Bajador gewesen, einer von denen, die in den Abwasserkanälen unter der Stadt hausten und überall ihr Unwesen trieben.

Ein verstörtes Mädchen, das schwanger war und eine blutende Schramme am Kopf hatte, sagte den Polizisten unter Tränen, dass der Name des Jungen Tomo sei und dass er zur Bande von Flaco gehörte, einer Bande, die sich *Barrio Libre Sur* nannte.

»Er ist mein Mann!«, jammerte das Mädchen. »Ich trage sein Kind!«

»Er war eine gefährliche Ratte!«, sagte ein Mann, der in meiner Nähe stand, so laut, dass ihn das Mädchen hörte. Sie drehte sich um, und bevor die Polizisten sie daran hindern konnten, spuckte sie dem Mann ins Gesicht.

Wer ihn niedergestochen hatte, wusste niemand. Einer der Polizisten, die zur Spezialeinheit *Grupo Beta* gehörten, sagte, dass Tomo mindestens zwanzig Stich- und Schnittwunden hatte. Vielleicht sogar dreißig. Tomo lag in einem Abwasserkanal, der sich breit wie ein betoniertes Flussbett an der Straße entlangzog, auf der ich nach Nogales, Sonora gekommen war. Autos fuhren langsam vorbei. Ihre Scheinwerfer berührten uns, strichen über den rissigen Asphalt und über die Mauern von halb zerfallenen Hütten, in denen niemand wohnte, und über Plakatwände mit Reklame für Damenunterwäsche und Bier. Ich stand in der Menge und niemand erkannte mich.

»Wer sind die Bajadores?«, fragte ich einen Mann neben mir.

»Untergrundkinder«, sagte er. »Kids, die in den Kanälen und Tunnels hausen wie die Ratten. Man müsste sie ausräuchern oder vergiften, aber die Polizei wird nicht fertig mit ihnen.« Er blickte mich prüfend an. »Du bist nicht von hier, oder?«

»Nein«, sagte ich. »Ich bin aus Chiapas.«

»Die meisten von ihnen kommen woanders her«, sagte er. »Herumstreuner sind es. Sie haben keine Familien und kein Zuhause. Sie sind wie Ungeziefer. Man könnte Erbarmen kriegen, wenn man das sieht, dieses schwangere Mädchen und diesen Jungen dort, der in seinem Blut liegt, aber das wäre falsch. Diese Kinder sind verwilderte Bestien. Eine Gefahr für die Allgemeinheit. Man müsste sie ausrotten.«

Es schien sein voller Ernst zu sein, was er da sagte. Ich ließ den Mann stehen und dachte, dass ich ihn wahrscheinlich umbringen würde, wenn ich ihm noch einmal irgendwo allein begegnete.

Einer der Polizisten leuchtete mir mit einer Taschenlampe ins Gesicht.

»He, du!«, rief er mir zu. Da rannte ich davon, und niemand versuchte, mich aufzuhalten oder mich einzuholen.

*

Ich fragte einen Jungen, der am Straßenrand hockte und seine Basketballschuhe betrachtete, nach dem *Hotel Camino Real*.

Der Junge blickte auf, gab mir aber keine Antwort.

»Weißt du, welches Hotel ich meine?«, fragte ich.

»Ja, das weiß ich.«

»Wo ist es?«

»Dort.« Er zeigte mir die Richtung.

Ich ging die Straße entlang und niemand beachtete mich. Vor dem Hotel blieb ich stehen. Über dem Eingang hing ein gelbes Leuchtschild: *Hotel Camino Real*, in ineinander verschlungenen Buchstaben. Königsweg. Ich war diesen Weg gegangen und ich spürte ihn in meinen Knochen und in meiner Seele. Hier endete er. Hier war die Grenze.

Ich setzte mich auf der anderen Straßenseite auf einen Eimer und beobachtete das Hotel. Leute kamen und verschwanden darin. Leute wie Schatten. Flüchtige Schatten. Lautlos. Schnell.

Sie verschwanden durch die Tür im Hotel und tauchten nicht wieder auf.

Lange nach Mitternacht saß ich noch auf dem Eimer. Dann ging ich die Straße hoch, bis ich in die Nähe des hell erleuchteten Grenzüberganges kam. Ein Gebäude überbrückte die Straße. Ein paar Autos standen im gleißenden Licht, fuhren langsam unter dem Gebäude hindurch, hielten an, fuhren weiter. Lautlos wie die Schatten, die im *Camino Real* verschwunden waren.

Hier, wo ich stand, war noch Mexiko. Dort hinter der Grenze waren die Vereinigten Staaten von Amerika. Ich beobachtete die Fahrzeuge, die die Grenze passierten. Im Laufe der Nacht wurden es weniger und weniger. Dann kamen keine mehr. Keine Autos und keine Lastwagen. Es war still in der Stadt. Irgendwo bellte ein Hund.

Ich ging zum Hotel zurück und beobachtete den Eingang. Es kamen keine Schatten mehr, die im Hotel verschwanden. Der Eingang war dunkel. Ich ging um das Hotel herum. Hinten waren kleine Hütten und eine Mauer mit einem Durchgang. Ein Pfad führte zwischen den Hütten hindurch zu einer Nebenstraße. Ich folgte ihr. Sie endete in der Nähe der Grenze, dort, wo eine unüberwindbare Wand aus schweren, aneinander geschobenen Metallplatten aufragte und sich einen schroffen Hügelhang hochzog. Über mir, am Steilhang, hatten sich irgendwelche Leute Hütten gebaut, in denen sie wohnten. Die Hütten waren klein und sahen aus, als ob sie sich mit letzter Kraft am Hang festkrallten, bis sie eines Tages, zu schwach und zu gebrechlich, den Halt verlieren und in einer Lawine von Schutt und Unrat in die Tiefe rutschen würden.

Ich ging zum *Camino Real* zurück. Ein Mann kam heraus, blieb auf der Straße stehen und zündete sich eine Zigarette an. Der Flammenschein beleuchtete einen Moment lang sein Gesicht. Ich prägte es mir ein. Das Gesicht eines Mannes, der nervös war und sich nach allen Seiten umblickte. Schnurrbart. Kein ungewöhnliches Gesicht, aber ich hätte es unter hundert anderen gewöhnlichen Gesichtern wiedererkannt.

Ich wartete, bis er in sein Auto gestiegen und davongefahren war. Ich roch die Abgase in der frischen Nachtluft, als ich die Straße überquerte und mich dem Hoteleingang näherte. Ich hatte mich entschieden, hineinzugehen und nach Sarita zu fragen. Der Schweiß brach mir aus. Ich spürte ganz deutlich, dass es Angstschweiß war. Ich griff nach dem Revolver, der unter meinem Hemd im Hosenbund steckte. Vor der Tür blieb ich stehen und versuchte, tief ein- und auszuatmen, um mein Herz zu beruhigen. Ich versuchte, an Lucia zu denken, aber das gelang mir nicht. Meine Gedanken waren keine Gedanken mehr. Meine Gedanken waren Fantasien von dem, was sich hinter dieser Tür abspielte. Ich griff nach dem Messingknauf, drehte ihn und öffnete die Tür.

Ein merkwürdiger Geruch stieg mir in die Nase. Ein süßlicher Geruch, den ich noch nie zuvor gerochen hatte. In einem schmalen Flur brannte eine Lampe, die an einem elektrischen Kabel von der Decke hing. Ihr Licht beleuchtete den Flur und ein Stück der Treppe, die in den ersten Stock hinaufführte. Am Ende des Flurs war es dunkel, aber ich vernahm von dort leise Stimmen.

Ich drückte die Tür hinter mir ins Schloss. Auf einem Anmeldepult neben dem Eingang stand eine Vase mit Plastikblumen. Die Plastikblumen rochen, wie die Luft roch. Nur viel stärker nach dem, wonach die Luft roch. Es war ein Geruch, der mich benommen machte, während er mich gleichzeitig ekelte.

An einem Schlüsselbrett hingen ein paar Schlüssel. Die Sitzpolsterung eines Drehstuhls, der hinter dem Pult stand, war zerrissen. An der Wand hing ein Kalender, auf dem ein spanischer Matador im Kampf mit einem Stier abgebildet war, sein Schwert zum Todesstoß erhoben.

Ich drückte die Klingel.

Die Stimmen am Ende des Flurs verstummten. Ich wartete. Nichts geschah. Noch einmal drückte ich auf die Klingel, die auf dem Pult neben einem stinkenden Aschenbecher stand.

Jetzt ging irgendwo eine Tür.

Ein Mann kam hinter der Treppe hervor. Er war ein kleiner, drahtiger Mann, der Ähnlichkeit mit einer Ratte hatte. Ich mochte ihn nicht.

»Was willst du?«, fragte er.

»Jemand hat mich zu Sarita geschickt«, sagte ich. Mein Mund war ausgetrocknet und meine Stimme klang heiser.

»Was willst du von ihr?«

»Das sage ich ihr, wenn ich sie sehe.«

Er musterte mich. Dann ging er ohne ein Wort zurück, woher er gekommen war. Ich wartete. Ich wartete mindestens drei oder vier Minuten. Dann erschien Sarita. Sie war eine schlanke, groß gewachsene Frau, die ein schwarzes, hochgeschlossenes Kleid mit langen Ärmeln trug. Ihr dunkles Haar hatte sie straff zurückgekämmt und am Hinterkopf zu einem Knoten gebunden. Ihre Augen sahen mich nicht an. Ihre Augen schätzten mich ab, forschten nach einer Öffnung, durch die sie in mich eindringen konnte. Ich gab mir keine Blöße. Stand nur da und begegnete ihrem Blick kalt. Meine Hand hielt den Revolvergriff fest, der Zeigefinger war am Abzug leicht gekrümmt.

»Wer bist du?«, fragte sie mich plötzlich.

»Santjago«, sagte ich.

»Und wer schickt dich?«

»Niemand. Ein Hühnerhändler sagte mir Ihren Namen, Señora.«

»Das kann nur einer gewesen sein«, sagte sie. »Ein törichter Mann.«

»Ein geschwätziger Mann«, sagte ich.

Jetzt lächelte sie sogar fast.

»Wo kommst du her, Santjago?«

»Aus Chiapas.«

»Und wo willst du hin?«

»Nirgendwohin.«

»Nirgendwohin?«

»Nein. Ich bleibe hier.«

Sie neigte den Kopf zur Seite. Einmal, da war sie eine wunderschöne Frau gewesen. Aber jetzt war sie alt. Die Haut ihres Gesichtes war beinahe durchsichtig und voller Flecken. Bestimmt war sie fünfzig. Oder sechzig.

»Hier bei mir kannst du nicht bleiben«, sagte sie.

»Warum nicht?«

»Weil hier niemand bleibt. Leute kommen und gehen. Das ist gut so.«

»Wohin soll ich gehen?«

»Geh zu Flaco.«

Da war er wieder, dieser Name.

»Jemand hat Tomo getötet«, sagte ich.

»Was weißt du darüber?«

»Nichts. Ich kam zufällig vorbei, als man ihn fand.«

Sie nickte, als hätte ich ihr irgendetwas über mich oder über Tomo verraten, was sie längst wusste.

»Wenn du hier bleiben willst, dann geh zu Flaco«, sagte sie noch einmal.

»Und wo finde ich ihn?«

»Bei den Ratten in den Tunnels. Flaco ist ein Bajador.«

»Es heißt, dass es viele Tunnels gibt«, sagte ich. »Und viele Bajadores.«

»Ein Tunnel beginnt am Ende der Straße«, sagte sie. »Frag nach Flaco, dem König der Ratten. Jeder kennt ihn.«

»Wer sagt, dass ich ihn treffen will?«, sagte ich trotzig.

»Du«, sagte sie bestimmt. »Du willst nirgendwohin, Santjago.« Jetzt lächelte sie wirklich, obwohl es nicht richtig wie ein Lächeln aussah. Es war nur ihr Mundwinkel, der sich veränderte, und damit veränderte sich auch ihr Gesicht, aber ihre dunklen Augen veränderten sich nicht. »Einer der nirgendwohin gehen will, ist am Ziel angelangt.«

Mit diesen Worten drehte sie sich um und ging davon. Ich sah ihr nach, bis sie hinter der Treppe verschwunden war. Dann erschien wieder der kleine Mann.

»Hau ab, Ratte!«, sagte er.

Er hatte keine Ahnung, wie nahe er in diesem Moment dem Tod stand. Ich musste meine Hand zwingen, den Revolver nicht aus dem Hosenbund zu ziehen. Im Licht der Lampe sah ich seine vorstehenden Zähne. Er trug ein T-Shirt, Blue Jeans und Basketballschuhe. Ich prägte mir sein Gesicht ein. Auch sein Gesicht war kein ungewöhnliches Gesicht. Ich hatte es schon in ganz Mexiko gesehen, bei Männern, die mir begegnet waren, flüchtig auf irgendeiner Straße in irgendeiner Stadt. Flach und mit breiten Wangenknochen und schräg stehenden Augen. Trotzdem würde ich das Gesicht dieses Mannes nie mehr vergessen, genau wie das Gesicht des Mannes im Licht der Streichholzflamme, mit der er sich eine Zigarette angezündet hatte.

Ich drehte mich um und ging hinaus und die kalte Wut in mir höhlte mich aus. Ich versuchte, an Lucia zu denken, aber ich dachte nur daran, den Mann umzubringen. Irgendwann blieb ich stehen und rieb mir das Gesicht, um auf andere Gedanken zu kommen. Ich war bereit, die halbe Welt zu vernichten. Ich hätte sie alle umbringen können. Außer Lucia natürlich. Einen Moment lang hatte ich beinahe Angst vor mir selbst. War ich vielleicht dabei, mich selbst zu töten?

*

Ich stand in einem tiefen, auszementierten Graben, der an der Öffnung einer Zementröhre begann und etwa hundert Meter weit am Fuß des Hügels entlangführte, bevor er in einen zweiten, etwas breiteren Graben mündete. An dieser Einmündung befand sich ein mächtiges Stahlgitter, an dem allerlei Unrat hing, der beim letzten Regen mit den Fluten den Graben heruntergetrieben war. Die Zementröhre ragte aus der steilen Böschung des Hügels, über dessen Rücken sich die Metallwand zog, die die Vereinigten Staaten von Amerika von Mexiko trennte.

Die Zementröhre war an ihrem Ende abgeschrägt, sodass sie unten weiter aus der Erde herausragte als oben. Wilde Wasser hatten daunter das Erdreich abgetragen und zwischen der Röhre und dem Graben hatte sich eine Lücke aufgetan. In diese Lücke hinein führte von der Böschung her ein schmaler Trampelpfad, der, wie ich herausgefunden hatte, beim hinteren Eingang des *Camino Real* begann. Ich war diesem Pfad im Mondlicht gefolgt und stand nun am Ende des Grabens, unterhalb der Röhre.

Ich nahm das Brett auf, das dort am Boden lag, und stellte es schräg gegen den unteren Rand der Röhre, die sich nun fast mannshoch über mir befand. Ich benutzte das Brett als Steg und gelangte ohne Schwierigkeiten in die Röhre, die einen Durchmesser von etwa anderthalb Metern hatte. Mich mit einer Hand an der Röhrenwand stützend, blieb ich erst mal leicht geduckt stehen und lauschte in die Finsternis hinein. Die Röhre machte ein merkwürdiges Geräusch, das wie ein dumpfes, leise auf und ab schwellendes Rauschen klang. Als wäre in weiter Ferne die Brandung des Meeres zu hören. Ich verspürte auch einen Luftzug, der kühl über mein erhitztes Gesicht strich und nach Kot und Urin stank. Da stand ich nun, am Eingang zu einer Unterwelt, von der ich nicht mehr wusste als einen Namen. Flaco. Da stand ich, am Ende meines Weges, der in einem kleinen Dorf in Chiapas angefangen hatte, als ich geboren worden war. War ich wirklich am Ziel angelangt, wie es die Frau im Hotel gesagt hatte? Oder war ich aus einem schlimmen Traum aufgewacht, um in einem noch schlimmeren Zuflucht zu suchen?

Ich blickte zurück über den breiten Zementgraben, der fahl und trocken im Mondlicht lag. Ich hätte zum Hotel zurückgehen können oder sonst wohin. Ich hätte mich irgendwo in der Stadt verkriechen und auf das Morgengrauen warten können. Aber das Verlangen in mir, in die Röhre hineinzugehen, war stärker als das Gefühl der Furcht, das sich tief in mir festgekrallt hatte.

Leicht geduckt, den Kopf etwas eingezogen, begann ich, mich in die Röhre hineinzutasten. Nach wenigen Schritten verharrte ich und blickte zurück. Das Ende der Röhre glänzte wie das runde Auge einer Nachteule, die mich auf meinem Weg beobachtete.

Ich ging weiter, beide Hände an der Wand der Zementröhre und meine Schritte zählend. Meine Füße stießen gegen allerlei Zeug, von dem ich nur ahnen konnte, was es war. An einigen Stellen hatte sich Müll aufgestaut, an ineinander verkeilten Ästen von Sträuchern und Bäumen; Lumpen und zerfetzte Plastiktüten, Bauschutt, Scherben, Büchsen, Papier und anderes Zeug, das selbst für jene wertlos war, die nichts besaßen.

Ich hatte einundsechzig Schritte gemacht, als ich plötzlich hinter mir Stimmen vernahm. Sie kamen vom Ende der Röhre her. Es klang wie zwei Männer, die sich unterhielten, aber ich konnte die Worte nicht verstehen. Ich kauerte nieder und machte mich so klein wie möglich. Der Strahl einer Taschenlampe jagte in gespenstischer Lautlosigkeit die Röhre entlang. Das Licht streifte mich kurz, glitt über mich hinweg und an mir vorbei in die Tiefe, die ohne Ende zu sein schien. Sekundenlang war die Röhre hell erleuchtet. Das Licht strich die Zementwand glatt und ließ sie aufleuchten wie die blasse

Bauchhaut einer Schlange. Ich wartete auf einen Ausruf, aber wer immer auch in die Röhre hineinleuchtete, er sah mich nicht.

Dann verlöschte die Taschenlampe und ich erhob mich schnell und ging hastig weiter. Vor Aufregung vergaß ich, die Schritte zu zählen.

Eine ganze Weile blieb es hinter mir still, dann holten mich neue Geräusche ein, neue Stimmen. Lautes Poltern. Flüsternde Stimmen von Männern, Frauen und Kindern. Ich hastete weiter, bis ich vor mir plötzlich einen schwachen Lichtschein erspähte. Der Lichtschein, stählern-kalt, drang aus einem engen Zementschacht, der senkrecht nach oben führte. An der Wand dieses Schachtes waren eiserne Sprossen eingemauert, die etwa vier Meter hoch zu einem rechteckigen Gullydeckel führten. Durch ein halbes Dutzend längliche Öffnungen sickerte das Licht einer Straßenlaterne in den Schacht. Ohne es mir zweimal zu überlegen, langte ich nach den Sprossen, zog mich daran hoch und stieg zum Gullydeckel hinauf. Als ich mit einer Schulter dagegendrückte, gab er mit einem Ruck nach. Mit geringer Anstrengung gelang es mir, ihn von der Öffnung zu heben. Ich stemmte ihn zur Seite und ließ ihn vorsichtig, jedes laute Geräusch vermeidend, neben der Öffnung nieder.

Unter mir huschte der Lichtschein einer Taschenlampe durch die Zementröhre.

Ich zwängte mich durch die kleine Öffnung und kletterte aus dem Schacht ins Freie. Oben befand ich mich auf einer verlassenen Straßenkreuzung im Licht der Laterne, die die ganze Kreuzung hell überstrahlte. Die Häuser, die um mich herum aufragten, waren dunkel. *DON'T WALK*, leuchtete es mir von einer Verkehrsampel entgegen. Auf einem riesigen Plakat brannte das Rot einer Coca-Cola-Reklame, und in einer Häuserlücke, hinter einem Maschendrahtzaun, standen Autos mit amerikanischen Nummernschildern. Auf einen Schlag wurde mir bewusst, dass ich in Amerika war. In den Vereinigten Staaten von Amerika. Nördlich der Grenze.

Ich packte den Gullydeckel, hob ihn auf und versuchte, ihn leise über die Öffnung des Abwasserschachtes zu legen. Es gelang mir nicht. Ein lautes, metallisch klingendes Geräusch durchdrang die Stille der Nacht, als ich ihn losließ und er in den leicht versenkten Eisenrahmen fiel. Als das Geräusch verhallt war, drang von unten kein Laut mehr hoch. Das Licht der Taschenlampe war erloschen. Die Röhre dort unten war dunkel und ohne Leben, aber ich wusste, dass das nur ein Trug war. Augen glühten. Herzen polterten. Blut rauschte durch die Adern von Menschen, die in diesem Moment nur still standen und den Atem anhielten, weil sie sich jäh der Gefahr bewusst geworden waren, die ihnen auf ihren letzten Schritten in die lang ersehnte Freiheit vielleicht noch drohte.

*

Ich lag auf dem kalten Asphalt der Straße, so dicht am Bordsteinrand, dass mich jemand, der zufällig vorbeigefahren wäre, kaum bemerkt hätte. Der Gullydeckel befand sich direkt unter meinem Gesicht. Ich starrte durch die Öffnungsschlitze in die Röhre hinein, die sich etwa vier Meter unter mir befand. Einige Minuten lang war es stockdunkel dort unten. Ich vernahm nur noch das merkwürdige Rauschen, das ich schon beim Einstieg in die Röhre vernommen hatte. Ich lag still, aber ich war bereit, den Kopf sofort zurückzuziehen, wenn unten jemand auftauchte.

Allmählich gewöhnten sich meine Augen an das schwache Licht, das durch die Öffnungsschlitze im Gullydeckel in den Schacht fiel. Und in diesem Licht, das kaum mehr war als ein Schimmern, tauchte plötzlich ein Schatten auf, verharrte einige Sekunden lang und war, bevor ich dazu kam, den Kopf zurückzuziehen, wieder verschwunden.

Dann kamen die anderen. Dicht gedrängt hintereinander. Ich hörte ihren keuchenden Atem und ihre leisen, schnellen Schritte auf dem Zement. Ich hörte eine Frauenstimme etwas flüstern und ein Mann antwortete ihr. Ich sah ausgestreckte Hände, die nach anderen Händen suchten oder sich an der Röhrenwand entlangtasteten. Ich sah ein Gesicht, als jemand den Kopf hob und nach oben blickte, überrascht von dem Licht, das durch den Gullydeckel fiel. »Amerika!«, rief jemand leise. »Da oben ist Amerika!«

Und die vorbeihuschenden Schatten kamen ins Stocken, einige verharrten direkt unter mir, so dicht beisammen, dass ich den hellen Schimmer mehrerer Gesichter sehen konnte. Gesichter, in deren Augen das Licht der Straßenlaterne aufleuchtete. Das Licht einer amerikanischen Nacht, in der ich mich selbst verloren hatte.

»Da oben ist einer!«, rief eine ängstliche Stimme aus. Ein ängstlicher Aufschrei aus dem Mund eines Kindes.

»Ich bin einer von euch!«, rief ich schnell zurück. »Ist Lucia bei euch?«

»Lucia?«

»Ein Mädchen mit seiner Katze?«

»Still!«, befahl eine andere Stimme. »Geht weiter! Vorwärts! Vorwärts, verdammt!«

Die Schatten jagten weiter, und erst als der letzte unter mir vorbeigehuscht war, stand ich auf. Ich hatte keine Ahnung, wohin ich gehen sollte, und so ging ich die Straße entlang, die in dieselbe Richtung führte wie das unterirdische Zementrohr.

*

Sie kamen aus einem Abwasserkanal unter einer schmalen Brücke hervor wie Schafe, die von Hunden getrieben wurden. Mit Säcken aus Segeltuch und Taschen und kleinen Koffern traten sie aus dem Schatten der Brücke. Frauen und Männer zerrten Kinder mit sich. Ein Mädchen hatte ein Baby im Arm und versuchte gleichzeitig, eine große, prall gefüllte Tasche zu tragen, die ihm an einem Riemen von der Schulter hing. Der Riemen rutschte ihm von der Schulter und das Mädchen stockte im Lauf und die Leute hinter ihm stießen es vor sich her. Das Mädchen stürzte beinahe, aber ein Junge packte es am Arm und zog es mit sich und das Mädchen schleifte die Tasche auf dem Asphalt hinter sich her.

Der Mann, der zuerst aus dem Abwasserkanal gekommen war, wies ihnen mit ausgestreckter Hand den Weg über die Straße zu einem Platz, wo mit laufendem Motor zwei Kleinlaster standen. Einer hatte ein Planenverdeck, der andere war mit einem Wohnwagenaufbau versehen. Die Tür des Wohnwagenaufbaus stand sperrangelweit offen. Ein Mann sprang aus der Türöffnung, lief zum Heck des anderen Kleinlasters und öffnete das Planenverdeck, indem er hastig die Gummischlaufen von den Haken zog. Dann leuchtete er den Leuten, die von der Brücke her über die Straße liefen, mit einer kleinen Taschenlampe entgegen.

»Hierher, Leute!«, rief er ihnen zu. »Westküste in den Laster! Ostküste in den Camper! Vorwärts! Vorwärts!«

Die Leute teilten sich in zwei Gruppen. Das Mädchen mit dem Kind eilte auf den Camper zu. Einer der Männer half ihm, auf die hintere Stoßstange zu steigen. Ganz kurz sah ich im Licht der Taschenlampe das Gesicht des Mädchens. Es hatte sich im letzten Moment, bevor es im Camper verschwand, noch einmal umgedreht, als wollte es sich von irgendjemandem oder von irgendetwas verabschieden. Dunkles Haar hing dem Mädchen in die Stirn. Es war ein sehr hübsches Mädchen, vielleicht sechzehn oder siebzehn Jahre alt. Ich begriff nicht, warum sie mich in diesem Moment an meine Schwester Theresa erinnerte. Ich hatte lange nicht mehr an Theresa gedacht, aber in diesem Moment fiel sie mir ein, so wie ich sie zuletzt gesehen hatte, als sie aus unserer Hütte gerannt war mit ihrem Bündel, und wie sie sich noch einmal umgedreht hatte, bevor sie in den Kleinlaster eingestiegen und mit Pedro davongefahren war.

Ich wollte gerade mein Versteck hinter einer halb zerfallenen Mauer verlassen und über die Straße laufen, als mir ein Auto auffiel, das ohne Licht in einer Häuserlücke auftauchte und sich beinahe geräuschlos auf den Platz zubewegte, auf dem die beiden Kleinlaster standen. Dieses Auto war ein hellgrüner Geländewagen, ein Chevy Blazer, und mir fiel sofort das Zeichen an der Fahrertür auf, das aussah wie ein Polizeiabzeichen an einem Streifenwagen der Federales.

Ich verharrte mitten in der Bewegung, als wäre ein Blitz in mich hineingefahren. Dann wollte ich einen Warnruf ausstoßen. »La Migra!«, schrie es in mir, ohne dass jedoch ein Laut über meine Lippen kam. Im nächsten Moment bemerkte der Mann, der mitten auf der Straße stand, das Auto. Sein Warnruf ging im Aufheulen eines Motors unter. Auf der anderen Seite des Platzes, dort, wo ein paar Wellblechschuppen standen, schossen zwei Fahrzeuge hervor, schleuderten mit qualmenden Reifen über den löchrigen Asphalt und stellten sich vor den beiden Kleinlastern quer. Noch bevor die Fahrzeuge zum Stillstand kamen, gingen Suchscheinwerfer an. Gleißendes Licht überflutete den Platz.

Ich sah den Mann auf der Straße davonlaufen. Er lief auf die Brücke und den Graben zu. An den Fahrzeugen knallten die Türen auf. Uniformierte Beamte sprangen heraus und gingen mit ihren Waffen hinter den Fahrzeugen in Deckung. Eine Lautsprecherstimme begann, Befehle zu brüllen. Auf Spanisch. »Halt! Stehen bleiben! Keiner rührt sich vom Fleck!« Frauen und Kinder schrien. Ein Revolver peitschte auf. Ich sah das Mündungsfeuer grell aufleuchten. Der Mann, der auf den Graben und auf die Brücke zulief, schoss mitten im Laufen. Die

Beamten schossen zurück. Einer von ihnen feuerte mit einer Schrotflinte. Der Mann, der den Graben schon fast erreicht hatte, fiel plötzlich hin. So als wäre er von hinten getreten worden. Er fiel hin und versuchte sofort wieder aufzustehen, aber er fand das Gleichgewicht nicht mehr und taumelte umher wie einer, der betrunken war. Und als es schien, als gelänge es ihm, den Graben zu erreichen, da schossen sie noch einmal auf ihn und streckten ihn nieder. Ich sah die Frauen und Männer und die Kinder bei den Kleinlastern stehen. Sie versuchten nicht, zu fliehen. Die Frauen drückten ihre Kinder an sich, die Männer ergaben sich hilflos.

»Keiner rührt sich!«, brüllte ihnen die Lautsprecherstimme entgegen. »Hände hoch! Alle Hände hoch. Auch die Frauen! Alle Hände hoch, verdammt! Vorwärts! Alle Hände hoch! Die Frauen auch!«

Der Platz war taghell erleuchtet. Ich konnte jetzt deutlich sehen, dass es nicht Theresa war, die dort in der Tür des Campers stand und ihr Baby an sich gedrückt hatte. Es war ein anderes Mädchen, kaum älter als Theresa. Der Junge, der ihm vorhin hochgeholfen hatte, stand mit erhobenen Händen am Heck des Kleinlasters. Zu seinen Füßen lag eine Tasche aus Wolldeckenstoff. Er war jung. Jung wie ich. Noch keine fünfzehn.

Jetzt fuhr der Geländewagen, den ich zuerst gesehen hatte, auf den Platz. Hinter ihm tauchten noch drei andere Geländewagen auf. Sechs oder sieben Beamte der *Migra* gingen auf die Leute bei den beiden Kleinlastern zu. Einige hatten ihre Revolver gezogen. Einer hielt eine Maschinenpistole im Anschlag.

Die Lautsprecherstimme rief, dass alle aus den beiden Kleinlastwagen herauskommen sollten.

»Alles raus! Alle aus dem Camper raus! Das Mädchen mit dem Kind zuerst. Runter mit dir!«

Die Leute wagten es nicht, sich den Befehlen zu widersetzen. Das Mädchen sprang von der Stoßstange und einer der Beamten packte es am Arm und zog es mit sich, weg von den anderen und von dem Jungen.

Das Gesicht des Mädchens war nicht mehr das Gesicht eines Mädchens, sondern das Gesicht einer verzweifelten Mutter.

Irgendwo in der Stadt ertönten Sirenen, die schnell lauter wurden. Ich verließ mein Versteck, schlich mich an der Mauer entlang und erreichte den Graben jenseits der Brücke. Im Schatten eines Blechschuppens kroch ich den Abhang hinunter und aus dem Licht der Scheinwerfer. Ich lief im Graben in östlicher Richtung davon, ohne jede Vorstellung, wohin ich laufen sollte.

*

Der Junge beobachtete mich aus einer Entfernung von vielleicht zwanzig Metern. Er saß auf einem Kühlschrank, der keine Tür mehr hatte. Hinter ihm leuchtete Morgenrot über einem Berg von Gerümpel und dem Wellblechdach eines Schuppens, der keine Fenster hatte. Er saß dort auf dem Kühlschrank und rauchte eine Zigarette. Den Rauch blies er durch die Nase aus und durch den Rauch hindurch beobachtete er mich.

Ich fror. Während ich geschlafen hatte, war es kühl geworden, und es wehte ein Wind, der ein loses Blech am Schuppen bewegte. Das Blech machte ein leises, quietschendes Geräusch. Ich stand auf und streckte mich und versuchte, mir die Kälte aus den Knochen zu schütteln. Das klappte nicht. Ich schlotterte wie ein Schlosshund.

»Willst du 'ne Zigarette?«, fragte der Junge.

Ich blickte zu ihm auf.

»Wo kriegt man hier was zu essen?«

»Zu essen?«

»Ja. Bohnen und Reis oder so was. Tortillas.«

»Auf der anderen Seite.« Der Junge deutete mit einer Kopfbewegung nach Süden. Dort war Mexiko. Dort war die Wand aus Stahlblech, die ich von hier aus nicht sehen konnte. »Auf dieser Seite kriegst du Frühstück bei McDonald's. Aber nur wenn du Dollars hast.«

»Habe ich keine.«

Er grinste. »Vielleicht hast du ja einen Revolver.«

Ich langte nach dem Revolver, aber er steckte nicht mehr in meiner Hose.

»Ich hatte einen Revolver«, sagte ich und ging zu einem ausgeschlachteten Autowrack hinüber, das auf dem Dach lag. Mit dem Rücken zu dem Jungen knöpfte ich meine Hose auf und pinkelte gegen das verbeulte Blech eines Kotflügels.

Ich hörte, wie er vom Kühlschrank heruntersprang. Als ich fertig war und mich ihm wieder zuwandte, stand er dort, wo ich geschlafen hatte. Er langte unter sein Hemd und brachte meinen Revolver zum Vorschein.

»Du hast tief geschlafen«, sagte er. »Hier, ich gebe dir deinen Revolver wieder zurück.«

Er streckte mir den Revolver entgegen. Ich nahm ihn ihm aus der Hand. »Danke«, sagte ich und ließ ihn unter meinem Hemd verschwinden.

»Ein anderer hätte dir nicht nur den Revolver geklaut. Ein anderer hätte dich umgelegt.« Er fuhr sich mit dem Zeigefinger über die Kehle. »Du hast Glück. Ich bin jemand, der noch nie jemand umgelegt hat. Du hast Glück, dass dich nicht einer von der *Barrio Libre Sur* gefunden hat, von Flacos Bande.«

»Flaco? Kennst du ihn?«

»Jeder kennt ihn.«

»Ich kenne ihn nicht.«

»Wen kennst du?«

»Ein Mädchen mit einer Katze.«

»Ein Mädchen mit einer Katze?« Er sah mich erstaunt an.

»Kennst du ein Mädchen mit einer Katze?«, fragte ich ihn. Er schüttelte den Kopf.

»Schade«, sagte ich. »Wir waren zusammen unterwegs. Vor drei oder vier Nächten mussten wir uns trennen. Seither habe ich das Mädchen nicht mehr gesehen.«

Die Sonne ging auf. Ihr Licht glitt am Gerümpelberg herunter. Blankes Metall leuchtete auf, als wäre es Gold. Ich spürte die Wärme der Sonne auf meinen Armen und auf meinem Gesicht. Jetzt fiel mir auf, dass der Junge merkwürdig grüne Augen hatte, die im Licht der Sonne aufleuchteten wie die Steine an der Halskette meiner Mutter, die geschliffene Opale waren.

»Wie heißt du?«, fragte ich ihn.

»Alex«, sagte er. »Und du?«

»Santjago.«

»Und dein Mädchen?«

»Es ist nicht mein Mädchen.«

Er lächelte. »Wie heißt das Mädchen mit der Katze?«

»Lucia.«

»Lucia?«

»Ja.«

»Meine Freunde und ich, wir werden nach ihr Ausschau halten.«

»Bist du ein Bajador?«, fragte ich. »Einer von den Ratten?«

Er lachte und schüttelte den Kopf. »Mein Vater ist ein Grenzbeamter. Einer von der *Migra*.«

Ich starrte ihn ungläubig an.

»Dann bist du ein Gringo.«

»Mein Vater und meine Mutter stammen aus Mexiko. Sie sind nach Amerika gekommen, als sie Kinder waren. Illegal. Zusammen mit ihren Eltern.«

»Und jetzt sind sie Amerikaner?«

»Ja. Mein Vater ist bei der Immigrationsbehörde hier im Nogales-Sektor, bei der *Migra*. Meine Mutter ist Lehrerin. Außerdem ist es ihre Überzeugung, dass die Tunnelkids keine Ratten sind, sondern Kinder, um die sich jemand kümmern sollte. Mein Vater hat ziemliche Schwierigkeiten damit. Auch er hat Verständnis für die Tunnelkids, aber das verträgt sich schlecht mit seinem Job und seinem Pflichtbewusstsein.«

»Und du? Was denkst du?«

»Ich?«

»Ja. Was denkst du über die Bajadores?«

Er hob seine schmalen Schultern. »Dass sie ein ziemlich verlorener Haufen sind. Ohne Ausweg.«

»Kannst du mich zu Flaco bringen?«

»Was willst du von Flaco?«

»Jemand nannte mir seinen Namen und meinte, dass ich mit ihm reden soll.«

»Wer?«

»Eine Frau.«

»Eine Frau von drüben?«

»Ja.«

»Ich kann mir denken, wer.«

»Man nennt sie Sarita.«

»Das dachte ich mir.«

»Bringst du mich zu ihm?«

Er nickte. »Komm! Ich zeige dir, wo du ihn findest.«

Ich folgte ihm durch das Gerümpel und in einen Abwassergraben hinein, an dessen Rändern hohes Gras wuchs, das beinahe wie Schilf aussah. Wir gingen auf dem Grund des Grabens einen schmalen Trampelpfad entlang und schreckten einen jungen Kojoten auf, der irgendetwas entdeckt hatte, das im hohen Gras auf der Böschung liegen musste. Er lief davon, als wir auftauchten. Sobald er merkte, dass ihm von uns keine Gefahr drohte, blieb er stehen, um uns in Augenschein zu nehmen. Alex hob einen Stein, um ihn nach dem Kojoten zu werfen. Der junge Kojote merkte sofort, was Alex vorhatte, und jagte auf dem Pfad davon. Alex lachte und warf den Stein in die Richtung, in der der junge Kojote verschwunden war.

Als wir die Stelle erreichten, wo wir den Kojoten zuerst gesehen hatten, blieb Alex stehen und suchte mit seinen Augen das dicht stehende Gras ab. Eine Spur führte vom Pfad hinauf auf die Böschung. Viele der schulterhohen Grashalme waren geknickt, andere lagen sogar flach am Boden.

»Riechst du was?«, fragte Alex.

Ich nickte. Ganz schwach nahm ich einen Geruch wahr, den ich zuletzt in Chiapas gerochen hatte. Den Geruch eines Kadavers.

Alex folgte der Spur und blieb nach wenigen Schritten stehen.

»Das hab ich mir gedacht«, hörte ich ihn sagen.

»Was ist es?«

»Komm her!«

Ich ging ihm nach, und als ich ihn erreichte, sah ich den Mann im Gras liegen. Er trug nur eine Hose und ein ärmelloses Unterhemd, das ihm über die Hose herunterhing. Keine Schuhe. Kein Hemd. Er lag auf dem Bauch, den Kopf uns zugewandt und die Arme über den Kopf hinweg ausgestreckt. Man hatte ihn so liegen lassen, wie man ihn hergeschleppt hatte. Sein Kopf war ein blutiger Klumpen und sein Hemd und die Hose waren über und über mit eingetrocknetem Blut besudelt. Fliegen umschwirrten ihn, und der Kadavergeruch war jetzt so stark, dass wir uns die Hand vor den Mund und die Nase halten mussten.

»Un pollo«, hörte ich Alex sagen.

»Ein Huhn?«, fragte ich zurück.

»Sieht so aus. Deshalb wurde er umgelegt. Ein Huhn mit Geld, das von einem Pollero gründlich gerupft wurde. Kojoten bringen die Leute zur Grenze und nicht weiter. Polleros schleusen die Leute durch die Tunnels und die Löcher im Zaun. Und manchmal werden die Pollos von den Polleros gerupft. So einfach ist das.«

Wir kehrten dem Leichnam den Rücken zu und gingen zum Pfad zurück.

»Illegale Einwanderer werden von uns ›Hühner‹ genannt. Pollos. Einige haben nichts. Kein Geld und nichts. Nicht mal eine anständige Uhr. Das sind die, die alles den Polleros gegeben haben, um sicher durch einen der Tunnels über die Grenze zu gelangen. Aber es gibt immer welche, die es auf eigene Faust versuchen, weil sie ihr Geld für sich behalten wollen. Sie denken, dass sie durchkommen. Manchmal biedern sie sich bei Kindern an, die in den Tunnels leben. Kinder, die zu Flacos Bande gehören. Oder zu einer anderen. Aber diese Leute haben nie eine Chance, denn die Kinder sind keine Kinder.«

»Die Kinder sind keine Kinder?«

»Nein. Sie sind wie du.«

»Und wie bin ich?«

»Gefährlich«, sagte er und lächelte dabei. »Unberechenbar.«

»Das stimmt«, gab ich zu, und es machte mich stolz, dass er mich für gefährlich hielt.

Alex lachte, als hätte er meine Gedanken erraten.

»Du bist nicht allein, Santjago«, sagte er. »Es gibt hier jede Menge, die so sind wie du. Du passt gut hierher.«

»Und du?«

»Ich? Nun, ich bin hier zu Hause, seit ich auf der Welt bin.« Er drehte mir den Rücken zu und ging weiter.

Wir erreichten den Anfang eines Tunnels. Jemand hatte ein Eisengitter aus seinen Halterungen gerissen und der Zugang zum Tunnel war offen. Alex blieb, etwa zwanzig Schritte vom Tunnel entfernt, stehen.

»Was ist?«, fragte ich ihn.

»Von hier aus gehst du allein weiter«, sagte er.

»Hast du Angst vor Flaco?«

Zu meiner Überraschung nickte er. »Ja. Ich will ihm nicht begegnen.«

»Was hat er dir getan?«

»Nichts. Aber ich weiß, was er anderen getan hat.«

»Welchen anderen?«

»Frag ihn. Er wird es dir sagen.«

»Wenn du mit mir kommst, werde ich dafür sorgen, dass dir nichts passiert«, sagte ich. »Das verspreche ich dir. Du weißt ja, ich habe diesen Revolver hier und er ist geladen.«

Er grinste. »Solltest du mich einmal brauchen, frag die Leute nach mir. Aber frag nicht nach Alex. Wenn du nach mir fragst, musst du nach Sombra fragen.«

War das sein Spitzname? Ich musterte ihn. Er war ein zierlicher Junge. Fast so zierlich wie ein Mädchen.

»Sombra?«, sagte ich. »Wie der Schatten.«

»Das bin ich«, sagte er lachend. »Ich heiße Alex, aber wenn du mich siehst, siehst du nur einen Schatten. Mein Vater heißt Alex und er wollte unbedingt einen Sohn.«

Ich stand da und hatte keine Ahnung, was er meinte. Vielleicht war mit seinem Kopf irgendetwas nicht in Ordnung.

Da hob er sein T-Shirt hoch, und mir wurden die Knie weich, als ich seine Brüste sah.

»Du … du bist …«

Er lachte, drehte sich um und lief leichtfüßig davon.

Einen Moment lang stand ich wie erschlagen auf dem Pfad, unfähig, einen klaren Gedanken zu fassen. Alex war kein Junge. Mit solchen Brüsten konnte er kein Junge sein. Ich wollte ihn zurückrufen, aber er war bereits irgendwo im Graben verschwunden. Ein Junge, der kein Junge war, war mir im Leben noch nie begegnet. Zu Hause hatte ich von einem

Mädchen gehört, das kein Mädchen war. Die Männer lachten oft darüber. Machten üble Witze. Gesehen hatte ich dieses Mädchen nie, denn es wohnte in einem anderen Dorf und ließ sich nicht oft blicken.

»He!«

Der Ruf riss mich aus meinen Gedanken. Ich fuhr herum und stand einem Jungen und einem Mädchen gegenüber, die aus dem Tunnel gekommen waren. Das Mädchen hatte eine Pistole in der Hand und zielte auf mich.

»Ich will zu Flaco«, sagte ich schnell.

»Wer will zu Flaco?«, fragte das Mädchen.

»Ich.«

»Wer bist du?«

»Mein Name ist Santjago.«

Sie sahen mich an.

»Wer hat dich hergebracht?«, fragte der Junge.

»Sombra«, sagte ich.

Das Mädchen lachte geringschätzig. »Was willst du von Flaco?«

»Das werde ich ihm sagen, nicht euch.«

Sie wechselten einen schnellen Blick.

»Übrigens, nicht weit von hier liegt ein totes Huhn. Irgendwann wird man es entdecken.«

»Wo liegt das tote Huhn?«

»Etwa fünfhundert Schritte von hier im Gras.«

»Wir werden es in der Nacht wegschaffen«, sagte das Mädchen. »Komm. Ich bringe dich zu Flaco.«

Der Junge fragte mich noch einmal, wo der Tote lag. Ohne sich um das Mädchen oder um mich zu kümmern, ging er den Pfad entlang in die Richtung, die ich ihm gezeigt hatte. Das Mädchen bedeutete mir mit einer Handbewegung, ihr zu folgen. Sie verschwand in der Kanalröhre und ich kletterte über ein paar verbogene und verrostete Eisenstangen hinweg und folgte ihr. Das Mädchen ging vor mir her und leuchtete mit einer Taschenlampe in die Röhre hinein.

*

Der Abwasserkanal führte von Nogales, Arizona, unter der Grenze hindurch nach Nogales, Sonora. Es war nicht der gleiche Kanal, durch den ich in der Nacht zuvor nach Amerika gelangt war. Dieser Kanal endete in einem betonierten Flussbett, das sich auf der mexikanischen Seite mitten durch die Stadt zog.

Das Mädchen, das mir seinen Namen nicht sagen wollte, führte mich durch einen Stadtteil, in dem es jede Menge kleiner Straßenläden gab. Die Läden boten einen Haufen Souvenirs und anderen Plunder für die Gringotouristen an, die jeden Tag zu hunderten über die Grenze kamen und bunte Teppiche und Ledertaschen und Aztekengötter aus Lehm kauften. Es war früh am Morgen und die meisten dieser kleinen Buden waren noch geschlossen. An den Straßenrändern hockten jedoch schon ein paar zerlumpte Frauen mit ihren zerlumpten kleinen Kindern, Indiofrauen aus dem Süden und aus den Bergen, die von ihren Männern zur Grenze geschickt wurden, um zu betteln.

An einer Kreuzung richtete ein Mann seinen kleinen Esel und den Eselskarren her. Später würde er für ein paar Pesos mit einer Polaroidkamera Gringos fotografieren, die auf dem Eselskarren Platz nahmen. Der Esel trug einen Hut mit zwei Löchern, durch die seine langen Ohren ragten.

An einem Zeitungsstand blieb ich stehen und kaufte mir eine Zeitung. Das Mädchen beobachtete mich dabei argwöhnisch.

»Was willst du mit einer Zeitung?«, fragte sie.

»Ich werde sie lesen«, sagte ich.

Das Mädchen kniff die Augen zusammen. »Du kannst lesen?«

»Ja.«

Wir gingen weiter. Ich behielt die Zeitung zusammengerollt in der Hand. Ein Streifenwagen fuhr neben uns her auf der Straße. Ganz langsam. Die beiden Polizisten blickten zu uns herüber. An der nächsten Kreuzung hielt der Streifenwagen. Einer der Polizisten stieg aus und stellte sich uns in den Weg.

»Wo hast du die Zeitung her?«, fragte er.

»Er hat sie gekauft«, sagte das Mädchen.

»Das glaube ich dir nicht«, sagte der Polizist. Er streckte die Hand aus. »Gib mir die Zeitung, Junge.«

Ich gab ihm die Zeitung. Er bedankte sich, stieg ein und sie fuhren davon.

»Warum hast du ihm die Zeitung gegeben?«, fragte das Mädchen.

»Was hätte ich sonst tun sollen?«, sagte ich. »Hätte ich ihn etwa töten sollen?«

»Schade wär's um diesen Dreckskerl bestimmt nicht.«

»Kennst du ihn denn?«

»Ich kenne sie alle, diese Dreckschweine«, sagte das Mädchen. »Mit einigen habe ich geschlafen, damit sie uns in Ruhe lassen.« Wir gingen die Straße hoch, die nun steil anstieg. Der Asphalt bestand nur noch aus einer durchbrochenen, löchrigen Kruste. Die Häuser standen schief aneinander gebaut zu beiden Seiten der Straße. Bunt angemalte Häuser. Blau und türkis und rosa. Hunde strichen herum. Kinder und alte Leute beobachteten uns.

»Nun hast du keine Zeitung, die du lesen kannst«, sagte das Mädchen. Es klang, als würde es ihr Leid tun, dass ich mir die Zeitung hatte wegnehmen lassen.

»Ich werde mir eine andere kaufen. Morgen vielleicht.«

»Morgen? Steht morgen nicht etwas anderes drin als heute?«

»Ja.«

»Dann solltest du vielleicht noch mal die Zeitung von heute kaufen.«

»Ja, mal sehen.«

»Ich habe noch nie eine Zeitung gelesen.«

»Hast du schon mal ein Buch gelesen?«

»Nein.« Das Mädchen blickte mich an. »Du?«

Ich nickte. »*Tom Sawyer's Abenteuer.*«

»Wer ist das?«

»Ein Junge in Amerika.«

Das Mädchen führte mich durch eine schmale Häuserlücke und dann durch eine Seitentür in ein Haus, das blau und weiß gestrichen war. Die Tür stand offen. Vom Türrahmen hing ein Vorhang aus Schnüren. Der Raum, den wir betraten, war klein und dunkel. Eine alte Frau saß an einem Tisch und sortierte in einem flachen Korb Bohnen. Sie legte die schlechten Bohnen auf den Tisch.

»Ist Flaco hier, Alte?«, fragte das Mädchen.

Die alte Frau hob den Kopf. Ihr runzeliges Gesicht war beinahe schwarz. Sie trug eine Brille auf der Nase, die nur noch ein Glas hatte. Und um den Kopf hatte sie ein Kopftuch gewunden.

»Wen bringst du da an?«, fragte sie mit krächzender Stimme. »Du sollst niemand herbringen. Hier bin ich zu Hause.«

»Schönes Zuhause«, sagte das Mädchen spöttisch. »Das hier, das ist Santjago. Er kommt aus Chiapas und er kann lesen.«

Die Alte betrachtete mich mit dem einen Auge, vor dem kein Glas in der Brille war, und machte ein röchelndes Geräusch, während sie durch die Nase tief Luft holte. Dann zeigte sie mit einem krummen Zeigefinger auf eine Tür. Das Mädchen klopfte an.

»Flaco! Ich bin's. Nila.«

Ich hörte ein paar merkwürdige Laute hinter der Tür. Das Mädchen, von dem ich jetzt den Namen wusste, öffnete die Tür und gab mir einen Wink, ihr zu folgen. Das Zimmer hinter der Tür war noch kleiner als das Zimmer, in dem die alte Frau am Tisch saß. Am Boden lagen ein paar Gestalten kreuz und quer durcheinander. Es roch nach Kot und nach Kotze. Über dem Fenster hing ein zerfetzter Stofflappen. Nila ging hin, nahm ihn herunter und öffnete das Fenster.

»Es ist ein Wunder, dass ihr hier drin noch nicht erstickt seid«, sagte sie.

Ein Junge, der ein paar Jahre älter war als ich, stemmte sich hoch und blickte mich an. Er war knochenmager. Wie ein Skelett sah er aus. Und sein Gesicht war richtig zerknittert.

»Das ist Flaco«, sagte Nila.

Flaco wollte etwas sagen, aber sein Körper zog sich wie in einem Krampf zusammen und er übergab sich. Danach saß er eine Weile vornübergebeugt und mit hängendem Kopf zwischen den anderen und rührte sich nicht mehr.

Nila sah mich an und deutete mit einer Kopfbewegung auf ein paar Farbsprühdosen und Plastikbeutel, die am Boden herumlagen.

»Zu viel von dem Scheißzeug inhaliert«, sagte sie. »Das dauert eine Weile, bis der sich ausgekotzt hat.«

Flaco hob den Kopf. »Red keinen Scheiß, Mädchen«, sagte er. Seine Augen tränten und er wischte sich mit dem Handrücken die Kotze vom Mund und vom Kinn. »Wer bist du?«, fragte er mich.

»Mein Name ist Santjago«, sagte ich.

»Wo kommst du her?«

»Chiapas.«

»Chiapas? Hast du dort gekämpft?«

»Mein Vater. Er war ein Zapatista.«

»Und?«

»Sie haben ihn getötet.«

»Und du?«

»Was ist mit mir?«

»Was willst du hier? Du bist doch einer von den Indianern dort unten. Die gehen nicht einfach weg.«

»Ich bin ein Tzotzil.«

»Ein Tzotzil?« Er lachte. »Das sieht man dir an. Du siehst aus wie ein verdammter Indianer.«

Ich schwieg.

»Was willst du hier?«, fragte er noch einmal.

»Man hat mir gesagt, dass es hier Geld zu verdienen gibt.«

»Hier?« Er lachte. »Wer hat dir das gesagt?«

»Unterwegs habe ich es oft gehört. Viele reden davon. Von den Tunnels.«

»Hast du ihm etwa diesen Scheiß gesagt, Nila?«

»Ich? Ich bestimmt nicht, verdammt! Ich will hier weg, nach Kalifornien, aber bevor ich dorthin gehe, zieh ich dir das Fell über deine dreckigen Ohren, Flaco!«

Er bleckte grinsend seine gelben Zähne. »Sie hat keinen Respekt«, sagte er. »Vor niemandem. Nicht einmal vor mir. Man sollte ihr mal den Hals umdrehen, diesem Biest.«

»Versuch's nur!«, schnappte Nila. »Du wärst nicht der Erste, den ich fertig mache!«

»Sie hat Freunde bei den Bullen«, erklärte mir Flaco.

»Ohne meine Freunde wärst du längst erledigt!«

»Das stimmt.« Flaco erhob sich und trat einem Jungen, der neben ihm lag, in die Rippen. »Die können nichts vertragen, diese Wichte«, sagte er geringschätzig. »Kommt, wir gehen lieber raus. An die frische Luft. Mir ist übel von dem Gestank hier drin.«

Wir gingen hinaus und durch die Häuserlücke zur Straße zurück.

»Wo gehen wir hin?«, fragte ich.

»Runter«, sagte er, »in die Stadt.«

Zu dritt gingen wir auf der steilen Straße abwärts, den Weg, den ich mit Nila gekommen war.

»Die wenigsten, die es bis hierher geschafft haben, wollen hier bleiben«, sagte Flaco, ohne mich anzusehen. »Sie wollen alle weiter nach Hollywood, um Marilyn Monroe zu bumsen. Aber die ist schon seit ein paar Jährchen tot.«

»Ich habe nie daran gedacht, Marilyn Monroe zu bumsen«, sagte ich.

Nila lachte. »Und mich?«

»Dich auch nicht.«

Flaco lachte. »Du gefällst mir, Mann. Lass dir von ihr nur nichts gefallen.«

Wir lachten alle drei, dann setzten wir uns in einem kleinen Park, nicht weit von der Stelle, wo es Tomo erwischt hatte, auf eine der Parkbänke und schauten den Leuten zu. Der Park war voll mit Abfall. In der Mitte befand sich irgendein Denkmal. Hinter dem Park führte der breite Zementkanal vorbei.

»Die Bullen haben Santjago eine Zeitung weggenommen, die er gekauft hat«, sagte Nila.

»Was willst du mit 'ner verdammten Zeitung?«, fragte Flaco. »Weißt du, wozu Zeitungen da sind? Um sich den Arsch abzuwischen. Dazu sind Zeitungen da.«

»Er liest die Zeitung, Flaco«, sagte Nila, und es klang fast, als wäre sie stolz auf mich.

»Und deinen Arsch? Putzt du den nicht?«

»Wie kann man hier Geld verdienen?«, fragte ich ihn.

»Du kannst warten, bis dir ein Huhn begegnet, das Geld hat. Dann haust du ihm mit einem Bleirohr den Schädel ein und nimmst ihm das Geld weg.«

»Und wie sonst noch?«

»Da liegt einer, ganz in der Nähe von unserm Tunnel«, sagte Nila.

»Wovon redest du?«, fragte Flaco sie.

»Ein Huhn liegt da. Mit eingeschlagenem Schädel. Santjago hat es gefunden. Ich habe Diego hingeschickt, um sich die Sache mal anzusehen. Es wäre besser, wenn wir das Huhn woanders deponieren.«

»Wer hat das Huhn umgelegt?«

»Keine Ahnung. Keiner von uns wahrscheinlich.«

»Vielleicht die Bullen. Und dann haben sie das Huhn in die Nähe von unserm Tunnel geschleift, sodass es aussieht, als wären wir es gewesen.«

Der Streifenwagen mit den beiden Bullen und meiner Zeitung fuhr vorbei. Sie blickten herüber und grinsten.

»Scheißbullen«, sagte Flaco zwischen zusammengebissenen Zähnen hindurch. »Sag mal, hast du Kohle?«

»Nicht viel.«

»Gib Nila was! Sie soll uns eine Cola kaufen.«

»Kauf dir deine Cola selbst, verdammt!«, giftete Nila.

»Gib ihr Kohle, mein Freund.«

Ich gab Nila ein wenig von meinem Geld und sie verließ den Park. Ich dachte, sie würde nie mehr zurückkehren, aber nach zehn Minuten war sie mit zwei Flaschen Coca-Cola wieder da.

»Hier«, sagte sie und gab mir Geld zurück. Ich steckte es ein. Flaco und ich tranken unsere eiskalte Cola. Nila zupfte an ihrer schlottrigen Hose herum.

»Wenn du hier bleiben willst, mach ich dich zu meinem Adjutanten«, sagte Flaco plötzlich.

Nila hob den Kopf.

Ich blickte zur Hauptstraße hinüber, auf der sich die Leute drängten. Alle schienen irgendwohin zu gehen, in diese Richtung oder in die andere. Ich hatte zwar gehört, was Flaco gesagt hatte, aber mit meinen Gedanken war ich bei Lucia.

Ich dachte, ich könnte sie herbeizaubern, wenn ich nur angestrengt genug an sie dachte und es mir fest genug wünschte. Deshalb starrte ich zu den Leuten hinüber, und einige Male dachte ich, sie zu sehen, aber jedes Mal, wenn ich schon aufspringen wollte, sah ich, dass es ein anderes Mädchen war.

»Hast du gehört, was er gesagt hat, Santjago?«, fragte Nila.

»Ja.«

»Und?«

»Ich frage mich, warum ich sein Adjutant sein sollte.«

»Weil er der König ist«, sagte Nila.

»Der König von was?«

»Der König der Tunnelratten«, sagte sie. »Gefürchtet und verehrt zugleich.« Sie lachte. »Ohne ihn geht hier nichts. Stimmt's, Flaco?«

»Was?«

»Ohne dich geht hier nichts.«

»Nicht viel«, gab Flaco bescheiden zu.

»Er ist der König.«

»Ich bin der König, verdammt!« Flaco warf die leere Flasche so hart gegen den Denkmalsockel, dass sie regelrecht explodierte und den Boden mit Scherben übersäte.

»Und warum solltest du mir vertrauen?«, fragte ich ihn. »Du kennst mich nicht.«

»Ich bin ein Menschenkenner«, sagte er und stand auf. »Stimmt's, Nila?«

»Klar, er ist ein Menschenkenner«, bestätigte sie spöttisch.

»Nur Nila kenne ich nicht«, sagte er. »Sie ist eine Sau!«

Nila trat nach ihm, aber er wich ihrem Fuß geschickt aus.

»Ich brauch eine Knarre«, sagte er. »Eine Pistole. Nichts Besonderes. Einfach eine billige Knarre für einen, der seine Alte umlegen will.«

»Gib ihm deine«, sagte Nila.

»Meine? Du spinnst. Meine ist ein Prachtexemplar von einer Knarre.«

»Dann hol dir eine von T. T.«, schlug Nila vor. »Der hat bestimmt eine, die er dir verkauft.«

»Und die Kohle? Hast du vielleicht die Kohle, mein Schatz?«

»Ich nicht. Aber Santjago hat die Kohle. Stimmt's, Santjago?«

Ich sah sie finster an. »Meine Kohle ist meine Kohle«, sagte ich.

Flaco lachte auf. »Du gefällst mir, Junge. Du lässt dir von ihr nichts gefallen. Dabei will sie mit dir pennen.«

»Lieber mit ihm als mit dir, Flaco!«, stieß Nila hervor. »Der hat bestimmt keine Sackratten.«

Flaco setzte sich neben mich und legte mir einen Arm über die Schultern.

»Wenn du Kohle machen willst, dann ist das jetzt deine erste Gelegenheit. Ich sage dir, wo du günstig eine Knarre kriegst, die du dann an meinen Kunden weiterverkaufst. Ohne Mittelsmann. Du machst das Geschäft allein. Ich will keinen Peso von der Kohle, verstehst du?«

»Und warum machst du das?«

»Das ist sozusagen mein Antrittsgeschenk für dich. Damit du siehst, dass du mir vertrauen kannst. Und ich werde dir vertrauen, mein Freund. Zusammen sind wir ein starkes Team. Zusammen sind wir unschlagbar, verstehst du?«

»Genau das hat er schon Tomo gesagt«, sagte Nila. »Ich war dabei, als er es Tomo gesagt hat. Aber es hat Tomo erwischt, und jetzt hat er Angst, dass man auch ihn umlegt!«

»Wer ist Tomo?«, fragte ich, obwohl ich ja wusste, wer Tomo gewesen war.

»Tomo war sein Adjutant. Man hat ihn gestern mit Messern erledigt. Niemand weiß, wer. Er hatte so viele Löcher, dass es mehrere Typen gewesen sein müssen. Und nun hat der König Angst, dass er an der Reihe ist. Stimmt's, Flaco?«

»Red kein Scheiß, Nila!«

»Ich red kein Scheiß und du weißt es!«, höhnte Nila. »Er hat Angst, weil er nicht weiß, wer Tomo umgelegt hat. Die Bullen vielleicht. Vielleicht einer von Bernardos Leuten. Vielleicht ein Streuner oder einer, der eine alte Rechnung offen hatte.«

»Red kein Scheiß, Nila!«, sagte Flaco noch einmal. »Ich hab

bei T. T. keinen Kredit mehr, das ist alles. Wenn Santjago hingeht, kriegt er 'ne Knarre und macht mindestens fünfzig Bucks Gewinn. Fünfzig Bucks! Reingewinn! Das ist kein Pappenstiel. Echte US-Dollars, versteht sich. Knarren werden immer mit US-Dollars bezahlt. Da besteh ich drauf.«

»Und wo finde ich diesen T. T.?«

»Auf der anderen Seite. Nila kann dich hinbringen.«

»Da geh ich nicht hin! Nicht jetzt, nachdem das mit Tomo passiert ist!«

»Siehst du, wer Schiss hat«, sagte Flaco und lachte. Er zog Nila zu sich heran und kniff ihr in den Hintern. »Sackratten habe ich auch keine, mein Schatz. Komm, wir gehen in den Tunnel. Mal sehen, was los ist.«

Wir verließen den Park. Auf dem Weg zum Tunnel kaufte mir Flaco eine Zeitung.

»Damit du dir den Arsch putzen kannst«, sagte er lachend.

✳

Am Tunneleingang erwartete uns der Junge, den Nila ausgeschickt hatte, um nach dem Leichnam zu sehen. Er hieß Diego und hatte seinen Schädel kahl rasiert. Außerdem waren seine Zähne ziemlich verfault und seine Arme waren voller Tätowierungen. Er saß in der Röhre und hatte einen Walkman im Schoß und Kopfhörer auf. Als wir näher kamen, nahm er die Kopfhörer ab und schaltete den Walkman aus. Aus Respekt vor Flaco.

»He, Flaco«, sagte er und ließ den Walkman unter seinem Hemd verschwinden.

»He«, sagte Flaco. »Was ist mit dem toten Huhn?«

»Sauber gerupft«, sagte Diego. »Ich hab ihn bis zur Brücke geschleppt und dort in den Schatten gelegt. Entweder finden ihn die Bullen zuerst oder die Kojoten.«

Flaco zeigte mit dem Daumen auf mich. »Das ist der Neue«, sagte er. »Für Tomo.«

Diego musterte mich. Mit Respekt. Ich spürte das deutlich. Der Junge war ein durchtriebener Bastard, aber er hatte Achtung vor mir, weil ich bei Flaco war und Flaco mir Tomos Position anvertraute.

»Tomo war okay, denke ich«, sagte er.

»Tomo war okay«, sagte Nila.

»Tomo war okay«, sagte Flaco. Es klang wie der Anfang einer Grabrede, die niemand zu Ende sprechen wollte. Sie dachten alle an Tomo. Und ich dachte an Lucia. Ich wunderte mich über mich selbst, weil ich fast jede Minute an sie dachte. So etwas war mir im ganzen Leben noch nie passiert. Und irgendwie machte es mich nervös, ständig an sie zu denken und sie vor Augen zu haben.

»An was denkst du?«, fragte mich Nila.

»An nichts«, sagte ich.

»Stimmt nicht«, sagte sie spöttisch. »Wetten, dass du an ein Mädchen denkst.«

Ich lachte auf, und gleichzeitig wunderte ich mich darüber, dass ich bereit war, Lucia zu verleugnen.

»Wie heißt sie?«, fragte mich Nila.

»Lass ihn in Ruhe damit, verdammt! Er will nicht mit dir pennen und damit ist alles klar! Du hast keinen Anspruch auf ihn, verstehst du? Du hast nicht den geringsten Anspruch auf…«

»Und du hältst besser die Klappe, Flaco!«, fiel sie ihm ins Wort. »Überleg dir lieber, was das zu bedeuten hat, dass Tomo erledigt wurde! Vielleicht bist du jemandem im Weg. Oder vielleicht hat Tomo hinter deinem Rücken seine eigenen Geschäfte gemacht. Kann auch sein, dass die Bullen wieder mal die Tunnels sauber machen und die Ratten vertreiben wollen.«

Flacos dunkle Augen funkelten. »Damit haben sie schon oft gedroht, die Gringobullen vor allem.« Er wandte sich an mich.

»Man hat mal sämtliche Tunnels mit diesen Eisengittern versperrt. Die haben wir alle wieder rausgerissen.«

»Es werden zu viele Hühner umgebracht«, sagte Nila. »Jeden zweiten Tag findet man eins. Da kann sich jeder denken, dass es so nicht weitergeht.«

»Es sind nicht genug Bullen da, um uns zu vertreiben«, sagte Flaco geringschätzig. »Mehr Bullen, das kostet eine Menge Geld. Steuergeld der braven Bürger. Da warten die Politiker lieber erst mal ab und beten, dass wir uns alle gegenseitig umbringen und das Problem sich von selbst erledigt.«

»Trotzdem«, sagte Nila, »sie werden nicht tatenlos zusehen, wie wir immer mehr Hühner umlegen.«

»Wir haben schon lange kein Huhn mehr umgelegt«, sagte Diego. »Der Letzte, das war einer, den hat Tomo vor mehr als einem Monat umgelegt. Aber den haben Tomo und ich drüben, auf der anderen Seite, vergraben. Den findet niemand mehr.«

»Wer hat dich hergeschickt?«, fragte mich Flaco plötzlich, und es lag Misstrauen in seinen Augen.

»Sarita«, sagte ich.

»Die Alte im *Hotel Camino Real*?«

»Ja.«

Flaco blickte Nila an und Nila schüttelte den Kopf.

»Sie bezahlt uns für die Leute, die sie durch unseren Tunnel schickt«, sagte sie. »Viele Polleros arbeiten für sie. Tomo war mal einer von Saritas Polleros.«

»Vielleicht will sie nicht mehr bezahlen?«, sagte ich.

»Das glaube ich nicht«, sagte Nila.

»Ich trau niemandem mehr«, sagte Flaco.

»Du traust dem da«, sagte Diego und zeigte auf mich.

»Der Neue ist okay«, sagte Flaco.

Wir gingen in den Tunnel und auf die andere Seite. Wir folgten dem Pfad durch den Abwassergraben. Dort, wo der Tote gelegen hatte, war das Gras niedergetrampelt. Obwohl der

Tote nicht mehr da war, sah ich ihn. Und ich konnte ihn noch riechen.

❊

»Grand Avenue«, sagte Flaco, als wäre der Abwasserkanal vor uns eine Straße, die mit Gold gepflastert war und direkt nach Hollywood führte. Er zeigte zu einer Tunnelöffnung hinüber, die mindestens zwanzig Schritte breit war und etwa drei oder vier Meter hoch. Die betonierten Kanalwände waren voller Graffiti und aus dem Tunnel floss zwischen Abfall und Gerümpel ein dünnes Rinnsal. Ein Mädchen kauerte dort unten neben einem Lastwagenreifen und wusch ein T-Shirt oder ein Hemd in einem roten Plastikeimer.

Wir gingen in den Kanal hinunter.

»Die Ratten kommen von überall her«, sagte Flaco. »Die meisten sind aus dem Süden. Streuner, die nichts zu verlieren haben. Keine Angst vor nichts. Nicht mal vor dem Sterben, mein Freund.«

Wir näherten uns dem Tunneleingang. Das Mädchen blickte von seiner Arbeit auf. Es war jung. Vielleicht zwölf oder dreizehn und seine Oberlippe war dick angeschwollen und blutverkrustet.

»Wer war das, Angela?«, fragte Nila das Mädchen.

»Jorge und Felix. Sie haben sich um mich gestritten, und als ich sie trennen wollte, traf mich Jorge mit der Faust.«

»Du solltest hier weggehen, Angela«, sagte Nila.

Das Mädchen winkte ab. »Es ist schon okay.«

Flaco und ich gingen weiter. Als wir den Tunneleingang erreichten, blickte er sich nach Nila um. Nila kauerte bei dem Mädchen im Kanal und das Mädchen hatte seinen Kopf an Nilas Schulter gelegt.

»Sie hat ein gutes Herz«, sagte Flaco. »Eines Tages wird sie dafür büßen.«

Im Tunnel hausten die Bajadores inmitten des Gerümpels, das sie angeschleppt hatten. Sie starrten uns aus ihren dunklen, glitzernden Augen an, als warteten sie auf ein Kommando, über uns herzufallen. Einige standen gegen die Zementmauern gelehnt. Andere lagen auf alten, zerrissenen Matratzen und unter schmutzigen Decken. Überall lagen Sprühdosen und Plastiksäcke herum. Ein Junge, der auf einem zerschlissenen Autositz saß, sprühte Farbe in eine Plastiktüte, und als sie sich aufblähte, nahm er sie schnell an den Mund und sog sich das Treibgas tief in die Lungen. Immer und immer wieder nahm er einen Zug, bis der Plastiksack schlaff von seinen Händen hing.

Und Flaco, er war der König. Er ging herum, die Brust geschwellt, den Kopf erhoben, und schaute jedem in die Augen. Direkt in die Augen. Und sie wären vor ihm auf die Knie gefallen, hätte er es von ihnen verlangt.

Ich war stolz, an seiner Seite zu gehen. Der König und sein Adjutant.

»Das ist Santjago«, sagte er zu einem Jungen, der mit einem Mädchen zusammen auf einer Matratze lag. Das Mädchen, brutal geschminkt und mit einer wilden Mähne, betrachtete mich und lächelte. Der Junge sah durch mich hindurch.

»Das ist Santjago«, sagte Flaco noch einige Male zu denen, die herumstanden und herumlagen. Und manchmal blieb er stehen und rief einen Jungen zu sich und fragte ihn, wie die Geschäfte gingen. Und er sagte Dinge wie: »Tu was für mich, Mann, dann sorge ich dafür, dass es dir gut geht.«

Sie glaubten ihm. Sie glaubten an seine Macht, und sie glaubten, dass er für sie da war. Der Einzige auf der Welt, der für sie da war.

»Wenn du ein Mädchen bumsen willst, dann sag es mir«, sagte er, während wir tiefer in den Tunnel hineingingen. »Die meisten hier drin sind krank. Einige sind HIV-infiziert. Die meisten haben den Tripper. Wenn du ein Mädchen willst, dann gehen wir woandershin, mein Freund.«

Ich wollte kein Mädchen. Nicht jetzt und auch nicht später. Ich wollte Lucia wiedersehen. Sonst nichts.

Plötzlich blieb er stehen, weil uns aus dem Tunnel heraus sieben oder acht Gestalten entgegentraten und sich uns in den Weg stellten. Es waren ein paar Jungen und ein Mädchen. Das Mädchen war vielleicht vierzehn oder fünfzehn Jahre alt. Einer der Jungen war etwa zehn, die anderen nicht viel älter.

»Das ist Santjago«, sagte Flaco zu ihnen. »Wo geht ihr hin?«

»Es hat Tomo erwischt«, sagte einer von ihnen, der ein schwarzes Kopftuch trug und ein T-Shirt, von dem die Ärmel abgetrennt waren. »Wir wollen herausfinden, wer es war.«

»Und dann sagt ihr es mir«, antwortete Flaco. »Wenn ich weiß, wer dafür verantwortlich ist, werde ich gewisse Maßnahmen ergreifen.«

So redete er. Auch seine Sprache war es, die ihn zum König machte.

»Wir wissen bis jetzt nur, dass es nicht Bernardos Leute waren«, sagte ein Junge.

Flaco legte ihm die Hand auf die Schulter und sagte: »Du sollst niemandem trauen, Benito. Nicht mal deinem Bruder.« Dann zeigte er auf mich. »Das hier, das ist der neue Adjutant. Er heißt Santjago. Ihm könnt ihr vertrauen, denn er ist meine rechte Hand.«

Sie betrachteten mich.

»Warum er?«, fragte einer unsicher. »Warum nicht Diego?«

»Ich bestimme, wer der Neue ist!«, sagte Flaco. »Was dagegen einzuwenden, Ponciano?«

Keiner hatte etwas dagegen einzuwenden. Sie machten uns Platz, und wir gingen tiefer in den Tunnel hinein, wo es dunkler wurde. An einer Stelle, die an der Zementwand mit einem weißen Strich markiert war und mit einer Messingplakette, sagte Flaco, dass hier, direkt über uns die Grenze sei. »Früher, da gingen alle oben über die Grenze. Durch den Zaun. Dann haben die Gringos diese Wand aus Metall aufgestellt und seither gehen alle durch die Tunnels, die Illegalen und die Schmuggler und alle, die über die Grenze wollen.«

Flaco leuchtete zu einer Gestalt hinüber, die neben einem Einkaufswagen zusammengekrümmt am Boden lag, halb von einer zerrissenen Decke zugedeckt.

»Das ist Nando«, sagte Flaco. »Er ist krank.«

»Von der Farbe?«, fragte ich.

Flaco ging auf die Gestalt zu und leuchtete dem Jungen ins Gesicht. Nando war mager und seine Augen lagen in dunklen Höhlen.

»Nando«, sagte Flaco und stieß den Jungen mit dem Fuß an. Der Junge rührte sich nicht. Wir gingen weiter und währenddessen erzählte mir Flaco die Geschichte des Jungen und warum er seit einigen Wochen krank war.

»Die Bullen haben ihn erwischt. Er hat in einem der Tunnels ein Mädchen vergewaltigt. Ziemlich übel soll das gewesen sein. Das Mädchen hat sich gewehrt. Nando hat sie daraufhin zusammengeschlagen und dazu ein Stück von einer Dachlatte benutzt. Das Mädchen ist irgendwann aus dem Tunnel gekrochen und die Bullen von der *Grupo Beta* haben sie aufgelesen. Nando hatte keine Ahnung von nichts. Hat sich genug Farbe reingezogen, dass er glaubte, er sitzt auf dem Mond und guckt auf die Welt herunter. Die Bullen haben draußen auf ihn gewartet. Zwei oder drei Tage lang. Und als er rauskam, schnappten sie ihn sich und brachten ihn ins Hauptquartier. Und dort haben sie ihn fertig gemacht, wie sie noch nie einen fertig gemacht haben.«

»Was haben sie mit ihm gemacht?«

»Ich weiß nicht, ob du es hören willst, mein Freund. Es ist eine schlimme Geschichte.«

»Erzähl sie mir!«

»Sie haben ihm befohlen, in der Gefängniszelle mit einem anderen Jungen zu tanzen und ihn zu küssen. Und dann zwangen sie den älteren Jungen, Nando zu vergewaltigen.«

Ich schwieg, während wir weitergingen. Ich spürte die Wut und den Hass in mir auflodern, und ich dachte an den Capitan in der Hauptstadt, den ich niedergeschossen hatte, und ich spürte keine Reue. Und dann dachte ich an Lucia und ihr zerrissenes Kleid. Ich wünschte, ich hätte sie beschützen können, als sie vor den Männern fliehen musste. Ich wünschte, ich wäre dort gewesen und hätte die beiden Männer mit meinem Revolver getötet.

»Es ist zum Kotzen«, sagte Flaco. »Anstatt Nando zu helfen, haben sie alles noch viel schlimmer gemacht. Anstatt ihm zu helfen, haben sie ihn vernichtet.«

»Wie hätten sie ihm denn helfen können?«, fragte ich.

Er schwieg.

»Man kann keinem von uns helfen«, sagte ich. »Wir sind, was wir sind!«

»Die Welt macht uns zu dem, was wir sind.«

»Die Welt?«

»Die, die auf dieser Welt bestimmen. Die, die alles Geld haben und alles Land und alle Macht. Da bleibt für uns nichts übrig, außer dem bisschen, was wir ihnen klauen können. Und manchmal töten wir einen von ihnen und sie nennen es Mord, aber für uns ist es Gerechtigkeit.«

»Es gibt keine Gerechtigkeit.«

»Dabei geht es uns gar nicht so dreckig, mein Freund. Wir leben. Der Junge dort, der krepiert.« Flaco holte eine Schachtel Zigaretten hervor und zündete eine an.

»Jedenfalls glaube ich, dass es keine Gerechtigkeit gibt«, sagte ich. »Nicht hier und auch nicht in einer anderen Welt.«

»Es gibt keine andere.«

»Nach dem Tod, meine ich.«

»Nach dem Tod ist nichts.«

»Wie weißt du das?«

»Keiner weiß das. Aber ich glaube nicht, dass dann noch was ist. Vorher, als ich geboren wurde, war nichts. Und danach wird auch nichts sein.«

»Das weißt du nicht.«

»Nein.«

Wir schwiegen.

»Aber es stimmt, was du sagst«, sagte ich nach einer Weile. »Alle, die verantwortlich sind für das, was auf dieser Welt geschieht, sind auch für Nando verantwortlich, der mal ein Kind war und aus dem nach und nach eine Ratte wurde.«

Flaco blieb mitten im Schritt stehen.

»Wir reden einen Haufen Scheiß«, sagte er. »Ich denke nicht oft über diese Dinge nach. Mein Verstand funktioniert eh nicht mehr so richtig. Von der Farbe, verstehst du. Manchmal überlege ich, ob ich mir selbst eine Kugel in den Kopf schießen sollte, damit alles vorbei ist. Aber dann wieder denke ich, dass das Leben doch nicht so verdammt schlecht ist. Nicht so verdammt schlecht wie Nandos Leben, meine ich. Der ist erledigt. Seit er zurückgekehrt ist, liegt er dort. Ich glaube, in ein paar Tagen ist er tot. Verhungert und verdurstet.«

»Man sollte ihm sagen, dass er sein Leben in die Hand nehmen soll.«

»Wer soll ihm das sagen?«

»Weiß nicht. Irgendjemand.«

»Wer?«

»Keine Ahnung.« Der Junge fiel mir ein, der ein Mädchen war. »Vielleicht Sombra«, sagte ich.

Er warf den Kopf herum. »Sombra?«

»Ja. Er hat mich zu deinem Tunnel geführt.«

»Er ist kein Er, mein Freund.« Flaco lachte geringschätzig.

»Das weiß ich.«

»Woran hast du es gemerkt?«

»Ich weiß es eben.«

Wir gingen weiter.

»Wir reden einen Haufen Scheiß«, sagte er wieder. »Ich dachte, du wärst ein harter Typ und kalt wie eine Hundeschnauze. Aber ich glaube, ich habe mich in dir geirrt.«

»Hast du nicht.«

Er lachte auf. »Und wieso?«

»Ich habe einen Bullen niedergeschossen«, sagte ich.

»Red keinen Scheiß, Mann!«

Vor uns wurde es heller. Wir näherten uns dem Ende des Tunnels. Auch hier, im Halbschatten, hatten sich Ratten eingenistet. Sie starrten uns entgegen, als wir näher kamen.

»He!«, rief Flaco ihnen zu. »Das hier ist Santjago. Er kommt aus Chiapas und die Soldaten haben seinen Vater umgelegt. Ich habe ihn zu meinem neuen Adjutanten gemacht. Für Tomo.«

»Wer hat Tomo umgelegt?«, fragte ein Mädchen, das zwischen zwei anderen Mädchen saß und ein Baby im Arm hatte.

»Die Bullen!«, sagte ein Junge, der gerade dabei war, einen anderen Jungen am Oberarm zu tätowieren. *Barrio Libre Sur*, stand auf seiner Schulter, und darunter war ein Kreuz, an dem ein blutendes Herz hing. Der mit den Nadeln in der Hand war dabei, um das Kreuz herum einen Dornenkranz in die braune Haut des Jungen zu tätowieren.

»Das ist José, unser Künstler«, sagte Flaco. »Die meisten Graffitis in den Kanälen und den Tunnels sind von ihm. Aber er hat auch schon ein richtiges Bild gemacht. An der Wand einer Kirche. Das war sogar in der Zeitung abgebildet.«

»Wenn du es sehen willst, musst du zur Kirche San Miguel gehen«, sagte José und betrachtete die Spitzen der beiden Nadeln, die er in einen kleinen Behälter mit schwarzer Tusche getunkt hatte. »Soll ich dich tätowieren, Santjago?«, fragte er mich. »›Viva Zapata!‹ und eine Kugel für deinen Vater.«

»Vielleicht ein andermal«, antwortete ich ihm.

Ein anderer Junge winkte Flaco herüber. Die beiden steckten die Köpfe zusammen und redeten miteinander. Ich setzte mich im Kanal in die Sonne und las in der Zeitung. Die Ratten beobachteten mich. Einige hatten Plastikbeutel in der Faust und schnüffelten Farbdämpfe. Einer kam herüber.

»Was steht da drin?«, fragte er und deutete auf die Zeitung.

»Ein Professor sagt, dass wir Menschen die Welt zerstören.«

Er lachte. Seine Stimme klang krächzend vom Treibgas, das er sich an den Stimmbändern vorbei durch die Kehle gesogen hatte. Er hielt mir seine Plastiktüte hin.

Ich schüttelte den Kopf.

»Mach schon«, forderte er mich auf. »Was ist daran schlimm? Nur ein bisschen Farbe.«

Ich nahm ihm die Plastiktüte aus den Händen und hielt sie so, dass die Dämpfe und das Treibgas darin nicht entweichen konnten.

»Mach schon!«, sagte er noch einmal.

Jetzt nahm ich die Plastiktüte an den Mund und lockerte den Griff etwas. Ein widerwärtiger, ätzender Geruch stieg mir durch den Mund in die Nase. Ich versuchte, die Dämpfe aus dem Beutel einzuatmen, aber noch bevor ich einen richtigen Zug davon nehmen konnte, überfiel mich ein Hustenkrampf. Ich bekam überhaupt keine Luft mehr, riss den Mund weit auf und sprang auf die Beine. Die Plastiktüte entfiel meiner Hand und, nach Atem ringend, taumelte ich im Kanal herum wie ein Betrunkener. Ich hörte die Kids lachen und jemand hielt mich am Arm fest. Ich riss mich los und stürzte in die Knie. Meine brennenden Augen begannen zu tränen, und ich glaubte, ich würde ersticken. Da hörte ich Flacos Stimme, die das Geschrei übertönte.

»Du verdammter Hund!«, brüllte er. Ich drehte den Kopf

und sah durch die Tränenschleier hindurch, wie Flaco mit einem Baseballschläger auf den Jungen losging, der mir die Tüte gegeben hatte. Der Junge hob zur Abwehr beide Arme, aber der Baseballschläger traf ihn von der Seite und er taumelte durch den Kanal. Flaco folgte ihm, auf ihn einbrüllend, und schlug ihn nieder. Und als der Junge am Boden lag, stellte sich Flaco über ihn und hob den Baseballschläger zu einem letzten wuchtigen Schlag.

»Hör auf, Flaco!«, keuchte ich, und obwohl ich kaum eine Stimme hatte, hörte er es. Er drehte den Kopf und starrte mich mit wilden Augen an. Ich kniete, ein paar Schritte von ihnen entfernt, in einer Dreckpfütze und hob eine Hand. Mit der anderen musste ich mich aufstützen, sonst wäre ich vornüber aufs Gesicht gefallen.

»Ich bin okay«, sagte ich. »Lass ihn in Ruhe.«

Er konnte es nicht fassen. Konnte nicht fassen, dass ich ihn daran hindern wollte, dem Jungen den Schädel einzuschlagen. Er ließ den Baseballschläger langsam sinken und machte einen Schritt über den Jungen hinweg. Ich stemmte mich hoch und kam auf die Beine. Der Junge lag noch immer am Boden auf dem schmutzigen Zement. Er blutete aus der Nase.

Flaco schleuderte den Baseballschläger nach dem Jungen, aber er traf ihn nicht.

»Komm!«, rief er mir zu und ging den Kanal hinauf davon. Als er sich beruhigt hatte, fragte ich ihn, warum er die Nerven verloren hatte.

»Ich will nicht, dass du auch kaputtgehst, verdammt«, sagte er. »Im Moment kann ich mir das nicht leisten. Wenigstens einer hier muss einen klaren Kopf bewahren, verstehst du?«

Ich begriff zwar nicht, was er meinte, aber ich stellte ihm keine Fragen mehr.

*

Ich traf mich mit dem Mann in der Nacht. So hatte es Flaco mit ihm ausgemacht. An unserem Treffpunkt gab es keine Straßenlaterne. Und da in dieser Nacht kein Mond schien, leuchteten nur die Sterne vom Himmel.

Er stand im Schatten der San-Miguel-Kirche vor dem Wandgemälde, das der Junge aus dem Tunnel gemalt hatte, und ich hatte keine Ahnung, wer der Mann war. Für mich war er einer, der einen Revolver kaufen wollte und das Geld dazu hatte. Hundert Dollar. Das war der Preis für einen Revolver, ganz gleich, welcher Marke und welchen Kalibers. »Lass dich auf nichts ein«, hatte mich Flaco gewarnt. »Der Mann will einen Revolver. Keine Fragen. Keine Komplikationen. Hundert Dollar. Gringogeld! Keine Pesos! Und ein *Smith & Wesson* kostet genau dasselbe wie ein 45er *Colt* oder ein *Saturday Night Special* vom Kaliber 38. Nur Kleinkaliber sind etwas billiger, doch die will sowieso niemand haben, außer der 22er Automatik, aber an die kommt man nicht so leicht heran.«

Der Mann hatte keine Ahnung von Handfeuerwaffen. »Hast du den Revolver?«, fragte er, ohne dass ich sein Gesicht sehen konnte.

»Nein. Erstens spaziere ich nicht mit einer Knarre herum und zweitens brauche ich zuerst eine Anzahlung.«

Der Mann wurde unsicher. Ich spürte es ganz deutlich. Und ich roch es. Er stank wie ein Hund. Ich kannte diesen Geruch. Schweiß. Leute, die Angst haben, riechen so. Als schwitzten sie sich die Pisse durch die Poren. Er war ein anständiger Mann, der irgendeine Rechnung begleichen musste. Und dazu brauchte er eine Knarre, die von der anderen Seite kam. Eine, die man später, falls man sie fand, nicht bis zum Besitzer zurückverfolgen konnte.

»Ich kann nicht mehr lange warten«, sagte der Mann nervös. »Es muss schnell gehen.«

»Wenn ich die Anzahlung habe, geht es schnell.«

»Bis wann?«

»Morgen Nacht. Gleiche Zeit wie jetzt. Am gleichen Ort.«

»Wie viel?«

»Hundert Dollar. In amerikanischen Dollars! Ich nehme keine Pesos!«

»Und die Anzahlung?«

»Die Hälfte.«

Der Mann suchte in seinen Taschen herum, brachte einen Geldbeutel zum Vorschein und nahm ein paar Geldscheine heraus.

»Hier«, sagte der Mann. »Zwei Zwanziger und ein Zehner.«

»Gut.« Ich steckte mir das Geld in die Kleingeldtasche meiner Jeans.

»Dann… dann sehen wir uns morgen.«

»Ja.«

»Und noch etwas…«

»Was?«

»Kein Kleinkaliber, bitte!«

Ich ließ ihn stehen.

*

Es gab mehrere Möglichkeiten, auf die andere Seite zu gelangen. Die einfachste für mich war, einen der Tunnels zu benutzen, die ich schon kannte. Ich ging zuerst zum *Hotel Camino Real* und beobachtete eine Weile den Vordereingang.

Mindestens drei Dutzend Männer kamen und gingen. Ich konnte nicht feststellen, ob alle, die das Hotel durch die Vordertür betraten, es auch wieder durch die Vordertür verließen. Ich wusste nicht, wer die Männer waren. Kojoten vielleicht, die für ihre Kunden eine illegale Passage auf amerikanisches Gebiet kaufen wollten. Oder Drogenschmuggler. Ein Streifenwagen hielt vor dem Hotel. Einer der beiden Polizisten ging hinein und kam wenig später wieder heraus. Der Streifenwagen fuhr weiter.

Flacos Worte waren so tief in meine Erinnerung eingeätzt, dass ich sie wahrscheinlich nie mehr vergessen würde. »Du kannst niemandem trauen. Niemandem außerhalb der Tunnels und schon gar nicht jemandem in den Tunnels.« Auf beiden Seiten der Grenze gab es korrupte Bullen und Grenzbeamte. In Amerika, da gab es nur ein paar, aber unten in Mexiko, da waren sie fast alle korrupt, weil das System korrupt war.

Ich sah den Streifenwagen davonfahren und ging über die Straße und hinter das Hotel. Dort kauerte ich mich in den Schatten einer halb zerfallenen Mauer und wartete. Nichts geschah. Es kam niemand heraus. In einigen der Fenster brannte Licht. Nach Mitternacht schlich ich an eines der Fenster heran, hinter dem rötliches Licht schimmerte. Auf dem Bett lag eine nackte Frau und ein Mann kniete über ihr. Der Mann hatte mir seinen behaarten Rücken zugedreht und ich hörte ihn lachen. Die Frau sah mich, aber ihre Augen weiteten sich nur ein wenig. Sie sagte dem Mann nichts und er ließ sich auf ihr nieder, und sie bäumte sich unter ihm auf, als wäre er dabei, sie zu erwürgen.

Ich sah das Gesicht der Frau und ihre Augen noch lange vor mir, als ich durch die Nacht ging und dann durch einen der Tunnels. Und ich dachte an Lucia und stellte sie mir nackt vor, ihren wunderschönen Körper und ihre zarte Haut, die ich mit meinen Lippen berührte. Ich drehte fast durch bei diesem Gedanken, denn ich war mir sicher, dass ich sie nie wieder sehen würde, schon gar nicht nackt.

Irgendwo im Tunnel versuchte mich jemand aufzuhalten.

»Ich bin Santjago« sagte ich nur. »Flacos Adjutant.«

Ich sagte es allen, die mich aufhalten wollten, aber ich war bereit, notfalls den Revolver unter dem Hemd hervorzuholen und einen oder zwei niederzuschießen.

Ein Mädchen folgte mir.

»Wo gehst du hin?«, fragte sie.

Ich gab ihr keine Antwort.

»Kann ich mit dir gehen?«

»Nein.«

Das Mädchen blieb stehen. Am Ende des Tunnels brannte ein Feuer. Dort hockte Flaco am Boden, zusammen mit Nila.

Er erkannte mich erst, als ich vor ihm stand und mir José, der Künstler, ins Gesicht leuchtete.

»Hast du die Kohle für die Knarre?«, fragte mich Flaco. Seine Augen glitzerten, als hätte er Fieber. Er war voll mit billigem Fusel und mit Leim und Farbe. Diego und ein paar andere hatten am helllichten Nachmittag einen kleinen Laden in Nogales, Arizona, überfallen und alle Sprühdosen mitgehen lassen.

Nila stand auf und hakte sich bei mir ein.

»Ich geh mit Santjago«, sagte sie.

Flaco lachte und streckte ihr den Mittelfinger entgegen.

»Fuck you, bitch«, sagte er.

Wir verließen den Tunnel und den Kanal. Nila hatte sich bei mir eingehakt und wir gingen durch die leeren Straßen nördlich der Grenze. Einige der Schaufenster in den Geschäften waren erleuchtet. Autos fuhren vorbei und nirgendwo waren Leute zu sehen.

»Nachts verschwinden sie alle«, erklärte mir Nila. »Die Leute hier fürchten sich vor uns!«

»Zu Recht«, sagte ich. »Sie sollen uns fürchten.«

»Eines Tages werden sie uns vernichten«, sagte sie. »Wie Ungeziefer.«

»Ratten sind Ungeziefer«, sagte ich. Wir schauten uns das Gerümpel im Schaufenster eines Trödlerladens an. Mitten unter dem anderen Kram lag eine Puppe.

»Ich hatte früher auch mal eine«, sagte Nila. »Sie sah fast so aus wie die hier.«

»Willst du sie?«

»Ja. Aber sie kostet bestimmt ein paar Dollars.«

»Ich kaufe sie dir morgen«, sagte ich.

Sie gab mir einen Kuss. Ich dachte an Lucia und wischte mir im Weitergehen die Wange ab, die Nilas Lippen berührt hatten.

*

Nila führte mich zu einer Bar, die einem Gringo namens Tom Tolbert gehörte. Er nannte sich T. T. und seine Kneipe *T. T.'s Saloon*. Originell. Nila sagte mir, dass er früher ein Bulle gewesen war. In Texas. Niemand wusste genau, was damals passiert war, aber es ging das Gerücht um, dass er einen Schwarzen umgelegt hatte, der sich der Verhaftung widersetzte. Damit daraus kein Skandal wurde, hatte man ihn gefeuert und er war schnurstracks nach Nogales gekommen und hatte hier seine Bar aufgemacht.

Wir näherten uns der Kneipe von hinten.

Nila wollte nicht mit rein. »Es ist besser, wenn er mich nicht sieht. Sag ihm, Tomo hätte dich hergeschickt.«

»Tomo?«

»Er verstand sich gut mit Tomo. Flaco und T. T. haben seit einiger Zeit Schwierigkeiten geschäftlicher Art …«

»Flaco schuldet ihm also Geld, oder? Und Tomo ist tot. Was ist, wenn ich keine Knarre von ihm kriege?«

»Zeig ihm die Kohle und er verkauft dir dafür seine Seele, Santjago.«

»Für fünfzig Dollar.«

»Oder weniger.«

Ich stand unschlüssig auf dem dunklen Parkplatz und blickte zu dem Hintereingang hinüber, wo neben einem Müllcontainer ein Motorrad geparkt war.

»Geh schon«, sagte Nila. »Klopf dreimal an die Tür. Didi wird dir aufmachen.«

»Wer ist Didi?«

»Sein Weib.«

Ich atmete die warme Nachtluft ein. Es roch nach Regen.
»Riechst du das auch?«, fragte ich Nila.

»Was?«

»Es riecht nach Regen.«

»Vielleicht beginnt die Regenzeit.« Sie blickte zum Himmel
auf. Kein Mond. Keine Wolken. Nur ein Meer von Sternen.
Wie Glimmerstaub, den jemand in die Luft geblasen hatte.
»Ich warte hier auf dich«, sagte sie.

Ich ging zum Hintereingang und klopfte gegen die Eisentür.
Didi öffnete mir. Sie war fett und hatte dicke Brüste. Sie musterte mich mit ihren kleinen Augen, die beinahe hinter Speck-
wülsten verschwanden. Von Kopf bis Fuß und zurück.

»Tomo schickt mich«, sagte ich sofort.

»And who the fuck are you?«, fragte sie mich. »A fuckin'
Indian?«

»Mein Name ist Santjago«, antwortete ich auf Spanisch.

Sie ließ mich eintreten, und als die Tür hinter mir ins Schloss
fiel, griff sie mir zur Begrüßung an die Eier. Richtig voll. »Kleiner«, sagte sie in perfektem Spanisch, »nicht mehr lange und du
bist ein Mann.«

»Und was dann?«

»Dann kommst du zu mir, Kleiner.«

»Du gehörst T. T.«, sagte ich.

»T. T. gehört die Kneipe hier und die ganze Einrichtung.
Seh ich vielleicht wie ein Lehnstuhl aus oder so was?«

»Nein.«

»Also. Dann gehör ich ihm auch nicht.«

Wir gingen durch einen schmalen Flur und an der Toilette
vorbei, wo gerade einer an der Wand lehnte und sich über die
Cowboystiefel pisste, und dann ließ sie mich in der Küche
warten. Ich beobachtete eine riesige Kakerlake, die aus einer

Spalte zwischen den Kacheln hervorkam und sofort abdrehte, als sie mich bemerkte. Ich machte den Kühlschrank auf. Auf einem Teller lag der blutleere Kopf eines Schweines. T. T. kam in die Küche und ich machte den Kühlschrank zu.

Er war ein großer Mann mit einem Stiernacken und großen Händen, die er sich an einer Schürze abwischte, während er mich kurz musterte.

»Didi sagt, Tomo hat dich geschickt?« Er sprach Spanisch, aber mit einem starken amerikanischen Akzent, sodass ich das meiste eigentlich erraten musste.

»Stimmt«, sagte ich.

»Dumm ist nur, dass Tomo tot ist, Kid.«

»Er hat mich geschickt, bevor man ihn tötete.«

Er grinste. »Auf den Kopf gefallen bist du nicht.«

»Nein.«

»Wie heißt du?«

»Santjago.«

»Wo kommst du her?«

»Chiapas.«

»Hast du gekämpft?«

»Nicht ich.«

»Dein Vater?«

»Ja.«

»Sauerei, diese Scheiße dort unten.«

Ich schwieg.

»Ich mag keine Scheißindianer, verstehst du? Keine Sioux und keine Apachen und auch keine verdammten Navajo. Zu welchem Stamm von verdammten Prärieniggern gehörst du, Kid?«

»Ich bin ein Maya.«

»Ein Maya? Diese Ärsche gibt es doch schon seit Jahrhunderten nicht mehr. Wurden von den verdammten Spaniern ausgerottet.«

»Ich stamme von den Maya ab, aber man nennt uns Tzotzil.«

»Tzotzil? Nie gehört. Und was willst du von mir?«

»Eine Knarre«, sagte ich, ohne zu zögern.

Sein Blick glitt an mir herunter. Obwohl ich den Revolver im Rücken in den Hosenbund gesteckt hatte, war es ihm nicht entgangen, dass ich bewaffnet war.

»Du hast doch schon eine Knarre, Kid«, sagte er.

»Wer sagt das?«

»Ich!«

Ich hätte versuchen können, ihn anzulügen, aber ich war sicher, dass ich das nicht geschafft hätte.

»Mein Revolver ist mein Revolver«, sagte ich.

Er nickte. »Hast du Kohle?«

»Ja.«

»Wie viel?«

»Zwanzig.«

»Zwanzig? Dafür holt dir Didi einen runter, Kid, das weißt du.«

»Braucht nichts Besonderes zu sein.«

»Was Besonderes ist das ganz bestimmt nicht, Kid, verlass dich drauf.« T. T. lachte, holte seine Zigaretten aus der Schürzentasche und hielt mir die Packung hin. Ich nahm eine und er gab mir Feuer. Dann steckte er sich auch eine an.

»Ein 38er genügt«, sagte ich.

»Kriegst du nicht. Nicht für den Preis, Kid!«

»Wie viel?«, fragte ich.

»Fünfzig.«

»Die hab ich nicht.«

»Quatsch, Kid. Von euch weiß doch jeder, was der Preis für eine Knarre ist.«

»Ich bin neu.«

»Dann ist es an der Zeit, dass du die Preise kennen lernst. Fünfzig ist der Preis für eine Knarre, ganz gleich, welches Kaliber und welche Marke.«

»Ich hab keine fünfzig. Ehrenwort.«

»Ehrenwort?«

»Ehrenwort.«

»Wie viel hast du?«

»Dreißig.«

Er blickte mich zweifelnd an.

»Ehrenwort?«

»Ja.«

»Zeig her.«

Ich hatte alles vorbereitet und nahm einen Zwanziger und einen Zehner aus der Jeanstasche. Er nahm mir die beiden Lappen aus der Hand und betrachtete sie im Licht einer nackten Glühbirne. In der Bar fing die Jukebox zu spielen an. Irgendein uralter Trucker-Song. Dave Dudley oder wer. Uralte Schnulze.

»Warte mal«, sagte er und ging hinaus.

Didi kam herein. Sie sah mich ganz komisch an. So, als hätte er ihr gesagt, dass ich nur zwanzig Dollar hatte zahlen wollen. Sie ging zum Kühlschrank, machte ihn auf und schlug ihn gleich wieder zu.

»Verdammter Schweinekopf«, schnappte sie. »Jagt mir jedes Mal einen Schreck ein.«

Sie kam herüber und betrachtete mich.

»Du gefällst mir, Kleiner«, sagte sie. »Siehst aus wie Anthony Quinn, als er jung war.«

Ich hatte keine Ahnung, wie Anthony Quinn aussah, als er jung war. Ich hatte ihn einmal in einem Film gesehen, als er schon etwa siebzig war. Sah aus wie mein Urgroßvater, kurz bevor er die Augen für immer zumachte.

Didi begann, an meinem Hemd herumzuzupfen, und machte Augen wie ein verliebtes Schwein und zum Glück kam in diesem Moment T. T. zurück, mit einer Knarre in der Schürze.

Er gab sie mir in die Hand und ich brauchte sie mir nicht mal genau anzusehen. War ein ziemlich mieses Teil. *Saturday Night Special.* Wahrscheinlich aus eingeschmolzenen Konservenbüchsen hergestellt. Sah aus wie ein *Colt* und trug den Namen »Kolt« im Griff. Wie Verarschung, aber mit F geschrieben. Kaliber 38.

»Neu?«, fragte ich.

»Noch nicht mal eingeschossen«, sagte er.

»Wie weißt du dann, ob sie schießt?«

»Sie schießt, Kid. Verlass dich drauf.«

»Ich will meine Kunden nicht verlieren.«

Er holte tief Luft. »Eine Garantie kann ich dir keine geben, Kid. Du musst mir schon vertrauen, verdammt! Und mir kannst du vertrauen, Kid. Ich bin kein verdammter Nigger und auch keiner von euch Rothäuten.«

»Dann gib mir wenigstens den Zehner zurück.«

Er schien nachzudenken. Dann sagte er: »Ich geb dir fünf.«

»Okay.«

Er gab mir einen Fünfer und ich steckte die Knarre in die Hose und ging.

So einfach war das. Ich war stolz wie ein bunter Gockel. Als hätte ich einen geschwollenen Kamm auf der Birne. Ich, Santjago Molina, der neue Adjutant von Flaco, dem König. Ich dachte daran, mich mit Nila in die Büsche zu legen und ihr zu zeigen, dass ich ein Mann war. Immerhin war sie da und Lucia nicht. Aber als ich dort ankam, wo sie auf mich hatte warten wollen, war sie nicht da. Ich rief einige Male halblaut nach ihr, erhielt aber keine Antwort.

*

Es stand in allen Zeitungen auf beiden Seiten der Grenze. Einem, der seine Frau erschießen wollte, war der Revolver in der Hand explodiert. Ein Metallstück vom Hammer war ihm durch das rechte Auge in den Schädel eingedrungen und hatte ihn auf der Stelle getötet. Seine Frau hingegen, die hatte nur einen Schock, weil ihr Mann noch nie auch nur einer Fliege etwas zu Leide getan hatte. So was muss man sich mal vorstellen. Da lebt einer ein ganzes Leben lang friedlich an der Seite seiner Frau und plötzlich dreht er durch. Armes Schwein. Und dann hat er auch noch das Pech, dass er die falsche Knarre erwischt.

Es war Montagmorgen, als mir Flaco eine Zeitung brachte.

»Da hat sich einer mit deiner Knarre selbst umgelegt«, sagte er, und ich dachte natürlich zuerst an Selbstmord. Passiert ja immer wieder, dass einer genug hat von diesem Stinkleben und sich eine Kugel in den Mund schießt. Oder ins Ohr.

»Lies vor«, sagte ich gähnend.

»Kann ich nicht«, sagte er.

»Du kannst nicht lesen?«

»Ich kann mir den Arsch abwischen.« Er entfernte sich ein Stück, kauerte am Kanalrand nieder und kackte in die Büsche. Als er fertig war, zog er die Hose hoch, ohne seinen Hintern abzuwischen.

Er setzte sich auf den Autositz, der im Tunnel stand. »Was steht drin?«, fragte er mich.

»Nicht viel«, sagte ich, ohne von der Zeitung aufzusehen. »Steht nur drin, dass der Mann seine Frau erschießen wollte und dabei selber draufgegangen ist. Die Polizei nimmt an, dass die Pistole über die Grenze geschmuggelt wurde.«

»Und sonst?«

»War ein Revolver. 38er *Special*.«

Ich warf ihm die Zeitung zu. »Wisch dir wenigstens den Arsch ab«, sagte ich.

Es war ziemlich kalt im Tunnel. Nicht weit von mir lag Diego auf seiner Matratze. Wie ein Toter lag er da, mit dem Walkman auf der Brust und dem Kopfhörer um den Hals. Hatte das Ding aus einem Auto geklaut. Aus dem Kofferraum. Er sei der beste Kofferraumknacker weit und breit, hatte mir

Flaco gesagt. Außerdem habe er eine Art sechsten Sinn, mit dem er durch Blech hindurch alle Wertgegenstände orten könne, die die Leute im Kofferraum ihres Autos verstauten, weil ihnen der Passagierraum zu unsicher war.

»Wie sieht's draußen aus?«, fragte ich Flaco.

»Wie immer«, sagte er. »Die Welt dreht sich.«

Übers Wochenende waren für eine halbe Million Dollar Crack, Kokain und Marihuana durch einen Tunnel geschleust worden, den Bernardos Bande kontrollierte. Flaco war, als ihm Diego davon berichtete, an einem Tobsuchtsanfall beinahe krepiert. Erstickt oder so was. Ich war nicht dabei gewesen, als es passierte, aber Nila erzählte mir davon. »Er meint, die ganze Welt ist gegen ihn«, hatte sie mir gesagt. »Das redet er sich ein. Bernardo hat schon immer seine eigenen Geschäfte gemacht. Er hat gute Beziehungen in Hermosillo. Aber Flaco leidet an Verfolgungswahn, seit es Tomo erwischt hat.«

Flaco und ich verließen den Tunnel. Wir gingen zu McDonald's hoch, holten uns je ein Big-Mac-Menü und hockten uns draußen auf eine der Steinbänke unter einen Sonnenschirm. Der Grenzübergang befand sich keine zweihundert Meter weit von uns entfernt, und wir sahen die Fußgänger, die eine lange Schlange bildeten, und die Autos auf der Hauptstraße.

»Wir werden Bernardo aus dem Weg räumen müssen«, sagte Flaco plötzlich, während er zum Grenzübergang hinüberblickte.

»Hast du schon eine Idee, wie du das machen willst?«, erwiderte ich. »Nila hat mir gesagt, dass er nur eine Hand voll Leute um sich geschart hat. Ein Dutzend vielleicht.«

Flaco blickte mich an. »Weißt du, was ich mir überlegt habe, mein Freund?«, fragte er.

Ich hob die Schultern.

»Ich habe mir überlegt, dass ich dich zu meinem Adjutanten gemacht habe, ohne dich wirklich zu kennen.«

Ich schwieg.

»Die Sache mit dem Revolver hast du ganz gut hingekriegt, aber das war ein Geschäft, das ich dir geschenkt habe.«

»Weil du keinen Kredit bei T. T. hast«, sagte ich.

»Für dieses Geschäft hätte ich keinen Kredit gebraucht. Der Mann hat dir einen Vorschuss bezahlt. So hatte ich es mit ihm ausgemacht.«

»Trotzdem«, sagte ich.

»Trotzdem was?« Seine Augen wurden hart.

»T. T. will kein Geschäft mehr mit dir machen, bevor du ihm nicht die Schulden bezahlt hast.«

»Die Kohle kriegt er, wenn Bernardo erledigt ist. Dann machen nämlich wir das Geschäft mit den Leuten in Hermosillo.« Er beugte sich zu mir herüber und legte mir seine fettverschmierte Hand auf den Rücken. »Wenn du mir zeigen willst, was du taugst, legst du Bernardo um«, sagte er.

»Kein Problem, Flaco.«

Ich nahm einen Schluck von meiner Cola. Er blickte mich mit offenem Mund von der Seite an und ich nahm ein paar kalt und schlapp gewordene Pommes aus der Tüte, tunkte sie in eine Pfütze Ketchup und steckte sie ihm in den Mund. Dann spuckte er sie über die Mauer auf die Straße hinaus.

»Kein Problem?«

»Kein Problem!«

»Du tust es?«

»Sag mir, wo ich ihn finde, und ich leg ihn für dich um!«

»Einfach so?«

»Ja. Du bist der König und ich bin dein Adjutant. So ist es abgemacht, oder? Du willst wissen, ob du mir vertrauen kannst und was ich tauge. Ich glaube nicht, dass das zu viel verlangt ist.«

»Ich zeige dir den Anfang und das Ende von seinem Tunnel. Es ist keiner der langen Tunnels, aber er wird oft benutzt, weil er drüben bei der Station vom Roten Kreuz beginnt, wo die Bullen auf ihrer Streife nur selten vorbeikommen.«

Er wollte aufstehen, aber ich sagte ihm, dass ich zuerst meinen Big Mac verdrücken wollte.

Während wir auf der Steinbank unter dem Sonnenschirm hockten, schoben sich dunkle Gewitterwolken über den Hügel hinter dem Grenzübergang, an dem die kleinen bunten Hütten klebten wie Spielzeughäuser.

Hier in Nogales schien noch die Sonne und direkt über uns war der Himmel beinahe wolkenlos, aber in den schwarzen Wolken auf der anderen Seite leuchteten Blitze auf und trotz des Verkehrslärms hörte ich entfernten Donner.

»Der Regen kommt«, sagte ich mit vollem Mund.

»Was?«

»Regen!« Ich zeigte zum Hügel hinüber.

Er nickte. »Die Hölle«, sagte er.

»Die Hölle?«

»In den Tunnels. Sie dienen dazu, die Flutwasser zu regulieren, sodass die Hauptkanäle nicht überlaufen. Manchmal ist ein Tunnel monatelang furztrocken und dann verwandelt er sich in einer Minute in einen unterirdischen Sturzbach. Wer nicht rechtzeitig fliehen kann, hat keine Chance. Ich kann dir...«

Er brach ab, weil er merkte, dass ich ihm nicht mehr richtig zuhörte. Ich sah Sombra auf der anderen Straßenseite vorbeigehen. Sie blickte kurz herüber, schien uns jedoch nicht zu sehen.

Beim Aufspringen sagte ich Flaco, dass er hier auf mich warten solle.

»He, warte!«, rief er mir nach, aber ich war schon auf dem Gehsteig und lief über die Straße. Sombra bemerkte mich erst, als ich dicht hinter ihr war.

Sombra

»Ach, du bist es«, sagte sie. »Wie war noch dein Name?«

»Felipe«, sagte ich.

Sie lachte. »Bist du mir nachgelaufen?«

»Und wenn das so wäre?«

Sie schwieg und blickte mir in die Augen.

»Wo gehst du hin?«, fragte ich.

»Ich bin auf dem Weg zur Schule.«

»Macht es dir etwas aus, wenn ich dich begleite?«

»Überhaupt nicht. Aber ich glaube nicht, dass du meiner Mutter begegnen willst.«

»Der Lehrerin?«

»Ja.«

»Warum nicht?«

»Sie ist eine Lehrerin, sie würde dir einen Vortrag über das Leben halten und darüber, warum du nicht in die Tunnels zurückkehren solltest.«

»Ich würde wohl kaum auf sie hören.«

Sie sah mich merkwürdig an. So als hätte sie Mitleid mit mir oder so was.

»Komm«, sagte sie.

Ich sah mich nach Flaco um, aber er saß nicht mehr auf der Bank unter dem Sonnenschirm. Wir gingen zusammen die Straße hinunter und durch eine Seitenstraße zum Schulhaus. Es war ein riesiges Gebäude. Nie zuvor hatte ich ein größeres Schulhaus gesehen. Bei uns im Dorf war das Schulhaus eine kleine Hütte. Hier hatte es drei oder vier Stockwerke und es war aus Steinquadern gebaut und trug ein mächtiges Ziegeldach.

»Hast du das Mädchen mit der Katze wiedergesehen?«, fragte sie mich plötzlich.

»Lucia?«

»Du hast mir ihren Namen nie genannt.«

»Das Mädchen heißt Lucia.«

»Hast du sie wiedergesehen?«

»Nein.«

»Ich habe Bernardo gebeten, dass er sich bei den Polleros umhören soll«, sagte sie.

»Bernardo?«

»Ja. Er lebt mit seinen Freunden in einem der Tunnels. Meine Mutter hat schon einige Male versucht, ihn auf den rechten Weg zu lenken, aber alle Mühe war vergeblich. Dabei ist Bernardo ein gescheiter Junge. Er kann sogar lesen und schreiben.«

»Kann ich auch.«

Sie gab mir darauf keine Antwort, und ich kam mir jetzt saublöd vor, weil ich damit hatte angeben wollen.

»Was ist so schlimm daran, in den Tunnels zu leben?«, sagte ich. »Woanders ist kein Platz für uns. Dort, wo ich herkomme, konnte ich nicht bleiben! Ich hätte nicht mehr dort leben können, wo sie meinen Vater umgebracht und meine Familie vernichtet haben. In Amerika, da hast du vielleicht eine Chance, heißt es bei uns. Also habe ich mich auf den Weg nach Amerika gemacht.«

»Und jetzt bist du in Amerika.«

»Aber illegal. Die Polizisten, die dort drüben in ihrem Streifenwagen sitzen, würden mich verhaften, wenn sie wüssten, dass ich illegal hier bin.«

»Glaub mir, sie wissen es. Aber es ist ein zu schwüler Tag, um dich zu verhaften. Sie sitzen in ihrem Streifenwagen und lassen sich von der Klimaanlage anblasen. Der eine, das ist Pete Arkin und der andere ist sein Partner Javier Durazo. Ich kenne sie gut. Sie sind zu faul, um einen Jungen wie dich zu verhaften.«

Die Bullen blickten herüber und Sombra winkte ihnen und sie winkten zurück und grinsten.

Wir gingen auf die Schule zu.

»Die Frau dort auf der Treppe, das ist meine Mutter«, sagte Sombra.

Ich blieb stehen.

»Was ist?«, fragte sie und drehte sich nach mir um.

»Ich geh jetzt«, sagte ich.

Sie lächelte. »Sehen wir uns wieder?«

»Möglich«, sagte ich und hob die Schultern.

Sie sah mich an und überlegte irgendetwas.

»Warte einen Moment«, sagte sie dann und lief zu ihrer Mutter. Als sie zurückkehrte, hatte sie einen Zettel bei sich, auf den ihre Mutter ein paar Zahlen geschrieben hatte.

»Meine Telefonnummer«, sagte sie. »Du kannst dort jederzeit anrufen, wenn du willst.«

Sie gab mir den Zettel und ich steckte ihn in die Hosentasche.

»Adios«, sagte sie.

»Adios.«

Sie lief zu ihrer Mutter zurück, die noch immer auf der Treppe stand. Ich drehte mich um und ging die Straße zurück, die wir hergekommen waren. Die beiden Bullen beobachteten mich. Ich dachte daran, ihnen zu winken, wie Sombra es getan hatte, ich ließ es bleiben. Ich ging in den Tunnel zurück. Im Kanal vor dem Tunneleingang standen Flaco und Diego und blickten zum schwarzen Himmel auf.

Irgendwo in der Nähe regnete es.

»Was hast du mit ihr zu tun?«, fragte mich Flaco, als ich näher kam.

«Nichts«, sagte ich. »Warum fragst du?«

»Weil ich ihr nicht traue. Ihr Vater ist bei der *Migra*. Ihre Mutter ist eine von denen, die sich für uns einsetzen. Das passt nicht zusammen. Und Sombra treibt sich überall rum. Das gefällt mir nicht. Man sagt, dass sie nicht ganz dicht im Kopf ist, weil sie nicht weiß, was sie ist, ein Mädchen oder ein Junge.«

»Sie ist ein Mädchen«, sagte ich und ließ die beiden stehen.

*

Obwohl es nicht regnete, floss Wasser durch die Tunnels in den Kanal.

»Das Wasser kommt von den Hügeln«, erklärte mir Flaco, während wir am Tunnelausgang dem schäumenden braunen Wasser zusahen, das in den Kanal floss und jede Menge Abfall mit sich führte. Der Donner eines fernen Gewitters rollte durch den Tunnel, in dem jeder versuchte, einen höher gelegenen Platz zu finden, der noch trocken war. »Irgendwo im Süden der Stadt hat es geregnet. Die Regenzeit hat angefangen.«

Es war spät im Juli, die Tage stickig heiß von der hohen Luftfeuchtigkeit und der glühenden Sonne. Am Morgen war der Himmel meistens wolkenlos, aber gegen Mittag erschienen die ersten weißen Wolken wie die Vorhut einer Flotte von Schlachtschiffen, die zu einer großen Seeschlacht unterwegs waren. Am Nachmittag konnten wir sie hören, wie sie aufeinander trafen und sich mit ihren riesigen Bordkanonen beschossen, und wir konnten ihr Geschützfeuer sehen, wenn sie ihre Breitseiten gegeneinander abfeuerten, und der Himmel wurde schwarz vom Qualm brennender Schiffe und vom Rauch ihrer Kanonen. Wir warteten darauf, dass es einmal direkt über uns zu einer dieser mächtigen Schlachten kommen würde, aber sie fanden immer am Horizont statt.

Einmal regnete es auch bei uns. Schwere Tropfen fielen, befeuchteten die Erde und die staubigen Pflanzen und den Beton und den Asphalt. Es roch so, wie es manchmal daheim gerochen hatte, und ich verließ die Stadt und ging allein einen Hügel hoch, und als ich oben auf der Kuppe ankam, konnte ich die Schlacht sehen, die über dem südlichen Horizont im Gange war, tausend Blitze, die durcheinander zuckten, und die Schiffe, die sich im schwarzen Qualm ineinander verkeilt hatten. Es wehte ein kräftiger Wind hier oben und ich machte mich klein auf der Kuppe und schaute der Schlacht zu, und dann blickte ich hinunter in eine Talsenke und ich sah einige Menschen ein Bachbett überqueren und auf der anderen Seite zu einem Mesquitewäldchen laufen, wo sie Schutz vor dem Unwetter suchten.

Ich ging den Hügel hinunter und es regnete mir ins Gesicht. Die Leute sahen mich kommen und ein Mann kam mir entgegen. Er hatte eine Schrotflinte in den Händen und trug einen alten Cowboyhut und ein Halstuch, ein ärmelloses Unterhemd und durchnässte Jeans. Der Mann war ein Pollero. Er richtete die Schrotflinte auf mich.

»Ich war zufällig dort oben«, erklärte ich ihm. »Da habe ich euch gesehen und …«

»Was willst du?«, fragte er misstrauisch.

»Ich suche ein Mädchen mit einer Katze.«

»Bei uns ist kein Mädchen mit einer Katze«, sagte er. Er zeigte auf die Männer, Frauen und Kinder, die unter den Mesquitebäumen kauerten und sich mit ihren Decken zu schützen versuchten. Ängstliche Augen starrten mich an.

»Hat jemand ein Mädchen mit einer Katze gesehen?«, rief ich ihnen zu.

Eine Frau streckte mir ihre Hand entgegen. »Komm mal her, Junge!«

Ich ging zu ihr und kauerte bei ihr nieder. Die Frau war etwa dreißig Jahre alt, vielleicht ein bisschen älter.

»Ich habe ein Mädchen mit einer Katze gesehen«, sagte sie.

Mein Herz begann, wild zu schlagen.

»Wo?« Ich wollte ihre Hand ergreifen, aber sie zog sie unter die Decke zurück.

»In Hermosillo habe ich ein Mädchen mit einer Katze gesehen«, sagte sie.

»Ein schönes Mädchen?«, fragte ich schnell.

Sie lächelte.

»Ja. Ich glaube, es war ein schönes Mädchen.«

»Wo haben Sie sie gesehen, Señora?«

»Dort, wo wir geschlafen haben. In einem Garten hinter einem Hotel.«

»Hat das Mädchen etwas gesagt?«

»Ja. Ich habe sie gefragt, warum sie nicht mit uns kommt, und sie hat gesagt, dass sie noch ein paar Tage auf jemanden warten will.«

»Wann war das?«

»Vor vier Tagen.«

»Hat sie Ihnen ihren Namen gesagt, Señora?«

Sie schüttelte den Kopf.

»Tut mir Leid, aber ich weiß ihren Namen nicht.«

»Hat sie sonst noch etwas gesagt?«

»Nein.«

»Bestimmt nicht?«

Die Frau lächelte.

»Tut mir Leid, Junge.«

Ich starrte ihr in die Augen, als könnte ich in ihnen Lucias Spiegelbild entdecken. Sie musste Lucia gesehen haben. Mit ihrem dunklen, klaren Blick, in dem keine Angst war. Ich wünschte, ich hätte in ihren Augen erkennen können, ob es Lucia gewesen war. Dann hätte ich keinen Moment gezögert, nach Hermosillo zurückzukehren.

»Tut mir Leid, Junge«, sagte sie noch einmal.

»Schon gut«, sagte ich und stand auf. Der Mann mit der Schrotflinte beobachtete mich. Ich sagte ihm, dass ich nach

Nogales zurückgehen würde. Er ließ mich vorbei und folgte mir dann unter den Bäumen hervor und in den Regen hinaus. Ich blieb stehen.

»Wir warten hier, bis es dunkel ist«, sagte er. »Nach Mitternacht bringe ich sie durch einen der Tunnels.«

»Wie viele sind es?«

»Fünfzehn.«

»Hast du für ihre Passage schon bezahlt?«

»Nein. Das werde ich an Ort und Stelle tun.«

»Im *Hotel Camino Real*?«

Er nickte und ich ließ ihn im Regen stehen und ging am Bachbett entlang in die Stadt zurück.

*

Nando starb in dieser Nacht.

Nila weckte mich.

»Nando ist tot«, sagte sie.

Wir schleppten ihn aus dem Tunnel und trugen ihn durch die Stadt, dann legten wir ihn nahe der Station vom Roten Kreuz in eine dunkle Hausnische. Hinter einem Maschendrahtzaun bellte uns ein Hund wütend an und wir beeilten uns wegzukommen, bevor irgendwelche Leute auftauchten oder gar die Bullen von der *Grupo Beta*. Nila beugte sich nur ganz kurz über Nando und küsste ihn auf die kalte Stirn, dann lief sie hinter uns her zurück in den Tunnel.

Es regnete in dieser Nacht, und ich konnte nicht schlafen, weil ich an Nando dachte und hoffte, dass sie ihn inzwischen gefunden und ins Trockene gebracht hatten.

Gegen Morgen, es hatte inzwischen aufgehört zu regnen und die Luft im Tunnel war feucht und stickig, kam Nila zu mir und wollte mit mir schlafen. Ich sagte, dass ich keinen Bock hätte, mit ihr zu schlafen, und sie wurde wütend und spuckte mir ins Gesicht.

Als die Sonne aufging, verließ ich den Tunnel. Ich badete in dem brackigen rotbraunen Wasser, das durch den Kanal floss. Das Wasser roch heute nicht so stark wie sonst nach Kot und Müll und Verwesung. Ein paar andere kamen aus dem Tunnel und badeten. Sie begegneten mir mit Vorsicht und Respekt und keiner wagte sich in meine Nähe. Nachdem ich gebadet hatte, setzte ich mich in die Sonne und dachte an Nando. Und dann dachte ich an Lucia und ich wurde ziemlich traurig. Ich mochte dieses Gefühl der Traurigkeit zwar nicht besonders, aber mein Vater hatte mir gesagt, dass es zum Leben gehört wie das Glücklichsein und die Freude und alles andere. Ich wusste nicht, ob mein Vater ein besonders gescheiter Mann gewesen war, aber er hatte ein Herz und das bestimmte sein Tun. Nichts geht schief, wenn man mit dem Herzen bei einer Sache ist, hatte er mal gesagt. Mein Vater hatte Herz. Ich auch. Es war einmal ein Herz gewesen und dann ein Stein, und jetzt, seit ich Lucia begegnet war, wurde es langsam wieder ein Herz. Ich spürte es ganz deutlich. Es tat mir weh, wenn ich an Lucia dachte. Und gleichzeitig jubelte es vor Freude. Ich hatte zwar keine Ahnung, ob ich sie je wiedersehen würde, aber allein die Tatsache, dass es sie gab, dass sie irgendwo dort draußen war, machte mich zum glücklichsten Menschen auf der Welt. Ich hätte es Vater sagen mögen, aber ich wusste nicht, wie. So blickte ich zum Himmel auf und da war nichts. Keine Wolke. Nichts. Ich stand auf, und mir fiel ein, dass ich Flaco versprochen hatte, Bernardo zu töten.

Ich rief einen der Jungen zu mir.

»Wie heißt du?«, fragte ich ihn.

»Reynaldo«, sagte er.

Ich legte ihm die Hand auf die Schulter. Das machte ihn stolz. »Du weißt, wer ich bin, nicht wahr?«

»Ja.« Er nickte. »Du bist der neue Adjutant.«

»Richtig.« Ich klopfte ihm auf die Schulter. »Kennst du Bernardo?«

»Den vom andern Tunnel oder den, der mit mir und José zusammen...«

»Den vom andern Tunnel natürlich.«

»Ich habe ihn mal gesehen...«

»Was weißt du über ihn?«

»Nichts.«

»Schade.«

Ich ließ ihn stehen und ging durch den Tunnel auf die andere Seite. Nach Amerika.

Es war früh am Morgen. Die Luft war klar. Die Sonne kroch langsam an den Häuserwänden herunter in die Straßen und Gassen hinein. Bei einer Autowaschanlage stand ein Mann an einem öffentlichen Telefon. Ich beobachtete ihn. Er gestikulierte heftig, während er redete. Dann sah er mich und drehte mir den Rücken zu, als hätte er etwas zu verheimlichen. Ich wartete, bis er mit Telefonieren fertig war. Er ging hastig an mir vorbei, und als ich ihn nicht mehr sehen konnte, ging ich zum Telefon und hob den Hörer ab. Ich warf ein 25-Cent-Stück in den Geldschlitz und wählte die Nummer, die mir Sombra gegeben hatte.

*

»Ich bin's«, sagte ich.

»Ah. Felipe?«

»Nein. Nicht Felipe. Ich.«

»Hast du mir gestern nicht gesagt, dass du Felipe heißt?«

»Du weißt, wie ich heiße.«

Sie lachte. Dann sagte sie: »Es ist ein schöner Morgen, nicht wahr?«

»Ja. Ich habe im Kanal gebadet.«

»Das solltest du nicht tun.«

»Warum nicht?«

»Weil das Wasser nicht okay ist!«

»Warum nicht?«

»Willst du es genau wissen?«

»Ja.«

»Moment. Meine Mutter wird es dir erklären.«

»Warte, ich…«

»Mom!« Ich hörte sie nach ihrer Mutter rufen und mir brach der Schweiß aus. Ich dachte daran, aufzuhängen und abzuhauen, aber in diesem Moment fuhr der Streifenwagen mit den beiden Cops, die ich gestern schon gesehen hatte, auf den Platz vor der Waschanlage. Sie hielten an und blickten herüber. Ich wagte es nicht, mich vom Fleck zu rühren.

»Hallo, wer ist dran?«, fragte mich eine Frauenstimme aus dem Hörer.

»M-mein Name ist Santjago«, stotterte ich.

»Dann weiß ich, wer du bist. Meine Tochter Alexandra hat mir von dir erzählt.«

»Alexandra?«

»Ja. So heißt sie. Ich weiß, dass sie dir einen anderen Namen genannt hat. Sombra, das ist ihr Kriegsname. Sie glaubt nämlich, dass sie eine Kriegerin ist und für die Gerechtigkeit kämpft.«

»Das… das ist…«

Sie lachte. »Ja, ich weiß, was du sagen willst, Santjago. Gerechtigkeit ist etwas, was man sich kaufen kann, wenn man reich genug ist. Alexandra hat mir gesagt, dass du aus Chiapas kommst und reich werden willst.«

»Ich… ich habe heute Morgen im Kanal gebadet«, sagte ich, weil in meinem Kopf plötzlich alles ziemlich durcheinander geriet.

»Das solltest du nicht tun, Santjago. Das Wasser in den Tunnels und den Kanälen ist sehr schädlich. Du solltest nicht damit in Berührung kommen und es schon gar nicht trinken.«

Ich hatte einige gesehen, die das Wasser tranken. Die Bilder eilten durch meinen Kopf: Kinder, die das Wasser tranken; Nila, die davon trank; ein Junge, der mit einem Eimer Wasser schöpfte; das Mädchen, das sein T-Shirt wusch.

»Ich... ich habe nicht davon getrunken«, sagte ich.

»Das Wasser ist verseucht, Santjago«, sagte Sombras Mutter. »Voller gefährlicher Bakterien. Soll ich dir mal das Ergebnis der letzten Untersuchung durch das Gesundheitsamt nennen?«

»Ja«, sagte ich und hatte keine Ahnung, warum ich es sagte.

»Auf einhundert Milliliter Wasser kamen 220 000 Kolonien von Kolibakterien. Der zulässige Grenzwert für Trinkwasser liegt aber bei viertausend, Santjago.«

Ich schwieg. Von solchen Dingen hatte ich noch nie gehört.

»Du verstehst doch, was ich dir sagen will, nicht wahr?«

»Ja.«

»Das Wasser ist pures Gift. Wer es trinkt, kann lebensgefährlich erkranken und im schlimmsten Fall sogar sterben.«

Ich wollte ihr sagen, dass Nando in der Nacht gestorben war, aber ich schwieg, weil ich nicht sicher war, ob ihn die Vergewaltigung auf der Polizeistation umgebracht hatte oder die Kolibakterien im Abwasser.

»Kolibakterien kommen in den Fäkalien von Mensch und Tier vor, Santjago«, fuhr Sombras Mutter fort. »Das Abwasser kommt von den Hügeln, wo die armen Leute wohnen, die keine Klos in ihren Hütten haben und keine anderen sanitären Einrichtungen.«

Ich schwieg.

»Hallo. Bist du noch dran?«

Ich hörte, wie Sombra ihre Mutter um den Hörer bat.

»Santjago?«

»Ja.«

»Meine Mutter wollte dir eigentlich sagen, dass die Leute, die auf dem Hügel wohnen, in die Gräben kacken, durch die das Abwasser läuft.«

»Ja. Das hat sie mir gesagt.«

»Gut. Es wäre also besser, wenn du nicht mehr darin baden würdest. Und vielleicht sagst du das auch den anderen. Das wegen der Kolibakterien, meine ich.«

»Ja.«

Sie sagte nichts mehr. Eine Weile sagten wir beide nichts mehr, aber ich hörte sie atmen und ich hörte im Hintergrund irgendwelche Leute reden.

»Warum hast du angerufen?«

»Ich weiß nicht.«

»Du weißt nicht, warum du angerufen hast?«

»Ich wollte mit dir reden.«

»Ah. Aber du redest nicht viel, Santjago. Was ist geschehen?«

»Nichts.«

»Du bist doch sonst nicht so schweigsam, oder?«

Ich gab ihr darauf keine Antwort.

»Bist du in irgendwelchen Schwierigkeiten?«

Ich hätte ihr sagen können, dass ich mein Herz wiederentdeckt hatte und dass ich jetzt ziemlich verwirrt war. Verwirrt, weil es kein Stein war, wie ich die ganze Zeit vermutet hatte. Und weil ich trotzdem bereit war, Bernardo zu töten. Ich wusste nicht, wie das möglich war. Das alles hätte ich ihr sagen können, aber ich sagte es nicht.

»Nein«, sagte ich stattdessen.

»Willst du dich mit mir treffen?«

Ich wollte ihr von der Frau erzählen, die in Hermosillo Lucia gesehen hatte. Ich wollte ihr von Lucia erzählen, und dass sie aus Guatemala kam, und ich wollte ihr Lucias Gesicht beschreiben, dieses schöne Gesicht, in dem nichts stimmte und doch alles zusammenpasste, als wäre es von einem großen Künstler geschaffen worden.

»Santjago?«

Ich legte auf, überquerte den Platz bei der Autowaschanlage und ging zum Kanal hinunter. Dort fragte ich einen Jungen nach dem Tunnel von Bernardo. Er zeigte zu einer Betonröhre hinüber.

»Dort«, sagte er.

Ich ging am Kanal entlang auf den Anfang der Röhre zu, und bevor ich sie erreichte, langte ich nach dem Revolver in meinem Hosenbund und zog ihn ein Stück heraus, sodass ich ihn schneller zur Hand nehmen konnte.

*

»Bernardo?«, fragte ich ihn. Er saß drüben auf der mexikanischen Seite des Tunnels, auf einem kleinen verbeulten Motorrad. Hinter ihm, auf dem hinteren Schutzblech, saß ein Mädchen, das ein schwarzes Kleid trug. Es war so kurz, dass es keinen einzigen Zentimeter ihrer Beine verdeckte, und oben war es tief ausgeschnitten. Das Mädchen war hübsch und hatte wildes schwarzes Haar und dunkelrot geschminkte Lippen und sie trug eine verspiegelte Sonnenbrille und große goldene Ohrringe.

»Was willst du von mir?«, fragte er mich. Auch er trug eine Sonnenbrille, hinter der ich seine Augen nicht sehen konnte.

»Ich habe gehört, dass heute Nacht eine Gruppe von Pollos durch deinen Tunnel kommt«, sagte ich. »Mit Frauen und Kindern.«

Er nahm eine Schachtel Zigaretten aus der Brusttasche seines Hemdes, das ihm über die Hose herunterhing. Er öffnete die Schachtel, zog eine der Zigaretten mit den Lippen heraus und das Mädchen gab ihm mit einem goldenen Feuerzeug Feuer.

Er blies mir den Rauch entgegen.

»Wer bist du?«

»Santjago«, sagte ich.

»Und wer ist das?«

»Ein Freund von Sombra.«

Er streichelte den Oberschenkel des Mädchens, während er mich anblickte.

»Was hältst du von meinem Mädchen?«, fragte er.

Ich zuckte mit den Schultern.

Er lachte. »Jemand hat mir gesagt, dass Flaco einen neuen Adjutanten hat, der Santjago heißt.«

Ich langte mit der Hand nach dem Revolver. Er sah es.

»Das bist du, nicht wahr?«

»Ich bin hergekommen, um dich um einen Gefallen zu bitten«, sagte ich.

»Was kann ich für dich tun, mein Freund?«

»Ich suche ein Mädchen mit einer Katze.«

Das Mädchen lachte spöttisch.

»Was gibt es da zu lachen, verdammt!«, sagte er.

»Er sucht ein Mädchen mit einer Pussi«, sagte das Mädchen, und sie lachte über ihren Witz. »Bernardo, er hat gesagt…«

»Ich weiß, was er gesagt hat. Steig ab, los!«

Das Mädchen stieg ab und zog an ihrem Kleid herum, das einfach nicht richtig passen wollte.

»Hau ab!«, befahl er ihr kalt.

Die Augen des Mädchens blitzten auf. Ich dachte, sie würde ihm eine knallen, aber dann drehte sie sich um und ging mit schwingenden Hüften davon.

Sie hatte wunderschöne schlanke Beine und trug Schuhe mit hohen Absätzen. Sie blickte nicht ein einziges Mal zurück, während sie davonging, aber einmal fiel sie beinahe hin, als sie mit einem Fuß umknickte.

»Wer ist das Mädchen?«, fragte er mich. »Das Mädchen mit der Katze.«

»Ein Mädchen, das ich unterwegs getroffen habe. Und dann haben wir uns irgendwo wieder verloren.«

»Und jetzt wartest du hier auf sie?«

»Ja.«

»Und wenn sie sich inzwischen von der Katze getrennt hat?«

»Sie würde sich nicht von ihrer Katze trennen.«

Er blickte mich an, als zweifelte er an meinem Verstand.

»Aber es kann doch sein, dass ihr die Katze abhanden gekommen ist.«

»Abhanden?«

»Weggelaufen oder so. Von einem Auto überfahren. Verdammt, was weiß denn ich, was einer Katze alles passieren kann.« Er blickte sich nach dem Mädchen in dem kurzen Kleid um, aber sie war bereits verschwunden.

Jetzt hätte ich ihn töten können. Es war niemand in der Nähe. Ich sah mich noch einmal schnell um, schaute in den Tunnel hinein und den Kanal hoch bis zu der Stelle, wo er eine Krümmung machte und wo das Mädchen verschwunden war.

»Was ist?«, sagte er. »Wovor hast du Angst? Dass Flaco plötzlich auftaucht und dich hier mit mir sieht?«

»Nein.«

»Du betrügst ihn, mein Freund.«

»Das tu ich nicht.«

»Es würde ihm bestimmt nicht gefallen, dich hier bei mir zu sehen.«

»Ich will dich nur bitten, es mir zu sagen, wenn das Mädchen durch deinen Tunnel kommt.«

»Das ist nicht so einfach«, sagte er. »Wo würde ich dich finden? In einem von Flacos Tunnels? Da kann ich nicht hingehen. Man würde mich umbringen.«

»Nicht wenn du ihnen sagst, dass ich dich erwarte.«

Er nahm die Sonnenbrille vom Gesicht und blickte mich blinzelnd an.

»Du hast gesagt, dass du ein Freund von Sombra bist.«

»Stimmt.«

»Ich könnte Sombra eine Nachricht zukommen lassen, die sie an dich weiterleiten könnte.«

»Das wäre auch möglich«, sagte ich. »Ich will nur nicht, dass ich es zu spät oder überhaupt nicht erfahre, wenn das Mädchen durch den Tunnel kommt.«

»Das Mädchen bedeutet dir sehr viel, stimmt's?«

»Ja.«

Er streckte den Arm aus und zeigte auf meinen Bauch. »Unter deinem Hemd, da steckt eine Knarre, stimmt's?«

»Ja.«

»Zeig sie mir!«

Ich holte sie unter dem Hemd hervor und zeigte sie ihm. Er betrachtete sie eine Weile und nickte anerkennend.

»Gut«, sagte er. »Ich werde dir Bescheid geben, wenn das Mädchen mit der Katze durch den Tunnel kommt.«

Ohne eine Antwort abzuwarten, startete er sein Motorrad und fuhr durch das Kanalbett davon. Ich steckte den Revolver in den Hosenbund zurück und spazierte durch Nogales, Sonora. Ich glaubte, dass ich nur herumzulaufen brauchte, um irgendwo Lucia zu begegnen. Und so lief ich den ganzen Tag herum und am späten Nachmittag stand ich vor dem *Hotel Camino Real*. Ich ging durch die vordere Eingangstür. Hinter dem Anmeldepult saß die schwarz gekleidete Frau, die Sarita hieß. Sie las in einer Zeitung.

Als ich eintrat, blickte sie auf und sah mir über ihre Brille hinweg in die Augen.

»Woher kenne ich dich?«, fragte sie.

»Ich war letzte Woche hier. In der Nacht.«

Sie legte die Zeitung auf das Pult. »Ja, jetzt erinnere ich mich. Wie war noch dein Name?«

»Santjago.«

Mein Blick fiel auf die Zeitung und auf ein Foto, das Don Fernando zeigte. Er lag auf der Veranda seiner Hacienda, auf den bemalten Kacheln, und ich erkannte ihn, obwohl sein Gesicht zur Seite gedreht war und Blut aus seinem Mund lief. Irgendwelche Männer standen um ihn herum und am rechten Bildrand war ein Stück von einem weißen Kleid zu sehen und ein Bein und ein Fuß ohne Schuh. Das Bein gehörte Carmelita, das sah ich sofort.

Ich starrte auf die Zeitung und spürte, wie mein Herz zerspringen wollte. Ich konnte nicht mehr atmen und ich konnte mich nicht mehr bewegen. Ich stand nur da und das Foto in der Zeitung begann, vor meinen Augen zu flimmern und zu tanzen.

»Was ist mit dir, Junge?«, hörte ich die dunkle Stimme der Frau fragen. »Ist dir schlecht?«

Ich wollte ihr sagen, dass ich den Mann kannte, der dort auf den Kacheln lag und blutete, aber ich brachte keinen Laut über die Lippen.

Da nahm sie die Zeitung und zeigte mit ihrem Finger auf das Foto. »Ein furchtbares Blutbad«, sagte sie. »Die Mafia hat seine ganze Familie umgebracht. Sogar seinen Leibwächter und mehrere Pferde.«

Ich musste mich am Pultrand festhalten, weil meine Knie so weich geworden waren, dass ich sonst im nächsten Moment zusammengebrochen wäre.

*

Ein heftiges Gewitter entlud sich direkt über der Stadt. Draußen war es so dunkel, als ob es schon am Nachmittag Nacht geworden wäre. In den Tunnels war niemand mehr. Noch bevor das Wasser kam, waren alle geflüchtet und hatten das Zeug mitgenommen, das ihnen wichtig war. Einige trieben sich beim Bahnhof herum. Andere verkrochen sich in leeren Hütten.

Flaco und ich, wir gingen in eine Kneipe, in der gerade mal fünf oder sechs Leute Platz hatten. Er kannte den Mann, dem die Kneipe gehörte. Manny hieß er. Und die Kneipe hieß *Manny's Bar*. Wie bei T. T. und seinem Saloon auf der anderen Seite. Bei T. T. hingen Bilder von Baseballspielern an der Wand. Bei Manny war es eine vergilbte Marilyn, der jemand mit der Zigarette ein Loch in den Unterleib gebrannt hatte. An Dekoration gab es sonst nur noch einen Kranz aus Plastikblumen, der von einem Grab stammte, und einen Pferdeschädel, der grün angestrichen war.

Wir tranken jeder ein Bier und Flaco ließ seinen Flachmann mit Mescal die Runde machen. Wir tranken das Bier und den Mescal aus dem Flachmann. Die Männer an der Theke redeten von Frauen. Donnerschläge trafen die kleine Bar. Die Gläser auf den Regalen klirrten. Die Straße draußen war ein Fluss. »Der Typ, der seine Alte abknallen wollte, hat verdammtes Pech gehabt«, sagte einer.

»War halt ein Anfänger«, sagte ein anderer und lachte.

»Als ob einer das üben könnte, Amigo. Keiner bringt in seinem Leben mehr als eine Ehefrau um. Und wenn man sich dann auch noch eine Scheißknarre andrehen lässt, geht es eben schief.«

»Die Scheißknarre war eben kein *Colt*. Mit einem *Colt* wäre ihm das nie passiert.«

Flaco und ich tranken noch ein Bier.

Das Gewitter entfernte sich und auch der Regen ließ allmählich nach.

»Verdammt kurzes Gewitter war das«, sagte einer der Männer.

»Kurz wie Mannys Pimmel«, sagte ein anderer. Sie lachten und schlugen sich auf die Schultern. Ich hasste sie. Sie waren richtige Arschlöcher. Und Don Fernando war für diese Typen gestorben. Damit die sich in *Manny's Bar* voll laufen lassen und über ihr dummes Geschwätz lachen konnten. Ich langte nach meinem Revolver. Flaco sah es sofort. Er sah es in meinen

Augen, und erst dann bemerkte er, wie meine Hand unter dem Hemd verschwand.

»Chingada!«, fluchte er leise. »Komm, wir gehen.«

Flaco ließ mich bezahlen. Er wusste, dass ich noch Geld vom Verkauf der Knarre hatte, die dem Mann in der Hand explodiert war, als er seine Frau umbringen wollte. Noch bevor wir richtig betrunken waren, verließen wir *Manny's Bar* und gingen dorthin, wo ich Flaco zum ersten Mal gesehen hatte und wo die alte Frau lebte. Mit starrem Blick saß sie vor einem kleinen Schwarz-Weiß-Fernseher. Ein alter Film lief, mit Charlton Heston und Gregory Peck, die sich auf Spanisch miteinander stritten und sich anschließend verprügelten, bis sie nicht mehr aufstehen konnten.

Flaco fragte die Alte nach einem Mädchen, das Rita hieß. Die Alte sagte, dass Rita nicht hier gewesen sei. Da trat Flaco nach dem Stuhl, auf dem die Alte saß.

»Bist du betrunken, Flaco?«, fragte sie ihn, während sich Charlton Heston und Gregory Peck verprügelten. »Du sollst nicht so viel trinken, hörst du? Du wirst sonst wie dein Vater enden.«

Wir gingen hinaus und Flaco rief von einem öffentlichen Telefon diese Rita an. Er sagte ihr, dass er mit ihr schlafen wolle und ich mit ihrer Freundin und wo sie sich mit uns treffen sollten.

Wir warteten unten im Park auf sie, und der Flachmann war schon beinahe leer, als sie ankamen. Ich war im Kopf nicht mehr ganz dicht. Alles schien durcheinander. Oben war unten und links war rechts.

Flaco wollte den beiden Mädchen unbedingt erklären, was vorgefallen war.

»Irgendwelche Bastarde haben seine ganze Familie massakriert«, lallte er und langte mit beiden Händen unter Ritas Kleid. »Es steht in der Zeitung.«

»Wer ist er?«, fragte ihn Rita.

»Mein Adjutant.« Flaco zog das Mädchen zu einer anderen Parkbank und zerrte ihr den Slip von den Beinen. Ich hockte auf der Parkbank und starrte das Mädchen an, das vor mir stand.

»Komm«, sagte sie. Sie beugte sich zu mir herunter und drückte mir ihre Brüste ins Gesicht. »Wie heißt du?«, flüsterte sie.

»San...«

»San...? Und wie weiter?«

»Santjago.«

Das Mädchen fummelte vorne an meiner Hose herum und Flaco und Rita lagen aufeinander auf der Parkbank nebenan und der weiße Slip lag am Boden. Ich packte das Mädchen, von dem ich den Namen nicht wusste, am Hals und drückte so lange zu, bis sie in die Knie fiel. Ich hielt sie fest und sie röchelte und hatte den Mund weit aufgerissen.

Ich erhob mich von der Parkbank und rannte davon. Ich lief zum Kanal hinunter und sah, dass er voll mit Wasser war. Ich fragte einen Jungen, der schlotternd unter einem Plastiktischtuch hockte, nach Bernardo, aber der Junge hatte keine Ahnung. Ich stieg auf den Hügel hinauf, bis dorthin, wo die Eisenwand aufhörte und ein Maschendrahtzaun begann. Durch ein Loch im Zaun kroch ich über die Grenze und ging hinunter nach Nogales, Arizona.

Bei der Autowaschanlage sah ich von hinter einer kleinen Mauer, wie ein paar von Flacos Kids einen Jungen überfielen und ihn zusammenschlugen, bis er sich nicht mehr rührte. Die Bullen kamen und ein Krankenwagen, aber die Bullen sahen sich alles nur kurz an und fragten den Mann von der Tankstelle, die zur Waschanlage gehörte, was passiert sei. Der Mann sagte ihnen, dass nichts Ungewöhnliches passiert sei. »Das geht doch schon seit Monaten so. Vor diesen Ratten aus den Tunnels ist keiner mehr sicher.« Und er zeigte den Bullen seine Kanone, die er in einem Halfter trug. »Damit halte ich sie mir vom Leib«, sagte er, »und zwar todsicher.« Die Bullen lachten, stiegen in ihren Streifenwagen und fuhren davon.

Zum Schlafen ging ich zu einem ausgeschlachteten Autowrack, in dem ich schon mal übernachtet hatte. Bevor ich mich darin verkroch, schlug ich mit einem Stück Eisen gegen das verbeulte Blech der Kühlerhaube, um die Schlangen und anderes Ungeziefer zu verjagen. Aber als ich dann die verklemmte hintere Tür aufzwängte, rasselte mich eine dicke Klapperschlange an, die zusammengerollt auf der Sitzbank lag. Ich nahm das Stück Eisen vom Boden auf und warf es nach der Schlange, traf aber nur die offene Tür. Die Schlange glitt vom Sitz, und ich wartete, bis sie aus dem Wrack heraus war. Als ich sie im Sternenlicht zwischen dem Gerümpel sah, das am Boden herumlag, packte ich einen Betonbrocken, der von einem alten, rissigen Fundament stammte, und tötete sie.

Ich verkroch mich im Autowrack und schlief. Irgendwann erwachte ich aus einem Albtraum, an den ich mich nicht erinnern konnte. Ich war schweißgebadet. Ich verließ das Autowrack, ging zum Kanal hinunter und legte mich auf die Böschung, sodass meine Beine im kühlen Wasser hingen. Da blieb ich liegen, bis der Tag graute, und als ich aufstehen wollte, bemerkte ich einen jungen Kojoten, der leblos an meinem linken Bein hing. Er war wahrscheinlich in einem der Tunnels vom Wasser überrascht worden und ertrunken. Ich stieß ihn von mir und er trieb im bräunlichen Wasser den Kanal hinunter, umgeben von Papier und Plastik und anderem Zeug.

✳

Ich ging zur Schule. Dort hockte ich mich in den Schatten eines Baumes und sah zu, wie die kleinen Kinder auf dem Platz herumrannten.

Ich versuchte, an Lucia zu denken, aber das gelang mir nicht. Ich dachte an Don Fernando und an Señor Silva und vor allem an Carmelita. Sie waren alle getötet worden, bis auf den alten Pedro, der sich im Pferdestall versteckt hatte. In der Zeitung stand, dass es maskierte Männer gewesen seien, die mit einem Helikopter auf dem Platz vor der Hacienda gelandet waren. Sie hätten zuerst Señor Silva auf dem Wachturm getötet und dann seien sie in das Haus eingedrungen und hätten alle Bewohner im Arbeitszimmer von Don Fernando zusammengetrieben. Dort habe man ihnen die Hände auf dem Rücken gefesselt. Don Fernandos Sohn Antonio habe sich zur Wehr gesetzt und man habe ihn im Arbeitszimmer seines Vaters mit einer Garbe aus einem Schnellfeuergewehr niedergeschossen. Don Fernandos Tochter Maria sei zuerst vergewaltigt worden, bevor man sie getötet habe. Und Don Fernando und Carmelita seien aus unerfindlichen Gründen zusammen auf der Veranda getötet worden. Niemand wusste, wer für dieses Massaker verantwortlich war. Die Drogenmafia wahrscheinlich, hieß es in der Zeitung. Weil Don Fernando sich nicht hatte von ihr bestechen lassen. Der Bundesrichter und seine Familie waren nun also Märtyrer für die Gerechtigkeit. Mexiko war ein gerechtes Land. Ein Paradies. Ein Land mit starken Männern, die sich nicht korrumpieren ließen.

Ich sah Sombra nicht kommen. Ich hörte sie nicht. Ein Schatten war sie, der sich mit meinem vereinte. Sie saß plötzlich neben mir unter dem Baum.

»Ich habe nach dir gesucht«, sagte sie. »Warum weinst du?«

Ich hatte nicht gemerkt, dass mir die Tränen gekommen waren. Ich wandte mich von ihr ab und meine Brust brannte und die Kehle war wie zugeschnürt. Ich weinte und versuchte, nicht zu weinen, und erstickte beinahe. Sie ließ mich weinen. Sie saß neben mir und rührte sich nicht. Sie sagte kein Wort.

Als ich mich endlich wieder im Griff hatte, wischte ich mir das Gesicht ab.

»Hast du schon gefrühstückt?«, fragte sie.

»Nein.«

»Komm, wir gehen zu McDonald's.«

Das taten wir. Und dort erzählte ich ihr von Don Fernando und seiner Familie. Und ich sagte ihr auch, dass der Revolver, den ich unter meinem Hemd versteckte, Señor Silva gehört hatte. Sie hörte mir zu, ohne mich zu unterbrechen. Und als ich ihr alles gesagt hatte, was es zu sagen gab, verließen wir McDonald's und gingen zusammen ein Stück die Straße entlang und dann auf einen grasbewachsenen Hügel, auf dem nur vereinzelte Bäume wuchsen. Wir legten uns ins Gras und sahen den Wolken nach und redeten kein Wort miteinander, bis sie mir sagte, dass heute ihr Geburtstag sei und dass ihre Mutter für den Abend ein paar Leute zum Essen eingeladen habe.

»Es ist nichts Besonderes«, sagte sie. »Aber ich würde mich sehr freuen, wenn du auch kommen würdest, Santjago.«

Eigentlich wollte ich kommende Nacht nach Lucia Ausschau halten, weil ich schon seit dem Morgen ihre Nähe spürte. Ich war absolut sicher, dass sie da war. Irgendwo drüben in Nogales, wo sie sich mit anderen zusammen versteckte und auf die Nacht wartete und auf den Kojoten, der sie und die anderen für Geld durch einen der Tunnels schleusen würde.

Sombra erhob sich und ging ein paar Schritte weit weg. Sie blickte über die Ebene hinweg, in der sich Nogales ausbreitete, in der Mitte geteilt durch die Wand aus Eisen.

»Wenn du nicht kommen willst, dann versteh ich das«, sagte sie, ohne mich anzusehen.

Ich hatte mich aufgesetzt. »Es ist nicht, dass ich nicht kommen möchte«, sagte ich.

Sie drehte sich um und sah mich an. »Was ist es dann, Santjago?«

Ich stand auf und wandte ihr schweigend den Rücken zu.

Der Hügel, auf dem wir standen, war einer von vielen Hügeln, die sich nach Norden hin ausbreiteten. Hügel und Mulden und schmale Täler. Goldgelbes Gras, das mir bis an die Hüften reichte. Ich berührte die Spitzen einiger Halme und sie bogen sich unter meinen Händen. Die Sonne verschwand hinter einer dunklen Wolke. Wir standen im Schatten der Wolke und sahen die anderen Wolkenschatten über die Hügel und durch die Mulden und Täler gleiten wie Wesen aus einem Reich, wo es keine Stimmen gab und kein Geräusch.

»Ich werde heute sechzehn«, sagte Sombra plötzlich. »Vor siebzehn Jahren war dies eine andere Welt, glaube ich.«

»Es muss eine andere Welt gewesen sein«, sagte ich. »Die Welt, die ich kenne, könnte nicht siebzehn Jahre lang existieren.«

»Siebzehn Jahre, das ist nicht viel für eine Welt, die zigtausend Jahre alt ist.«

»Zigtausend?«

»Millionen.«

Sie kam zu mir und nahm mich bei der Hand. Hand in Hand gingen wir über die Hügelkuppe und einen Zaun entlang zu einem Weg, der nach Westen führte, ein Fahrweg, der aus zwei Radfurchen bestand. In den Pfützen, die vom Regen der letzten Tage geblieben waren, spiegelte sich der Himmel mit seinen Wolken.

Wir folgten dem Weg bis zur Hauptstraße. Dort lag ein Hund, der überfahren worden war. Ein Mann saß am Straßenrand an der Böschung und trank Kaffee aus einer Thermosflasche. Sein dunkles Gesicht glänzte vom Schweiß. Er beobachtete uns. Als wir an ihm vorbeigingen, fragte er uns nach der Uhrzeit.

»Es ist zehn nach drei«, sagte Sombra. Der Mann wartete auf jemand. Auf ein Auto, das ihn von der Arbeit nach Hause bringen würde, bevor es wieder zu regnen begann.

Lucia

In den Tunnels war kaum noch Wasser vom gestrigen Gewitter, aber niemand wagte es, sich für die Nacht schon wieder dort einzunisten.

»Das wird eine Nacht für die Schmuggler«, sagte Flaco zu mir, als wir durch den Haupttunnel gingen. »Gestern sind sie nicht durchgekommen und am Tag davor war das Risiko auch schon ziemlich groß. Aber heute haben wir eine Nacht, in der es nicht nach Regen aussieht.«

Er hatte Recht. Der Himmel war sternenklar, der wachsende Mond eine scharfe Sichel.

»Wird jemand durch unsern Tunnel kommen?«, fragte ich.

»Ja. Kokain aus Kolumbien«, sagte er. »Ein ganzer Lastwagen voll.«

»Keine Illegalen?«

»Doch. Zwei große Gruppen. Es ist ein Huhn dabei.«

»Woher weißt du das?«

»Von Sarita. Sie sagt es mir jedes Mal, wenn ein Huhn dabei ist.«

»Und wer rupft das Huhn?«

»Diego und ein paar andere. Die warten am Ende des Tunnels, bei der Brücke. Der Mann ist allein. Sarita hat ihm schon einen Teil seiner Kohle abgenommen und er hat den Kojoten bezahlt. Ich werde ihn am Tunneleingang fragen, ob er mir eine Spezialgebühr für seine Passage entrichten will. Damit ihn ein Pollero sicher durch den Tunnel bringt. Wenn er schlau ist, merkt er, was los ist, und gibt mir hundert Dollar. Aber die meisten sind dumm wie Hühner und geizig.«

»Wenn er dir hundert Dollar gibt, kommt er durch?«

»Ja. Bis auf die andere Seite.«

»Und auf der anderen Seite?«

»Da nehmen ihn Diego und die andern in Empfang.«

»Sie legen ihn um?«

»Klar.« Flaco lachte. »Und der Rest seiner Kohle wird unter uns allen aufgeteilt, verstehst du? Aber die hundert Dollar, die sind für mich allein.«

Ich sagte nichts mehr. Wir schlenderten die Straße entlang, die zum *Hotel Camino Real* führte, aber wir gingen am Hoteleingang vorbei. Flaco fragte mich, warum ich das Mädchen auf der Parkbank beinahe erwürgt hätte. Das hatte ich schon fast vergessen.

»Sag mal, hat dir noch nie jemand gesagt, dass du vielleicht nicht ganz dicht bist in deinem Kopf, mein Freund?«, fragte er.

»Nein.«

»Hörst du vielleicht manchmal irgendwelche Stimmen?«

Ich schwieg.

»Stimmen von deinen Maya-Vorfahren?«, fragte er. »Oder siehst du seltsame Bilder?«

»Ich sehe den alten Gringo, Papa Biddle.«

»Wer ist das?«

»Der Weihnachtsmann, der meiner Schwester unter den Rock gelangt hat.«

Er blieb stehen und krümmte sich vor Lachen. Ich wandte mich ab, damit er nicht in meine Augen sehen konnte. Meine Augen verrieten mich. In meinen Augen spiegelte sich alles, was in meinem Kopf vor sich ging.

»Erzähl mir von Papa Biddle«, sagte er.

Ich erzählte ihm nichts. Wir überquerten den Kanal und gingen die Straße zu *Manny's Bar* hoch.

»Ich zahl dir ein Bier«, sagte Flaco.

In *Manny's Bar* war niemand. Manny saß vor einem winzigen Fernseher. Er trug nur ein schmutziges blaues Unterhemd und eine kurze Hose. An der Decke drehte sich ein Ventilator. Marilyn auf dem Plakat lachte uns verführerisch an, zwinkerte mir mit einem Auge zu. Das Bild im Fernseher war nicht größer als eine Postkarte. Es schneite, aber Manny sagte, das sei nur eine Störung, weil wahrscheinlich irgendwo der Blitz eingeschlagen hatte.

Wir tranken ein Bier. Der Ventilator kühlte meinen Kopf ein bisschen und trocknete den Schweiß auf meinem Gesicht.

»Sie haben einen von denen erwischt, die den Richter und seine Familie umgelegt haben«, sagte Manny. »Er ist der Sohn eines höheren Regierungsbeamten, aber sie wollen noch nicht sagen, wer es ist.«

»Der Sohn des Präsidenten vielleicht«, sagte Flaco.

»Hat der überhaupt einen?«, fragte Manny. Im Fernsehen kam Fußball. Ausschnitte aus dem Spiel Cruz Azul gegen Atlante.

»Ich geh jetzt«, sagte ich und ging zur Tür.

»Wohin gehst du?«, fragte Flaco.

Im Fernseher hielt der Torhüter von Atlante einen Elfer.

»Felix ist der Beste!«, brüllte Manny. »Der müsste in der Nationalelf spielen und nicht dieser… wie heißt er noch, dieser…«

Ich ging hinaus. Es war stickig heiß draußen, obwohl es dunkel war. Im Schein der Lampen wirbelten Millionen von Nachtfaltern.

Ich ging hinunter zum *Hotel Camino Real*. Im Flur kam mir derselbe Mann entgegen wie beim ersten Mal. Sein Oberkörper war nackt. Schweiß glitzerte auf seiner Brust, wo ihm ein Büschel Haar wuchs.

»Fuck, was willst du hier?«

»Ich suche ein Mädchen mit einer Katze.«

»Hau ab, du verdammte Ratte!«

Ich hatte mich gerade entschieden, ihn zu töten, als Sarita die Treppe herunterkam. »Juan, der Junge ist Flacos Adjutant«, sagte sie zu dem Mann.

Er hätte ihr die Füsse küssen sollen, denn sie hatte ihm das Leben gerettet. Aber er wusste es nicht. Er grinste nur und verschwand hinter der Treppe wie ein Hund, auf dessen Gebell niemand achtet.

»Was gibt es, Santjago?«, sagte Sarita.

»Ich suche das Mädchen mit der Katze.«

»Weißt du denn, dass sie hier ist?«

»Ja.«

Sie brachte mich nach hinten. Hinter dem Hotel befand sich ein kleiner Hof, der von einer hohen Mauer umgeben war. In diesem Hof standen und kauerten mehr als zwei Dutzend Menschen. Frauen und Kinder und Männer.

»Miguel, dieser Junge hier sucht ein Mädchen mit einer Katze«, sagte Sarita zu einem Mann, der beim Tor an der Mauer lehnte und einen Zigarillo rauchte. Der Mann war klein und kantig. Er hatte muskulöse Arme und viel zu große Hände.

»Ein Mädchen mit einer Katze?«, fragte er durch den blauen Rauch hindurch. »Schau dich um, Junge.«

Ich blickte mich kurz um. Wäre Lucia unter diesen Leuten gewesen, hätte sie mich sofort erkannt.

»Die hier, die werden durch Flacos Tunnel gehen«, sagte Sarita.

Ich betrachtete die Männer, auf die sie gezeigt hatte, und versuchte, unter ihnen das Huhn zu erkennen. Aber ich hätte es nicht mit Sicherheit sagen können, welcher von ihnen das Huhn war. Sie sahen alle ziemlich schäbig aus und keiner hatte das Zeichen des nahen Todes im Gesicht, von dem ich nie gewusst hatte, wie es aussah, wenn meine Großmutter davon geredet hatte.

»Der dort, Santjago, der ist schon vom Tod gezeichnet«, hatte sie mir manchmal gesagt und auf irgendeinen Mann gezeigt, der auf der Straße stand oder auf dem Dorfplatz auf einer Parkbank saß oder in der Kirche am Boden kniete. Ich hatte keine Ahnung, woran sie das sehen konnte, aber ich war sicher, dass sie mir den Mann hätte zeigen können, wäre sie hier gewesen.

Sarita ging vor mir her ins Hotel zurück. Ich sah Juan in einer Türnische im Dunkeln stehen. Nur seine Augen leuchteten und verrieten ihn. Sie verrieten nicht, was in seinem Kopf vorging, aber sie verrieten ihn trotzdem.

Bei der Tür blieb ich stehen.

»Wenn er mir noch einmal in die Quere kommt, töte ich ihn, Señora«, sagte ich zu Sarita, die hinter mir stehen geblieben war.

»Er ist mein Liebhaber«, flüsterte sie. »Töte ihn erst, wenn ich genug von ihm habe.«

Ich ging hinaus. Irendwann, dachte ich, werde ich hierher zurückkehren müssen.

*

Ich rief Sombra an.

»Wo wohnst du?«, fragte ich.

»Das findest du nie«, sagte sie. »Sag mir, von wo du anrufst, und ich hole dich ab. Ich habe seit heute meinen Führerschein.«

»Von der Autowaschanlage«, sagte ich. »Von einem öffentlichen Telefon.«

»Warte dort auf mich.«

Sie legte auf und zwanzig Minuten später fuhr ein Subaru-Kombi auf den Parkplatz. Hinter dem Steuer saß Sombra. Sie hielt an, stellte den Motor ab und stieg aus.

»Santjago!«, rief sie halblaut.

Ich rührte mich nicht.

Sie drehte sich einmal um sich selbst, und dann wollte sie zur Tankstelle gehen, um dort nach mir zu fragen. Ich trat aus dem Schatten eines Abfallcontainers. Sie sah mich sofort.

»Santjago, ich dachte, du bist abgehauen«, sagte sie. »Komm, steig ein. Das Essen steht schon auf dem Tisch.«

Ich stieg ein und wir fuhren durch die Stadt. Obwohl sie den Führerschein zu ihrem sechzehnten Geburtstag gekriegt hatte, fuhr sie, als wäre sie in diesem alten Subaru auf die Welt gekommen. Vor einem kleinen Haus am Stadtrand, in einer Reihe von anderen kleinen Häusern, hielt sie an. In diesem Haus brannten viele Lichter. Aus den anderen Häusern kam der Lichtschein der Fernseher. Die Klimaanlagen auf den Dächern surrten. Man konnte nichts anderes hören als dieses Geräusch. Mir kam der Gedanke, dass die meisten Leute ein Leben lang nichts anderes hörten als solche Geräusche. Und in ihrem Kopf hatte nichts anderes Platz, weil diese Geräusche alles andere übertönten.

Sombra ging mir voran ins Haus, in dem es eiskalt war. Ich erschrak, als ich ihren Vater sah, der ein glatt gebügeltes, steifes Uniformhemd trug, an dem ein goldenes Abzeichen blinkte. Ich hatte beinahe vergessen, dass er für die *Migra* arbeitete.

»Siehst du, ich habe dir gesagt, dass du ein anderes Hemd anziehen sollst«, schimpfte Sombra mit ihm.

Sein Gesicht war ohne Ausdruck. Steinern. Er gab mir nicht die Hand.

»Ich kann nicht direkt sagen, dass ich mich über deinen Besuch freue, Junge«, sagte er. »Alexandra hat uns schon allerhand von dir erzählt.«

»So viel gibt es über Santjago doch gar nicht zu erzählen«, sagte Sombras Mutter lachend und hakte sich bei ihrem Mann ein. »Kannst du vielleicht mal kurz vergessen, dass du für die *Migra* arbeitest?«

Er entzog ihr seinen Arm. »Setzen wir uns«, sagte er und ging zum Tisch, der aufwändig gedeckt und bunt dekoriert war.

»Er mag dich, aber er will es dir nicht zeigen«, raunte mir Sombra zu. »Eine Art Gewissenskonflikt, verstehst du?«

Im Esszimmer setzten wir uns zu acht an den Tisch. Alle außer mir waren Verwandte von Sombra. Ein Onkel aus Chicago, der ein Hörgerät im rechten Ohr hatte. Eine Tante mit zwei kleinen Mädchen. Ihr Mann war in Europa beim Militär. In Deutschland. Sie erzählte von einem Trip nach Deutschland und wie grau dort alles gewesen sei und dass es die ganze Zeit nur geregnet habe. »Es sind uns beinahe Schwimmhäute gewachsen«, sagte sie. »Stimmt's, Mädchen?«

»Ja!«, riefen beide. Und die eine sagte: »Aber die Karotten, die will ich nicht essen.«

»Dann lass sie auf dem Teller liegen, Süße«, sagte Sombras Mutter. »Ich mochte früher auch keine Karotten.«

Ich saß neben Sombra. Der andere Stuhl neben mir war leer. Sie hatten alle keine Ahnung, wie sehr ich wünschte, dass Lucia hereinkommen und sich auf diesen Stuhl setzen würde. Das Essen war gut, aber ich fror wie ein Schlosshund. Ich aß meinen Teller leer. Seit einer Ewigkeit hatte ich nicht mehr so gut gegessen. Tamales und alles. Wunderbare Bohnen. Süße Kartoffeln, knusprige Tacos. Enchiladas und Burritos. Es roch beinahe wie daheim. Ich dachte an meine Mutter, als wir noch eine Familie waren.

»Woher kommst du, Santjago?«, fragte mich der Onkel aus Chicago.

»Chiapas«, sagte ich.

»Häh?« Er beugte sich weit über den Tisch und verzog sein Gesicht.

»Chiapas!«, sagte ich etwas lauter.

Er begann, an seinem Hörgerät herumzufummeln.

»Santjago kommt aus Chiapas!«, brüllte ihm die Tante ins Ohr.

»Chiapas?«, fragte er.

»Ja.«

»Also Chiapas, häh?«

Sein halber Burrito fiel ihm auf die Hose. Sombra lachte, und ihre Mutter nahm eine Papierserviette und begann, die Hose des Onkels sauber zu machen.

Zum Dessert gab es Karamellpudding. Ich aß zwei Schalen leer, weil der Onkel Karamellpudding hasste. Sombras Mutter machte den CD-Spieler an. »Simon und Garfunkel«, sagte Sombra. »*Bridge Over Troubled Water* ist das Lieblingslied von meiner Mutter. Mir gefällt es auch ganz gut…«

»In Chiapas, da schlagen sie sich doch die Schädel ein«, rief plötzlich der Onkel. »Indios oder wer.«

»Nicht mehr«, sagte Sombras Vater. »Es ist seit einigen Monaten ruhig dort unten.«

»Die Ruhe vor dem Sturm«, sagte die Tante.

»Bist du ein Indio?«, fragte mich der Onkel. »Du siehst wie ein Indio aus. Ein Maya oder so was.«

»Ich bin ein Tzotzil«, sagte ich.

»Ein was?«

»Ein Tzotzil!«, schrie ich dem Onkel ins Ohr.

»Die stammen von den Maya ab«, sagte Sombras Vater, ohne mich anzusehen. »Ein hochzivilisiertes Volk, damals.«

Sie redeten über Chiapas und die Zapatista-Rebellion, und obwohl sie mir das Gefühl geben wollten, dass ich in ihrem Haus willkommen war, fühlte ich mich fremd. Es ging mich nichts an, was sie über Chiapas redeten, weil sie eigentlich keine Ahnung hatten, was dort los war, und die Fröhlichkeit der Frauen und der beiden Mädchen berührte mich nicht. Sombra bemerkte es. Sie legte eine Hand auf meinen Arm und lächelte. Als wir alle mit Essen fertig waren, ging ich mit ihr vors

Haus. Es war so schwül draußen, dass mir sogar die Luft klebrig vorkam. Es wehte kein Wind. Über der Stadt und den Hügeln im Südosten leuchteten Blitze auf. Der Donner rollte leise durch die Nacht.

Die beiden Mädchen kamen heraus und hüpften eine Minute lang lärmend auf dem Rasen vor dem Haus herum, bis sie merkten, wie heiß es hier draußen war.

Der Onkel setzte sich auf der Veranda in einen Lehnstuhl. Sombras Vater rauchte eine Zigarette. Ihre Mutter und die Tante waren in der Küche und füllten die Geschirrspülmaschine.

Der Onkel fragte mich wieder, wo ich herkäme.

»Chiapas«, sagte ich.

»Woher?«

»Chiapas!«

»Er ist in seinem Alter ziemlich vergesslich geworden«, sagte Sombra. »Und schwerhörig.«

»Von den Geräuschen«, sagte ich.

»Von welchen Geräuschen?«

»Hörst du sie nicht?«

»Nein. Ich höre nichts.«

Ich sagte ihr, dass ich nun zurückmüsse.

»Wohin?«

»Zu den Tunnels.«

Ich verabschiedete mich von allen. Nur von ihrem Vater nicht. Der war wie zufällig auf der Toilette.

Auf der Fahrt in die Stadt sagte ich Sombra, dass Lucia heute Nacht durch einen Tunnel kommen würde.

»Woher weißt du das so genau?«, fragte sie.

»Ich weiß es nicht, aber ich spüre, dass sie in der Nähe ist.«

Sombra blickte mich an. »Liebst du dieses Mädchen?«

»Auch das weiß ich nicht«, antwortete ich, und es war die Wahrheit. »Ich weiß nicht, was Liebe wirklich ist.«

Sie parkte den Subaru bei der Autowaschanlage. Wir stiegen aus.

»Also dann«, sagte ich. »Es war schön bei dir zu Hause. Und danke fürs Fahren.«

»Ich gehe mit dir«, sagte sie.

Sprachlos starrte ich sie an.

»Ich gehe mit dir«, sagte sie noch einmal.

*

Es war noch früh. Vor Mitternacht machten sich die Illegalen nicht auf den Weg zu den Tunnels. Die Bullen auf beiden Seiten der Grenze patrouillierten auf den Straßen. Manchmal hielten sie am Rand der Kanäle und leuchteten mit ihren Suchscheinwerfern zu den Tunneleingängen hinüber, aber sie wagten es nicht, in die Kanäle hinunterzusteigen oder gar die Tunnels zu betreten. Die meisten mexikanischen Bullen waren sowieso korrupt und kassierten Schmiergelder. Und die Gringobullen hielten sich zurück, weil sie genau wussten, dass wir sie umlegen würden, wenn sie uns in den Tunnels in die Quere kämen.

Es war kurz nach elf, als wir auf der mexikanischen Seite Nila trafen. Sie war mit Diego zusammen, aber der hatte es eilig, wegzukommen.

»Was hast du hier zu suchen?«, sagte Nila zu Sombra. »Ich dachte, du bist mit Bernardo befreundet.«

»Sie ist auch mit mir befreundet«, sagte ich schnell.

»Darüber wird sich Flaco bestimmt freuen«, schnappte Nila. Sie wollte sich abwenden und weggehen, aber ich hielt sie am Arm zurück.

»Moment, ich muss dir was sagen.«

Sie entzog mir ihren Arm und blickte mich mit funkelnden Augen an.

»Das Mädchen kommt heute durch einen der Tunnels.«

»Welches Mädchen?«

»Ich hab dir doch von ihr erzählt. Die mit der Katze.«

Nila deutete mit einer Kopfbewegung auf Sombra. »Und was ist mit der?«

»Vier Augen sehen mehr als zwei. Wir wissen nämlich nicht, mit welcher Gruppe das Mädchen geht. Und wir wissen auch nicht, welchen Tunnel…«

»Was weißt du eigentlich, wenn du nichts weißt?«, fiel Nila mir ins Wort.

»Er weiß, dass sie in der Nähe ist. Das reicht doch, oder?«, sagte Sombra, und ihre Stimme klang ganz anders. Viel rauer. Keiner hätte ihr anhören können, dass sie kein Junge war.

Die beiden starrten sich an. Ich spürte die Spannung zwischen ihnen.

Nila wandte sich mir zu. »Wie heißt dein Mädchen, hast du gesagt?«

»Lucia.«

»Warum fragst du nicht die Polleros beim Roten Kreuz?«

»Da wollten wir eben hingehen«, sagte Sombra.

Nila schüttelte den Kopf. »Wir sollten uns trennen. Bis Mitternacht geht sowieso niemand durch die Tunnels. Während wir die Polleros bei der Kirche nach dem Mädchen fragen, gehst du zur Station vom Roten Kreuz, Santjago. Dort versammeln sich die Gruppen, die durch Bernardos Tunnel gehen. Aber pass auf, dass du mit deiner Herumfragerei nicht die Drogenschmuggler nervös machst. Das könnte gefährlich werden.«

»Keine Sorge. Weißt du, wo Flaco ist?«

»Kassieren.«

Nila ging davon, blieb aber, einige Schritte entfernt, stehen und drehte den Kopf nach uns um.

»Was ist? Kommst du oder kommst du nicht? Vier Augen sehen mehr als zwei.«

»Und sechs noch mehr«, antwortete ihr Sombra. Einen Moment lang zögerte sie, aber dann ging sie mit Nila.

*

Ein heftiger Wind kam auf und wehte durch die Straßen von Nogales. Er kam von Südosten und wehte nach Nordwesten über die Grenze hinweg, die es für ihn nicht gab. Papier und Plastik flog im Wind. Er zerrte an den wenigen Bäumen am Straßenrand, als wollte er sie entwurzeln, riss an den Blechschildern an den Hausmauern und an den Verkehrsschildern. Die Ampeln schwankten an ihren Drähten hin und her. Ziegel fielen von den Dächern. Leute suchten Schutz, hasteten über die Straßen und verschwanden in den engen Gassen.

Es war wenig Verkehr auf der Hauptstraße. Die kleinen Touristenläden hatten alle längst dichtgemacht und selbst die bettelnden Indianerfrauen mit ihren bettelnden Kindern waren geflüchtet.

In der Ferne zuckten Blitze auf, gefolgt von dumpfen Donnerschlägen. Im Licht einer Straßenlampe blickte ich in den Kanal hinein. Nur ein schmaler Bach floss zwischen Inseln von angeschwemmtem Dreck, Müll, Sand und anderem Zeug hindurch und verzweigte sich über die ganze Breite des Kanals.

Ich blickte zum Himmel auf und sah vereinzelte Sterne.

In der Nähe der Station vom Roten Kreuz fragte ich einen Mann, der eine Zigarette anzuzünden versuchte, nach Lucia. Er zeigte zu einem Gebäude hinüber, auf dessen Frontmauer jemand das Gesicht von Che Guevara gemalt hatte. Mit roter Farbe stand dort: *VIVA LA REVOLUCIÓN!*, und es sah aus, als tropfte von jedem Buchstaben Blut.

Ich ging zu dem Gebäude hinüber. Es hatte eine Tür und ein Fenster. Durch das Fenster fiel ein schwacher Lichtschein. Ich klopfte an die Tür. Sie wurde geöffnet und vor mir stand Bernardo. Er rauchte eine Zigarre und grinste mich an, als er mich erkannte. Ganz der große Geschäftsmann, der eben richtig Kohle gemacht hatte.

»He«, sagte er, »dich habe ich zuletzt erwartet.«

Er ließ mich eintreten. In einem großen Raum standen Leute herum. Einige saßen auf dem Boden, gegen die Wand gelehnt. Es sah hier drin nicht anders aus als drüben im Hinterhof des Hotels, wo die anderen darauf warteten, dass sie von den Polleros durch die Tunnels in die Freiheit geführt wurden. Misstrauische und neugierige Augen von Frauen und Kindern. Ängstliche und drohende Augen von Männern, die mit dem Rücken zur Wand standen und sich für alles, was geschah, verantwortlich fühlten.

Lucia sah mich, bevor ich sie sah.

Sie saß am Boden, mit ihrer Katze im Schoß. Eine Frau lehnte an ihrer Schulter. Sie säugte ein Baby und wich meinem Blick aus, indem sie den Kopf senkte.

Lucia flüsterte der Frau etwas zu. Die Frau richtete sich auf, sodass Lucia aufstehen konnte. Niemand sagte ein Wort, aber alle beobachteten uns. Lucia kam auf mich zu und ich stand da und mein Herz setzte aus und meine Knie zitterten. Sie ging an mir vorbei hinaus. Bernardo fragte sie durch den Zigarrenrauch hindurch, ob sie zurückkäme. Sie sah ihn kurz an und nickte.

*

Wir kauerten im Windschatten einer Mauer, und ich sagte ihr, dass ich die ganze Zeit auf sie gewartet hatte.

»Du hast auf mich gewartet?«, fragte sie ungläubig.

»Ja. Ich wusste, dass du eines Tages auf dem Weg nach Amerika hierher kommen würdest.«

Sie schwieg.

»Ich habe es allen gesagt. Ich habe ihnen gesagt, dass sie nach dir Ausschau halten sollen. Bernardo auch.«

»Ist Bernardo der Junge, den die Polleros für die Passage durch seinen Tunnel bezahlt haben? Der mit der dicken Zigarre?«

»Ja. Aber du hättest nicht zu bezahlen brauchen. Ich nehme dich mit durch meinen Tunnel.«

»Du hast einen eigenen Tunnel?«, fragte sie, erstaunt und spöttisch zugleich.

»Ja. Das heißt, eigentlich ist es nicht mein Tunnel. Es ist Flacos Tunnel.«

»Wer ist Flaco?«

»Der König«, sagte ich stolz.

»Der König?«

»Ja.«

»Und sein Reich?«

»Was meinst du damit?«

»Jeder König hat ein Reich, Santjago.«

»Sein Reich, das sind die Tunnels, die unter der Grenze hindurchführen.«

»Das ist sein Reich?«

»Ja. Und ich bin sein Adjutant.«

Sie blickte mich an. Obwohl es dunkel war hinter der Mauer, sah ich das Licht in ihren Augen.

»Es ist ein finsteres Reich, Santjago«, sagte sie. »Ich glaube nicht, dass du so stolz darauf sein solltest, Flacos Adjutant zu sein.«

Ich senkte den Kopf. Der Ton in ihrer Stimme gefiel mir nicht.

»Es ist besser, der König oder sein Adjutant zu sein, als irgendein Bettler. Ganz gleich, in welchem Reich.«

Sie schwieg.

»Meinst du nicht auch?«

»Warum fragst du mich?«

»Wen sollte ich sonst fragen?«

»Du weißt schon.« Sie lachte auf. »Frag die Katze!«

»Aber sie war noch nie in den Tunnels.«

»Das stimmt. Sie wäre sonst wahrscheinlich nicht mehr am Leben.«

»Ich lebe.«

»Andere nicht.«

»Ich lebe gut.«

»Weil du bis jetzt Glück hattest.«

Ich grinste. »Wer einmal ein König werden will, braucht eine ganze Menge Glück.«

»Das ist dein Ziel? Hier zu bleiben und ein König zu werden wie Flaco?«

Ich spürte, wie in mir der Trotz aufstieg. Ich musste mich irgendwie gegen ihre Worte schützen, wusste aber nicht, wie. Mein Verstand funktionierte nicht, weil ich mir unser Wiedersehen ganz anders vorgestellt hatte.

»Was weißt du schon über Flaco und mich und die Tunnels?«, sagte ich. »Du bist eben erst angekommen.«

»Nein. Ich bin schon seit gestern hier. Ich habe mich umgehört. Und daher weiß ich, dass dieser Flaco ein ganz gewöhnlicher kleiner Verbrecher ist und kein König. Er und seine Freunde hausen in den Tunnels und lassen sich von Drogen- und Menschenschmugglern bezahlen. Außerdem rauben sie Leute aus und hin und wieder ermorden sie sogar einen. Das ist …«

Ich packte sie beim Arm und drückte fest zu.

»Du kannst mich nicht beleidigen!«, sagte ich. Meine Stimme zitterte ein bisschen.

Ihr Kopf fuhr herum. »Lass mich los!«

»Hörst du? Du kannst mich nicht beleidigen!«

»Das will ich gar nicht! Warum sollte ich dich beleidigen wollen? Du bist, wer du bist, und ich bin, wer ich bin. Wir werden uns wahrscheinlich nie wieder begegnen!«

Sie befreite sich mit einem Ruck. Ich packte sie erneut beim Arm, aber dieses Mal wehrte sie sich. Da gingen mir die Nerven durch. Ich ergriff mit der anderen Hand ihr Haar und versuchte, sie an mich heranzuziehen, aber bevor ich sie richtig in meiner Gewalt hatte, wurde ich von einem Stoß in den Unterleib getroffen, den sie mir mit ihrem Knie versetzte. Ich krümmte mich vor Schmerz und ging in die Knie. Nie zuvor hatte ich schlimmere Schmerzen gespürt. Schmerzen, die mich lähmten und gleichzeitig fast um den Verstand brachten. Ich fiel zu Boden und wand mich auf dem Asphalt wie ein Wurm, die Fäuste in meinen Unterleib gepresst. Ich bekam keine Luft mehr, und es schien mir, als wollte mein Schädel auseinander platzen. Wahrscheinlich verlor ich für einige Minuten sogar das Bewusstsein, denn ich hörte plötzlich mein eigenes herausgekeuchtes Stöhnen nicht mehr. Als ich wieder zu mir kam, waren die Schmerzen dumpfer geworden, aber ich spürte immer noch ein höllisches Brennen. Ich sah Lucia an der Mauer stehen. Der Wind zerrte an ihrem Kleid und an ihrem Haar. Sie blickte auf mich herunter, als wäre ich ein Hund, den sie getreten hatte.

Ich versuchte, mich aufzurichten, aber die Schmerzen ließen es nicht zu.

»Warum ... hast du ... das gemacht?«, stieß ich mit herausgepresstem Atem hervor.

»Rühr mich nie wieder an!«, sagte sie.

»Ich ... ich wollte dir nichts tun«, antwortete ich mühsam. Ich stemmte mich auf einer Hand hoch. Die Schmerzen in meinem Unterleib trieben mir Tränen in die Augen. »Wo ... wo hast du das gelernt?«

»Von meiner Mutter. Sie war eine Kommandantin bei den Rebellen, und sie hat mich gezwungen, mit ihr gegen die Soldaten zu kämpfen.«

Ich starrte sie an. Sie lachte plötzlich und kam auf mich zu.

Dicht vor mir blieb sie stehen. Sie trug knöchelhohe Schuhe und ein Kleid, das ihr bis zum Knie reichte. Sie hatte kräftige Beine.

»Ich hatte noch nie solche Schmerzen«, keuchte ich.

»Sei keine Memme, Santjago«, spottete sie. »Einer, der in den Tunnels König werden will, muss Schmerzen ertragen können!«

»Was weißt du von Schmerzen, verdammt!«

»Einiges«, sagte sie, und sie hob den Rock und zeigte mir eine Narbe an ihrem Oberschenkel, die an der Hüfte begann und sich bis zum Knie zog. Selbst im schwachen Licht, das über die Mauer hinwegfiel, konnte ich sehen, dass jemand die Wunde mit groben Stichen zusammengenäht hatte.

»Da wurde ich von einem Minensplitter getroffen«, sagte sie. »Vor zwei Jahren. Wir waren im Jeep meiner Mutter unterwegs auf einer Landstraße, die von den Soldaten vermint worden war. Meine Mutter starb damals. Mein Bruder Carlos auch, zusammen mit meinem Freund Martin und seiner Freundin Lara.«

Sie streckte mir die Hand entgegen.

»Steh auf!«, sagte sie.

Ich ergriff ihre Hand und erhob mich, aber ich konnte mich noch immer nicht aufrichten. Zusammengekrümmt stand ich vor ihr und blickte sie von unten herauf schief an.

Sie erwiderte meinen Blick.

»Ich glaube nicht, dass wir uns nicht mehr begegnen werden«, stieß ich hervor. »Ich glaube vielmehr, dass uns das Schicksal zusammengeführt hat und dass wir uns nie mehr trennen werden.«

»Das bildest du dir nur ein, Santjago. Du bleibst hier in den Tunnels und wirst ein König und ich geh mit Celea, der Frau mit dem Baby, nach Amerika. Das Schicksal hat damit nichts zu tun.«

Die Enttäuschung lähmte mich. Ihre Worte drangen in mich hinein wie Pfeile, bohrten sich in mein Herz und töteten mich, ohne dass ich wirklich starb.

»Celea hat schon zweimal versucht, über die Grenze zu kommen. Das erste Mal war sie schwanger mit Maria. Die *Migra* hat sie auf der anderen Seite aufgegriffen und zurückgeschickt. Das zweite Mal war gleich nach Marias Geburt. Die *Migra* hat sie fast hundert Kilometer nördlich der Grenze an einer Straßensperre aufgegriffen und ausgeliefert. Jetzt ist es das dritte Mal. Mario, ihr Freund und Marias Vater, ist in Ohio Kellner in einem mexikanischen Restaurant. Sie will zu ihm, und ich werde ihr helfen, damit sie dieses Mal durchkommt.«

»Und wie willst du ihr helfen? Du hast doch keine Ahnung von nichts.«

»Ich werde bei ihr bleiben und sie stützen«, sagte sie. »Sie hat sich auf dem Weg hierher den Fußknöchel gebrochen.«

»Dann … dann braucht sie einen Arzt!«

Sie gab mir keine Antwort.

»Und wir? Was ist mit uns? Was ist, wenn ich dir sage, dass ich ohne dich…« Ich brach ab, weil mir die Worte nicht über die Lippen kommen wollten.

Sie sah mich an und lächelte. »Du wirst mich schnell vergessen haben, Santjago. Schneller, als du denkst.« Mit diesen Worten drehte sie sich um und ging um die Mauer herum davon. Ich wollte ihr nachlaufen, aber ich brach beim ersten Schritt vor Schmerzen beinahe zusammen.

»Lucia!«, rief ich ihr nach. »Lucia! Warte!«

Sie hörte mich. Ich wusste, dass sie mich hörte, aber sie blieb nicht stehen. Sie ging geradewegs auf das Gebäude zu, in dem Bernardo wartete. Er öffnete ihr und sie ging hinein und Bernardo machte hinter ihr die Tür zu.

*

Bernardos Tunnel war der, durch den ich das erste Mal nach Amerika gelangt war. Bernardos Tunnel war es! Er begann etwa fünfhundert Meter von der Station des Roten Kreuzes und etwa dreihundert Meter vom *Hotel Camino Real* entfernt, führte nach ungefähr hundertachtzig Schritten direkt unter der Grenze hindurch und endete nach weiteren hundert oder hundertzwanzig Schritten bei einer alten Straßenbrücke im Nogales-Kanal, nicht weit von einem leer stehenden Backsteingebäude, das einmal ein großes Lagerhaus gewesen war.

Wir warteten am Anfang des Tunnels. Wir, das waren Nila, Sombra und ich. Sombra ergriff meine Hand und drückte sie fest. Es war ein Uhr. Der Wind war noch stärker geworden, die Nacht erfüllt vom Poltern und Krachen der Donnerschläge. Fast ununterbrochen zuckten um uns herum Blitze auf, manchmal drei, vier gleichzeitig. Ihr grelles Licht beleuchtete Nilas Gesicht, die mir gegenüber an der Kanalböschung kauerte, den Rücken dem Wind zugedreht.

»Ich kann nicht mehr länger bleiben«, rief sie mir zu. »Flaco will, dass ich bei ihm bin, wenn die Drogenleute durch den Tunnel kommen.«

»Die sind vermutlich längst durch«, sagte Sombra. »Wenn es erst einmal zu regnen anfängt, kommt niemand mehr durch.«

»Kann schon sein.« Nila blickte zum Himmel auf und wurde von einem Blitz geblendet, der nicht weit von uns einschlug.

»Jesus Maria, jetzt …« Nilas Worte gingen im berstenden Krachen unter, das Sekunden nach dem Blitz die Erde erbeben ließ. Die Straßenlampen, die wir vom Tunneleingang aus sehen konnten, flackerten, erloschen, gingen noch einmal an und dann aus. Ich lief zur Straße hoch. In der ganzen Stadt waren die Lichter ausgegangen. Nur drüben, auf der anderen Seite der Grenze, in Nogales, Arizona, brannten sie noch. Wie eine Verheißung. Als wäre dort drüben ein Märchenland, in dem die

Lichter ewig brannten. Irgendwo heulte eine Polizeisirene los. An einem geparkten Auto beim *Hotel Camino Real* gingen die Scheinwerfer an. Gespenstische Schatten bewegten sich vor einer Mauer, an der zerfetzte Plakate hingen.

»Ich geh jetzt!«, rief mir Nila zu.

»Buena suerte!«

Sie lief die Straße entlang und durch das Scheinwerferlicht des geparkten Autos. Blitze zerrissen die Finsternis. Sombra duckte sich, als ob sie sich dadurch vor den Donnerschlägen hätte schützen können. Es begann zu regnen. Nicht einzelne Tropfen, sondern ein Trommelfeuer eiskalter Regentropfen prasselte von einer Sekunde auf die andere auf uns nieder.

»Sie müssen jetzt durch!«, rief mir Sombra zu. »In einer Viertelstunde ist es schon zu spät!«

Ich blickte zur Station des Roten Kreuzes hoch, in der auch alle Lichter ausgegangen waren. Beim nächsten Blitz sah ich Gestalten aus dem kleinen Gebäude kommen, in dem ich Lucia getroffen hatte.

»Sie kommen!«, rief ich Sombra zu. »Dort sind sie!«

Taschenlampen leuchteten auf. Die Regentropfen wirkten in ihrem Licht wie glitzernde Pfeile. Der Wind peitschte den Regen in unsere Gesichter. Wir mussten uns ducken, um seiner Gewalt standzuhalten. In Sekunden waren wir bis auf die Haut durchnässt. Ich spürte, wie sich Sombra an meinem Arm festhielt. Im Kanal floss bereits Wasser, das sich dort staute, wo die Röhre aus dem Erdreich ragte. Der Kanal begann, sich zu füllen. Es würde einige Minuten dauern, bis das Wasser seinen höchsten Stand erreicht hatte und durch die Röhre weiterfließen konnte. Die Lichter der Taschenlampen tanzten im Regen auf uns zu.

»Beeilt euch!«, brüllte ich. »Vorwärts! Vorwärts!« Ich leuchtete ihnen mit der Taschenlampe entgegen, die wir im Handschuhfach des Subaru gefunden hatten. Das Licht war schwach, aber sie mussten es sehen. Ich hörte sie rufen. Ich hörte Lucia meinen Namen rufen.

»Santjago!«

»Hierher! Vorwärts! Ihr müsst euch beeilen!«

Sie kamen uns entgegen, angeführt von zwei Polleros, die beide Taschenlampen hatten. Dicht gedrängt liefen sie im Kanal auf den Anfang des Tunnels zu, ein Durcheinander von dunklen Gestalten, Männer, Frauen und Kinder, die den beiden Polleros folgten wie vor einem Sturm fliehende Schafe ihrem Hirten.

Am Ende des Kanals hatte ich das Brett gegen den unteren Rand der Röhre gelegt, um ihnen den Einstieg zu erleichtern. Das angestaute Wasser war jetzt bereits einen halben Meter hoch. Die Polleros halfen den ersten Personen hinauf.

»Frauen und kleine Kinder zuerst!«, riefen sie.

Einige Männer drängten sich vor, kletterten zur Röhre hinauf und zogen die Kinder hoch, die man ihnen entgegenstreckte. Die Kinder schrien. Die Männer brüllten und fluchten und zogen die Mütter hoch. »Lauft durch den Tunnel!«, brüllten sie die Frauen und Kinder an. »Lauft! Lauft! Bevor das Wasser kommt! Schnell! Schnell!«

»Einer von euch zuerst!«, wandte sich einer der Männer, die inzwischen bauchtief im Wasser standen, an die Polleros. »Ihr kennt den Weg und ihr habt Taschenlampen!«

Einer der Polleros kletterte zur Röhre hoch. »Mir nach!«, rief er und leuchtete in den Tunnel hinein. »Schnell! Schnell!«

Die Frauen und Kinder folgten ihm und dem Lichtstrahl in das schwarze, stinkende Loch hinein, in dem vom letzten Regen ein Durcheinander von Abfall, Schutt und Buschwerk hängen geblieben war.

»Siehst du dein Mädchen?«, rief Sombra neben mir.

»Dort!« Ich zeigte auf die beiden Nachzügler im Kanal, die etwa noch dreißig Schritte vom Tunnel entfernt waren.

Lucia schleppte Celea mit ihrem Baby voran. Sie gingen im Wasser, das ihnen bis an die Knie reichte und immer tiefer wurde, je näher sie dem Anfang des Tunnels kamen. Celeas Gesicht war verzerrt. Sie schien zu schreien, aber ich hörte ihre Stimme nicht in dem Lärm, den die anderen machten, und in dem ohrenbetäubenden Krachen des Donners. Sombra und ich liefen ihnen entgegen, um ihnen zu helfen, aber als ich nach Celeas Arm griff, wich sie mir aus.

Lucia sagte ihr, dass ich Santjago sei, ihr Freund, von dem sie ihr erzählt habe.

»Wo ist deine Katze?«, rief ich ihr zu.

»Weg!«

»Weg?«

»Das Wasser!« Sie hob hilflos die Schultern. »Sie ist sehr wasserscheu!«

»Sag Celea, sie soll das Baby Sombra geben!«, brüllte ich in einen ausrollenden Donner hinein.

Celea wollte nicht. Sie drückte das Baby unter ihrer klitschnassen Decke fest an sich. Unterdessen war das Wasser am Ende des Kanals so hoch gestiegen, dass es in die Röhre hineinschwappte. Dem Pollero, der neben dem Brett stand, reichte es bereits bis an die Achselhöhlen. Die letzten Männer der Gruppe verschwanden im Tunnel. Die beiden Polleros, die am Rand der Röhre standen, drehten sich zu uns um, leuchteten uns mit ihren Taschenlampen entgegen.

»Beeilt euch!«, riefen sie. »Das Wasser kommt!«

Ich warf einen Blick zurück und sah auf das schäumende Wasser hinter uns, es war voll mit durcheinander wirbelndem Zeug, das im Licht der Taschenlampe aufleuchtete. Jetzt packte ich Celea am Arm und zog sie, so schnell ich konnte, voran. Ich sah, wie Sombra und Lucia sich bei der Hand nahmen und sich gemeinsam durch das angestaute Wasser kämpften. Einer der Polleros war nun oben im Rohr und streckte uns seine Hand entgegen. Celea ergriff sie und ich schob sie hoch, aber sie entglitt dem Griff des Polleros und fiel rückwärts über mich hinweg ins Wasser. Der andere Pollero erwischte sie an ihrem Kleid und wir zogen sie zum Rand der Röhre und hoben sie hinauf.

»Steh auf und lauf!«, rief ihr Lucia zu.

Der Pollero in der Röhre wollte Celea an sich vorbeigehen lassen, aber sie hatte Angst vor der Finsternis, in der sie nichts mehr sehen konnte, weil der Abstand zur Gruppe bereits zu groß war.

»Geh voran!«, rief ich dem Pollero zu.

Er schüttelte den Kopf und machte Anstalten, aus der Röhre in den Kanal hineinzuspringen. Das Licht eines Blitzes zeigte mir sein von Angst und Schrecken gezeichnetes Gesicht.

»Du gehst voran!«, brüllte ich ihn an, und ich griff gleichzeitig unter mein Hemd und zog den Revolver aus dem Hosenbund. Er stieß einen Fluch aus, drehte sich um und ging, so schnell er konnte, tiefer in die Röhre hinein und begann, um Hilfe zu rufen. Sombra half Lucia hinauf und Lucia kniete am Rand der Röhre nieder und zog Sombra hoch. Der Pollero in der Röhre kehrte mit zwei anderen Männern und einer Frau zurück. Die Frau stützte Celea. Einer der Männer hielt Sombra beim Arm fest. Der andere wollte Lucia mit sich ziehen, aber sie riss sich los. »Geh nur!«, sagte sie zu ihm. »Geh! Ich komme nach!« Der Mann drehte sich um und folgte dem Pollero mit der Taschenlampe. Ich stand noch immer im Kanal und wartete darauf, dass der letzte der Polleros in die Röhre klettern würde, aber er leuchtete nur zu mir herüber.

»Komm!«, rief ich ihm zu. »Ich helfe dir!«

Er schüttelte den Kopf. »Geh du zuerst!« rief er.

Ich langte mit der freien Hand nach dem Rand der Röhre, zog mich aus dem Wasser und stemmte mich hoch. Als ich mich aufgerichtet hatte und mich nach dem Pollero umdrehte, sah ich ihn auf allen vieren die Böschung hochklettern. Er lief um sein Leben, lief zurück in die Sicherheit, die er kannte. Ich hätte ihn niederschießen können, aber ich hob nicht einmal den Revolver. Ich sah nicht, wie er oben in wilder Flucht den Kanal entlangrannte, der sich in einen tobenden Fluss verwandelt hatte. Ich drehte mich um und folgte den Gestalten vor mir und dem tanzenden Lichtschein der Taschenlampe.

*

Der Pollero, der voranging, schrie um Hilfe. Er schrie den Namen seines Freundes, der die Hauptgruppe anführte, aber es hörte ihn wohl niemand, obwohl er aus Leibeskräften brüllte. Unsere Gruppe bestand aus dem Pollero, Celea und ihrem Baby Maria, einem älteren Mann, der einen Bart hatte und Pedro hieß, und einem jüngeren Mann, Ramon, der Sombra bei der Hand hatte. Lucia und eine Frau, die Anna hieß, stützten Celea. Ich selbst ging am Schluss.

So wie beim ersten Mal begann ich, meine Schritte zu zählen. Das Vorankommen war schwierig, denn die Röhre war voll mit angeschwemmtem Zeug, das uns den Weg versperrte. Außerdem stieg das Wasser von Sekunde zu Sekunde. Es reichte mir bereits über die Knie, bevor wir zwanzig Schritte tief in den Tunnel eingedrungen waren.

Das Echo der Donnerschläge rumpelte durch die Röhre und vermischte sich mit dem Rauschen des Wassers. Der Mann vor mir blieb an einem verbogenen Eisenstück hängen, das aus einem entwurzelten Gestrüpp ragte. Er versuchte, sich zu befreien, indem er mit dem anderen Fuß nach dem Eisen trat. Dabei verlor er das Gleichgewicht und stürzte. Ich wollte ihn an seinem Umhang packen, aber in diesem Moment schoss von hinten eine Welle heran, die mir die Beine wegriss. Während ich mich aufrappelte, schwappte das Wasser über mich hinweg. Ich hörte jemand schreien.

Es war die Stimme des Pollero. Ein harter Gegenstand prallte gegen meine Beine. Ich fiel hin und bekam mit einer Hand Stoff zu fassen. Mit der anderen umklammerte ich noch immer den Griff des Revolvers. Ein Lichtstrahl traf mich, blendete mich.

»Weiter!«, brüllte der Pollero. »Schnell!«

Wir hasteten weiter. Der Mann, der vor mir gewesen war, befand sich nun hinter mir. Ich holte Sombra und die Frau ein. Sombra hatte eine Taschenlampe. Sie leuchtete mich an, während sie, vom Wasser geschoben, weitertaumelte. Es ging jetzt alles sehr schnell, und ich kam nicht mehr dazu, meine Schritte zu zählen. Das Wasser reichte mir inzwischen bis zu den Hüften.

Der Pollero hatte den Schacht erreicht, der senkrecht nach oben führte und durch den ich beim ersten Mal aus dem Tunnel gelangt war. In seiner Verzweiflung packte er die erste Sprosse und zog sich hoch. So schnell er konnte, kletterte er ein paar Sprossen höher. Im Licht seiner Lampe sah ich Anna nach der untersten Sprosse greifen, aber ihre Hände griffen zuerst ins Leere und bekamen dann ein Bein des Pollero zu fassen. Der Mann brüllte sie von oben an, loszulassen, da ihm sein eigenes Leben am wichtigsten war. Anna klammerte sich mit beiden Händen fest, denn ihr war ihr Leben am wichtigsten. Da tauchte im Lichtschein das andere Bein des Pollero auf. Er trat mit Wucht nach Annas Kopf und traf sie im Gesicht. Mit einem Aufschrei ließ sie das Bein los, fiel zurück und stürzte rückwarts in die tobenden Wassermassen, die sie mit sich den Tunnel hinunterrissen.

Lucia drehte sich nach mir um. Sie befand sich direkt unter dem Schacht, in dem der Pollero verschwunden war.

»Gib mir deinen Revolver!«, rief sie mit einem wilden Ausdruck in ihren Augen.

Wann immer es möglich gewesen war, hatte ich die Hand mit

dem Revolver über Wasser gehalten, denn er war mein einziger Besitz, der mir etwas bedeutete.

»Deinen Revolver!«, schrie Lucia noch einmal.

Ich drängte mich an Ramon vorbei und befand mich nun selbst unter dem Schacht. Oben sah ich den Pollero an den Sprossen hängen, bereit, jeden der ihm nachsteigen wollte, mit seinem Stiefel zu treten. Das blaue Licht der Straßenlaterne fiel durch die Öffnungen im Gullydeckel. Regenwasser lief an den Wänden herunter, als ob oben jemand Eimer in die Abflussrinne ausschüttete.

Ich richtete den Revolver auf ihn.

»Komm runter und hilf uns!«, brüllte ich zu ihm hoch.

»Helft euch selbst!«, rief er zurück.

Er kletterte höher, bis er mit dem Kopf gegen den Gullydeckel stieß, den ich damals hochgewuchtet hatte. Er versuchte, ihn mit den Schultern hochzuheben, aber der Gullydeckel gab diesmal nicht nach.

Lucia hatte Celea unterdessen das Baby weggenommen und Sombra übergeben. Mit beiden Armen hob sie Celea hoch, bis diese sich an den Sprossen festhalten konnte.

»Steig hoch!«, rief ihr Lucia zu, als sich Celea nach dem Baby umsah. »Steig hoch zu ihm! Sombra wird dir dein Baby bringen!«

Celea gehorchte. Sie kletterte den Schacht hoch. Oben mühte sich der Pollero noch immer mit dem Gullydeckel ab. Als Celea bei ihm ankam, schrie er, dass der Ausgang versperrt sei. Das Wasser ergoss sich in Schwällen durch die Öffnungen des Gullydeckels über ihn und Celea. Unten im Tunnel gelang es uns kaum mehr, gegen die Wucht des Wassers anzukämpfen. Wir standen dicht beisammen, hielten uns aneinander fest und versuchten, die Köpfe über Wasser zu halten.

Lucia nahm das Baby und Ramon half Sombra zu den Sprossen hoch. Sie drehte sich sofort um und streckte ihre rechte

Hand nach dem Baby aus. Lucia übergab es ihr und Sombra kletterte höher in den Schacht hinein.

»Jetzt bist du dran!«, sagte Ramon, nachdem Sombra und das Baby in Sicherheit waren. Er wollte Lucia hochhelfen, aber sie schüttelte den Kopf. »Geh du zuerst!«

Ramon, der vielleicht zwanzig Jahre alt war, packte die erste Sprosse, zog sich hoch und griff mit der anderen Hand nach der zweiten.

Lucia drehte sich nach dem älteren Mann um. »Los, jetzt du!«

»Nein! Du gehst, Mädchen!«

Der ältere Mann hatte Mühe, sich über Wasser zu halten.

»Für uns alle ist hier drin kein Platz!«, rief der Pollero von oben.

»Dann mach dich kleiner, du Hund!«, brüllte Ramon. »Mach dich kleiner, hörst du!«

»Trotzdem ist kein Platz für alle!«

Der Pollero machte sich klein und Celea kletterte noch eine Sprosse höher.

Pedro wollte trotzdem nicht vor Lucia in den Kanalschacht klettern.

»Geh du zuerst!«, verlangte er von ihr. »Dann hilfst du mir hoch.«

Eine große Welle wollte mich fortreißen, ich griff mit einer Hand nach der untersten Sprosse und zog mich aus dem Wasser, das mit unbändiger Kraft an mir zerrte. Es gelang mir nicht, die nächste Sprosse zu ergreifen, da ich noch immer den Revolver festhielt.

»Wirf ihn weg!«, rief Sombra von oben. »Wirf den Revolver weg, Santjago!«

Ich dachte nicht daran, ihrer Aufforderung nachzukommen. Aber ich spürte, dass ich mich nicht mehr lange würde festhalten können. Mein Arm schien sich an der Schulter von meinem

Körper trennen zu wollen. Mein Arm schrie vor Schmerz. Als ob Sehnen und Muskeln jeden Moment reißen würden. Ich schrie die Schmerzen meines Armes in das tosende Rauschen des Wassers hinein, die Zähne vor Anstrengung zusammengebissen. Ich hätte im nächsten Augenblick loslassen müssen, aber Pedro umschlang mit beiden Armen meine Beine und versuchte, mich hochzuhieven. Die Strömung und mein Gewicht brachten ihn jedoch aus dem Gleichgewicht. Er verlor den Halt und tauchte plötzlich unter mir weg, mit der Hand ins Leere greifend. Ich sah, wie sein Kopf noch einmal aus dem Wasser ragte, sah die Todesangst in seinen weit aufgerissenen Augen und das blassblaue Licht auf seinem glänzenden Gesicht, dann war er weg.

Lucia, die noch nach Pedro greifen wollte, befand sich nun direkt unter mir und hielt sich in ihrer Verzweiflung an mir fest. Die Strömung wollte sie fortreißen, in die Röhre hinein, durch die das Wasser nach Amerika rauschte. Ich sah ihr an, dass sie sich mit letzter Kraft dagegen wehrte, davongespült zu werden, und dass sie es nicht mehr fertig brachte, sich an mir hochzuziehen. Ich ließ die Sprosse los, um ihr zu helfen, fiel über sie hinweg ins Wasser zurück und tauchte unter. Ich stieß mit dem Rücken gegen einen sperrigen Gegenstand, an dem ich mich der Strömung entgegenstemmte. Als ich wieder auftauchte, wurde Lucia so dicht bei mir herumgewirbelt, dass ihr Kopf hart gegen meine Schulter schlug. Ich spürte, wie sie sich an mir festklammerte, und jetzt ließ ich endlich den Revolver fallen, um beide Hände frei zu haben. Ich packte sie am Arm, mit der anderen Hand griff ich erneut nach der untersten Sprosse. Ramon langte herunter und erwischte mich beim Handgelenk. Ich versuchte, mich mit seiner Hilfe hochzuziehen, und einen Moment lang schien es, als könnte ich es schaffen, aber dann merkte ich, wie Lucia meinem Griff zu entgleiten begann. Ich ließ die Sprosse los, um mit der anderen Hand nach ihr zu fassen, aber Ramon hielt mich mit beiden Händen fest, während er selbst von Sombra festgehalten wurde.

»Lass los!«, brüllte ich zu ihm hoch.

Unter mir tauchte Lucia in den Fluten unter. Noch hatte ich nassen Stoff zwischen den Fingern. Noch vermochte ich sie festzuhalten, aber als ich nachfassen wollte, wurde sie jäh herumgerissen und meine Finger griffen ins Leere. Einen Moment lang sah ich sie im Licht auftauchen, sah ihre um sich schlagenden Arme, sah ihren Kopf, ihr Haar, sah, wie sie herumgewirbelt wurde und wie ein Bein aus den Fluten ragte und gegen die nasse Betonwand schlug, sah noch einmal ihren Kopf, einen Schatten, der von der Dunkelheit in der Röhre jäh aufgesogen wurde. Dann sah ich sie nicht mehr.

»Halt dich an der Sprosse fest!«, brüllte Ramon. »Halt dich fest, Mann!«

Ich wollte nicht. Ich wollte in die tosenden Fluten unter mir hineinspringen, aber Sombras Stimme hielt mich zurück.

»Santjago!«, rief sie. »Santjago, sie wird am Ende des Tunnels auf uns warten.«

Am Ende des Tunnels? Wie viele Schritte waren es bis dorthin? Zweihundert? Nein, weniger. Ich griff mit der anderen Hand nach einer der Eisensprossen. Wasser klatschte mir ins Gesicht, als ich hochblickte. Das Licht der Taschenlampe, mit der der Pollero zu mir herunterleuchtete, blendete mich. Mit einer letzten Kraftanstrengung zog ich mich an den Sprossen hoch. Ich machte mich so klein, wie ich konnte. Unter mir, auf den beiden untersten Sprossen hätte noch jemand Platz gehabt, aber es kam niemand mehr. Ich starrte in die schäumenden Fluten, die kaum einen Meter unter mir vorbeischossen, und erwartete, dass Lucia im nächsten Augenblick daraus auftauchen würde. Da! Ein Arm. Sekundenlang ragte er aus dem Wasser, nur um im nächsten Moment wieder unterzutauchen. Der Arm war kein Arm. Der Arm war ein abgeknickter Ast, der noch einmal aus dem Wasser schoss, sich im Licht der Taschenlampe drehte und dann im Tunnel verschwand.

»Lucia!«

Meine Stimme ging im tosenden Rauschen unter.

»Lucia! ... Lucia! ... Lucia! ...«

*

Wir kauerten auf den Sprossen im Abwasserschacht. Der Schacht hatte die Form eines umgedrehten Trichters, unten etwa zwei Meter breit und nach oben hin schmaler werdend. Mehrere Male versuchte der Pollero, den Gullydeckel aufzustoßen. Es gelang ihm nicht. Er war ein schmächtiger kleiner Mann, aber mit seinem mageren und zusammengekrümmten Körper schützte er uns gegen die von oben eindringenden Wassermassen, während er selbst davon voll getroffen wurde.

Noch immer tobte das Gewitter. Donnergrollen drang durch die Schlitze im Gullydeckel. Das Licht der Blitze zuckte über uns hinweg in die Tiefe. Ich hörte Celea und Ramon beten. Sombra fragte den Pollero, ob auf den oberen Sprossen Platz genug war auch für sie, damit sie mit vereinten Kräften versuchen konnten, den Gullydeckel von der Öffnung zu heben. Der Pollero antwortete ihr, dass dort oben nicht mal genug Platz für ihn sei.

»Wir müssen um Hilfe rufen!«, schlug Sombra vor.

Celea begann zu schreien. Sie hatte das Baby an sich gepresst und schrie einfach drauflos.

Der Pollero trat nach ihr.

»Sei still, Frau!«, brüllte er. »Wenn uns die *Migra* entdeckt, sind wir geliefert.«

Immer mehr Wasser floss durch die Schlitze des Gullydeckels, während immer weniger Luft eindrang. Die Luft, die wir atmeten,war warm und stickig und verbraucht.

»Wie geht es dem Baby?«, hörte ich Sombra fragen.

Celea nahm das Baby unter ihrem Umhang hervor. Es bewegte sich nicht und hatte die Augen geschlossen. Der Pollero leuchtete ihm ins Gesicht.

»Mein Baby!«, schluchzte Celea. »Mein Baby! Es ist vielleicht tot.«

»Dann lass es fallen«, sagte der Pollero. »Ein totes Baby wird dich nur behindern. Außerdem nützt es …«

»Das Baby ist nicht tot!«, fiel ihm Sombra ins Wort. »Es hat eben seinen Arm bewegt!«

Celea ließ die Kleine schnell wieder unter dem Umhang verschwinden. Der Pollero wuchtete seine Schulter gegen die Unterseite des Gullydeckels, aber der schwere Eisenrost ließ sich keinen Millimeter bewegen.

»Helft mir, Jesus und Maria!«, jammerte der Pollero und schlug mit dem angewinkelten Arm gegen den Deckel, um ihn zu lockern. »Nie mehr werde ich euch um etwas bitten, das verspreche ich euch. Selbst wenn ich auf dem Sterbebett liege, werde ich nicht um Gnade winseln, wie es mein Vater getan hat, als ihn der Teufel holte. Ich bin ein ehrlicher Mensch. Ein Pollero zwar, der Menschen über die Grenze schleppt, aber …«

»Warum sollten Jesus und Maria sich dein Geflenne anhören!«, stieß Ramon plötzlich hervor. »Vielleicht wäre es besser, wenn du stattdessen laut um Hilfe rufst, damit uns die *Migra* aus diesem Loch herausholt.«

»Nein, nicht die *Migra*!«, flehte Celea. »Dann war alles umsonst.«

»Also müssen wir ausharren«, sagte Ramon. »Wenn es aufhört zu regnen, wird auch das Wasser weniger.«

Wir harrten aus. Fast zwei Stunden lang. Die Luft war so schlecht, dass wir kaum genug Sauerstoff kriegten. Das Gewitter hatte nachgelassen und von oben kam jetzt weniger Wasser. Aber in den Schlitzen des Gullydeckels hing allerlei

Müll. Der Pollero versuchte, die Öffnungen frei zu machen, indem er das nasse und verdreckte Zeug herunterzog. Plastik und Papier. Eine Tüte von McDonald's. Die Innensohle eines Schuhs. Eine Baseballmütze, die sich der Pollero aufsetzte, weil er im Tunnel seinen Hut verloren hatte.

Mit der frischen Luft sickerte von oben die Kälte in den Tunnel. Wir hörten Polizeisirenen. Die amerikanischen klangen anders als die in Mexiko. Erneut versuchte der Pollero, den Gullydeckel zu bewegen. Vergeblich. Er verfluchte Gott und die Welt und uns, die wir ihn dazu gezwungen hatten, in den Tunnel zu gehen.

»Du bist dafür gut bezahlt worden«, unterbrach Sombra sein Gefluche. »Statt zu jammern und zu schimpfen, ruf um Hilfe, damit jemand kommt und den Deckel hochhebt.«

Es hatte wieder zu regnen angefangen.

»Chingado, die *Migra* wird uns entdecken!«, fluchte der Pollero.

»Mir ist egal, wer uns entdeckt!«, rief Sombra. »Wir können hier nicht warten, bis im Tunnel kein Wasser mehr ist. Das kann bei diesen Gewittern Tage dauern.«

»Ich will nicht zurück«, schluchzte Celea. »Ich will nicht noch mal zurück.«

»Denk an dein Baby, Celea«, warnte Sombra. »Es ist nass und kalt. Wenn uns niemand findet, wird es sterben.«

Celea drückte das Baby unter ihrem triefenden Umhang fester an sich.

»Nur raus hier!«, sagte Ramon. Und er fing an, um Hilfe zu rufen, und nach einer Weile machten wir alle mit, aber es kam niemand, um uns zu helfen, denn unsere Stimmen verhallten ungehört auf dem menschenleeren Platz, auf den der kalte Regen niederprasselte.

*

Der Regen ließ nach und hörte schließlich ganz auf. Der Pollero leuchtete den Schacht hinunter zum schäumenden Wasser, das dicht unter der letzten Sprosse vorbeifloss.

»Es wird weniger«, rief er von oben. »Gott sei Dank! Maria, Mutter Gottes, lass mich deine Füsse küssen!« Dann leuchtete er mit der Taschenlampe in mein Gesicht. »Siehst du, mein Freund? Das Wasser ist zurückgegangen!«

Ich ließ mich an den Sprossen hinunter und glitt mit den Füßen voran in das kalte Wasser, bis ich den Grund der Zementröhre spürte. Das Wasser reichte mir bis ans Kinn, aber die Strömung war schwächer geworden. Ich tastete unter der schäumenden Wasseroberfläche nach dem Gegenstand, an dem ich schon einmal Halt gefunden hatte. Er war nicht mehr da, aber ich bekam etwas Weiches zu fassen, das sich in meinen Fingern verformte, als ich zudrückte. Stoff. Nasser, glitschiger Stoff.

Ich packte mit der anderen Hand zu und stemmte mich rückwärts gegen die Strömung. Was immer ich zu fassen gekriegt hatte, es ließ sich bewegen. Ich zerrte mit ganzer Kraft an dem Stoff und plötzlich tauchte dicht vor mir der Kopf eines Menschen auf, eine Schulter und ein nackter Arm. Im Licht der Taschenlampe sah ich, dass es nicht Lucia war, die ich aus dem Wasser gezogen hatte, sondern ein Mann, der eine Glatze und einen Schnurrbart hatte. Ich hielt ihn an einem zerfetzten Hemd, das sich um seinen Hals gewickelt hatte. Im ersten Moment wollte ich ihn loslassen, aber dann zog ich ihn gegen die Strömung an mich heran und drehte ihn so, dass sie von oben sein Gesicht sehen konnten.

»Kennt den einer?«

»Das ist Adriano Pinto …«, sagte Celea so leise, dass ich sie kaum hören konnte.

»Adriano Pinto!«, bestätigte Ramon. »Was ist mit ihm? Ist er ertrunken?«

»Er ist tot«, sagte ich. »Ertrunken oder von seinem eigenen Hemd erwürgt.«

Ich ließ ihn los und er trieb in der Strömung davon.

»Das Wasser geht zurück!«, rief Sombra. »Ganz langsam geht es zurück!«

Ramon kletterte herunter und ließ sich ins Wasser fallen. Wir gaben uns die Hand und ich ging ihm voran in den Tunnel hinein, mit der anderen Hand nach Gegenständen tastend. Nach wenigen Metern tauchte Señor Pinto noch einmal vor mir auf. Er war an einem Ast hängen geblieben. Seine Augen waren jetzt offen, und er starrte mich so vorwurfsvoll an, als hätte ich seinen Tod verursacht. Ich machte ihn von dem Ast los und gab ihm einen Stoß, der ihn von mir wegtrieb.

Sombra rief nach mir.

»Santjago, bitte, lass uns nicht allein zurück!«

Ich war noch so verstört, ich wäre tatsächlich zum Ende des Tunnels gegangen, ohne an die anderen zu denken.

»Wir müssen zurück«, sagte Ramon. »Schon wegen Celea und dem Kind.«

Wir drehten um und arbeiteten uns gegen die Strömung zurück zum Schacht, in dem sich Celea, Sombra und der Pollero an den eisernen Sprossen festklammerten.

»Wir können im Tunnel weitergehen«, rief Ramon ihnen zu. »Wenigstens bis zum nächsten Schacht.«

Nacheinander kletterten sie herunter, zuletzt der Pollero mit der Taschenlampe. Da er der Kleinste von uns war, reichte ihm das Wasser bis zum Hals und er wollte sich wieder an den Sprossen hochziehen. Ich packte ihn am Arm. »Gib mir die Taschenlampe, dann kannst du tun, was du willst!«

»Warum sollte ich dir meine Lampe geben? Du…«

»Weil ich dieses Mal vorangehe«, unterbrach ich ihn.

»Gib Santjago die Lampe!«, forderte ihn Sombra auf, die hinter ihm stand und einen Arm um Celea gelegt hatte.

Der Pollero erinnerte sich wohl, dass sie mit Bernardo befreundet war, und gab mir widerspruchslos die Taschenlampe.

*

Das Wasser ging mehr und mehr zurück. Als wir beim nächsten Schacht anlangten, reichte es mir nur noch bis an die Brust. Selbst der kleine Pollero hatte keine Mühe mehr, seinen Kopf über Wasser zu halten.

Ich übergab Sombra die Taschenlampe und kletterte den Schacht hoch bis unter den Gullydeckel. Mit aller Kraft, über die ich noch verfügte, stemmte ich mich dagegen, aber er ließ sich nicht bewegen.

Ich kletterte wieder in den Tunnel zurück. Sombra gab mir die Taschenlampe, und gerade als ich weitergehen wollte, hörte ich ein Husten, das aus dem Tunnel vor uns zu kommen schien. Ich wollte losstürmen, verlor den Boden unter den Füßen und hechtete mich im Wasser vorwärts, aber meine Hände bekamen niemanden zu fassen. Es war irgendein Geräusch gewesen, das ich für ein Husten gehalten hatte. Enttäuscht blieb ich stehen, doch die Strömung warf mich um, ich schluckte eine Menge Wasser und kam wieder hoch. Ich war noch nie ein guter Schwimmer gewesen. Hatte Angst vor Wasser, seit ich zurückdenken konnte. Angst vor den Viechern, die im Wasser lebten. Schlangen. Zitteraale. Fische mit giftigen Stacheln an den Flossen.

Als ich mich umdrehte, stieß mein Fuß gegen einen harten Gegenstand, der auf dem Grund lag. Ich beugte mich nieder und tastete mit der Hand danach. Das Wasser lief mir ins Ohr. Ich wollte mich aufrichten, als meine Finger ein Stück Eisen berührten. Ich packte es und hob es aus dem Wasser. Es war ein schwerer Schraubenschlüssel. Ich nahm ihn beim Griff und ging zu den anderen zurück. Noch einmal kletterte ich den

Schacht hoch, diesmal mit einem Werkzeug, das mir vielleicht dazu dienen konnte, den fest geklemmten Gullydeckel aus seinem Rahmen zu schlagen.

Ich benutzte den Schraubenschlüssel wie einen Hammer und schlug mehrere Male mit voller Kraft gegen den Eisenrand des Abflussdeckels. Dann drückte ich noch einmal wuchtig mit der Schulter dagegen, und tatsächlich, der Deckel gab nach. Ich stieß einen Triumphschrei aus, als er von meiner Schulter kippte und ich ihn mit der Hand von der Schachtöffnung schieben konnte.

Unten im Tunnel jubelten Sombra, Celea, Ramon und der Pollero, als hätte ich ihnen die Tür zum Paradies aufgestoßen. Celea übergab ihr Baby an Sombra. Ramon und der Pollero hoben sie aus dem Wasser, bis sie die unterste Stufe zu fassen bekam. Aber Celea war so erschöpft, dass sie nicht mehr die Kraft hatte, nach der nächsten Sprosse zu greifen. Ich kletterte hinunter und reichte ihr die Hand, und gemeinsam schafften wir es, zur Öffnung hochzuklettern. Ich kroch hinaus, sah mich schnell um und half dann Celea ins Freie. Die Nächste war Sombra. Sie brachte das Baby mit hoch. Dann folgte Ramon. Der Pollero blieb unten.

»Ich gehe zurück!«, rief er uns zu. »In Amerika habe ich nichts verloren. Buena suerte, ihr da oben! Lasst euch nicht von der *Migra* schnappen!«

Er verschwand im Tunnel.

»Buena suerte!«, rief ihm Sombra nach.

»Lasst uns alle zurückkehren«, schluchzte Celea verstört und blickte sich ängstlich nach allen Seiten um. Aber die Straßen waren leer. Nass und leer. Es regnete nicht mehr. Die Nachtluft war klar und ein kalter Wind blies durch die Stadt. In der Ferne grollte Donner und manchmal leuchtete auf den Wolken am Himmel der Widerschein der Blitze.

»Wir sind am Ziel und jetzt gehe ich nicht mehr zurück«,

sagte Ramon. »Als Erstes müssen wir einen trockenen Platz finden, wo wir uns verstecken können.« Er blickte mich fragend an, dann Sombra. Sombra sagte, dass es am Stadtrand, nicht weit vom Haus ihrer Eltern entfernt, ein Motel gebe, das sie aufnehmen könne.

»Ich gehe zum Tunnelausgang«, sagte ich. »Ich muss Lucia finden.«

»Ruf mich morgen an!«, rief Sombra mir nach, während ich schon die Straße hinunterlief.

*

Dort, wo der Tunnel in den Nogales-Kanal mündete, standen ein halbes Dutzend Fahrzeuge der Polizei, der Feuerwehr und der Ambulanz. Suchscheinwerfer beleuchteten den Tunnelausgang und den Kanal auf einer Länge von mehr als hundert Metern. Eine braune Brühe wälzte sich schäumend zwischen den steilen Böschungen auf einen riesigen Stahlrost zu, wo ein Bulldozer schief im Wasser stand und triefende Ladungen von Unrat, Dreck und Schutt aus dem Kanal schaufelte und auf der Böschung auskippte.

Zu beiden Seiten des Kanals stocherten Feuerwehrmänner in ihren leuchtend gelben Overalls mit langen Stangenhaken im Wasser herum und zogen alles Mögliche an Land, was die Gewitterfluten irgendwo weggeschwemmt hatten: Trümmerstücke von Hütten, die an den aufgeweichten Steilhängen ihren Halt verloren hatten und mit dem Erdreich ins Tal gerutscht waren, Matratzen, Kleider, ertrunkene Haustiere und den aufgeblähten Kadaver einer Milchkuh, ein Stück eines Ruderbootes und ein Paket Marihuana, in Plastikfolie eingewickelt, das irgendwelchen Schmugglern abhanden gekommen war. Und neben den Krankenwagen der Ambulanz lagen auf dem nassen Asphalt einer abgesperrten Straße die Leichen der Menschen, die bis jetzt aus dem Kanal gefischt worden waren. Rot- und

Blaulicht beleuchtete abwechselnd die Tücher, durch die sich ganz deutlich die Formen menschlicher Körper abzeichneten.

Ich näherte mich dieser Stelle, benommen und erschöpft vom schnellen Laufen. Mein einziger Gedanke galt Lucia und er brachte mich beinahe um den Verstand. Ich hörte das Gerede der Neugierigen, die sich entlang der gelben Absperrbänder aufgereiht hatten, um bei den Bergungsarbeiten zuzusehen. Ich hörte den Lärm, den der Bulldozer machte, und die Stimmen, die aus den Funkgeräten kamen, ich hörte die Sirenen der Polizeiautos, die durch die Stadt fuhren, und ich vernahm Nilas Stimme, die meinen Namen rief. Aber ohne auf all das zu achten, drängte ich mich durch die Leute, alle zur Seite stoßend, die mich aufhalten wollten. Niemand hätte mich aufhalten können, auch der Polizist nicht, der mich am Hemd zurückkriss, als ich gerade unter dem gelben Absperrband hindurchgeschlüpft war.

»Get the hell back, kid!«, schnarrte er mich an.

Ich zeigte zu den Leichen am Kanalrand hinüber. »Mi hermana!«, stieß ich hervor.

Der Polizist wandte sich den Leuten zu, die dicht gedrängt am Rand der Straße standen, Männer mit weißen nackten Oberkörpern und nackten Füßen, nur mit kurzen Pyjamahosen bekleidet, und Frauen, die sich Morgenmäntel umgeworfen hatten, ein paar mit Lockenwicklern im Haar.

»What the hell did he say?«, rief ihnen der Polizist zu.

»Mi hermana!«, rief ich aus und versuchte, mich loszureißen, aber sein Griff war der eines Mannes, dem man das Zupacken beigebracht hatte.

»His sister!«, rief eine der Frauen. »He believes that his sister is among these dead people there.«

»His sister?«

»Hermana, that's ›sister‹ in Spanish!«, erklärte ein Mann.

Der Polizist rief einem Kollegen, der uns den Rücken zugedreht hatte und in ein Walkie-Talkie hineinredete, etwas zu. Der andere Polizist drehte sich um. Es war einer der beiden, die ich im Streifenwagen gesehen hatte, als ich mit Sombra unterwegs war.

»Is there a woman among those stiffs there, Joe?«

»A woman?«

»He is looking for his sister.«

»There are two women.« Der Polizist kam auf uns zu. »Don't I know you, kid? Didn't I see you together with Sombra?«

Ich verstand nichts von dem, was er sagte.

»Er fragt dich, ob er dich zusammen mit einem Mädchen namens Sombra gesehen hat«, sagte ein Mann unter den Zuschauern.

»Ja!«, stieß ich hervor. »Sombra ist eine Freundin.«

»Du glaubst, dass deine Schwester dort liegt?«, fragte mich der Polizist in gebrochenem Spanisch.

»Ja! Meine Schwester!«

»I take him, Jack«, sagte der Polizist, und er packte mich beim Arm, während der andere mein Hemd losließ.

»Vorwärts«, sagte er und führte mich über die Straße, auf der Polizisten und ein Beamter der *Migra* herumstanden. Ein auf Mexikaner abgerichteter *Migra*-Hund bleckte seine Zähne und knurrte mich an, als wollte er mich verschlingen. Der Beamte von der *Migra*, ein Amerikaner mexikanischer Abstammung, der den Hund an einer Leine festhielt, drehte sich nach uns um.

»Who the fuck is that?«, fragte er den Polizisten.

»He's okay, Tony. He's looking for his sister.«

Während wir auf die Leichen zugingen, fragte mich der Polizist auf Spanisch nach meinem Namen.

»Santjago Molina«, sagte ich.

»Und deine Schwester?«

»Lucia.«

Eine junge Frau, die einen Regenschutz und Gummihandschuhe trug, stieg aus einem der Krankenwagen und kam auf uns zu.

»He thinks his sister is one of them«, sagte der Polizist zu ihr. Die junge Frau blickte mich an.

»I hope not«, sagte sie. »Hell, you people never learn, do you. This border is a treacherous piece of this world. Too many people have died, just trying to cross it.«

»Er heißt Santjago«, sagte der Polizist. »Seine Schwester heißt Lucia.«

Die junge Frau hob das Tuch über der ersten Leiche ein wenig an. Darunter lag eine Frau, die ich noch nie gesehen hatte.

»Is that her?«, fragte mich der Polizist.

Ich schüttelte den Kopf.

»Thank God«, sagte die Frau und zeigte auf die nächste Leiche. »That's not your sister, kid. That's a man.«

»Kann ich ihn sehen?«

Sie blickte mich an. »Were you with them in the tunnel, when…« Sie brach ab, als sie meine verdreckte und zerrissene Hose sah und die Schürfwunden an meinen Ellbogen und Händen. Leise wandte sie sich an den Polizisten: »Joe, do you think what I think?«

»Never mind, Mary. The kid is looking for some people.«

Sie hob das Tuch vom Leichnam des Mannes. Mein Magen verkrampfte sich. Da lag Señor Pinto, den ich schon im Tunnel als Toten gesehen hatte.

»You know him?«, fragte mich die junge Frau.

»Kennst du ihn?«, fragte der Polizist auf Spanisch.

Ich schüttelte den Kopf.

»Thank God«, sagte die Frau.

Sie hob das Tuch von der nächsten Leiche. Darunter lag eine ältere Frau mit grauem Haar. Sie hatte die Augen weit aufgerissen. Die junge Frau bückte sich und schloss ihr die Lider.

»Somebody you know?«, fragte der Polizist.

»No.«

Die nächste Leiche war die eines Jungen, der noch keine zehn Jahre alt war. Er hatte eine klaffende Wunde an der Stirn und seine Arme ragten völlig verdreht von seinem Körper ab.

Der Polizist und die Frau sahen mich an.

»No«, sagte ich.

Am Ufer des Kanals, etwa zwanzig Schritte entfernt, rief einer der Feuerwehrleute, dass er einen Menschen am Haken habe. Obwohl ich fast kein Englisch verstand, wusste ich sofort, was seine aufgeregten Worte bedeuteten. Die junge Frau lief die Böschung entlang zu der Stelle, wo ein paar Feuerwehrmänner im schnell fließenden Wasser eine Kette bildeten. Der Mann am Ende der Kette tauchte bis zum Kopf unter und bekam einen Leichnam zu packen. Gemeinsam zogen sie ihn aus dem Wasser und aus einem Gewirr von Ästen und Müll. Sie schleiften ihn die Böschung hoch. Ich erkannte ihn, als sein Kopf sich zur Seite drehte und ihm einer der Suchscheinwerfer direkt ins Gesicht leuchtete. Der Tote war Pedro.

»This one you know«, sagte der Polizist, der meinen Arm losgelassen hatte.

»Sein Name ist Pedro«, sagte ich.

Wir gingen dorthin, wo Pedro am Boden lag. Jemand brachte irgendeine Maschine her und ein Mann presste große schwarze Teller auf Pedros nackte Brust.

»Now!«, rief jemand.

Ich vernahm einen harten Schlag und sah, wie sich Pedro unter dem Mann jäh aufbäumte und sofort wieder schlaff zurückfiel.

»Again!«, rief der Mann. »And again! And again!« Dann gab er es auf. »That's it. This guy had it. No way he's coming back.«

Der Mann erhob sich und blickte sich um, als suchte er nach jemandem.

»This kid knows the man«, sagte der Polizist neben mir.

»You know him?«, fragte mich der Mann, der versucht hatte, Pedro wiederzubeleben, zuerst auf Englisch und dann auf Spanisch.

»Sein Name ist Pedro«, sagte ich. »Mehr weiß ich nicht über ihn.«

»The kid is looking for his sister«, erklärte der Polizist. Der Mann hatte sich längst umgedreht. Er ging zu einem der Ambulanzwagen zurück.

»Deine Schwester ist vielleicht durchgekommen«, sagte der Polizist auf Spanisch zu mir, um mir Hoffnung zu machen. »Es sind viele durchgekommen und längst über alle Berge. Andere hat die *Migra* geschnappt.«

Wir standen auf der Böschung und ich blickte in den Kanal hinein, aber das Wasser war so schmutzig, dass nicht mal das Licht der Suchscheinwerfer es durchdringen konnte.

»Let's go, kid«, sagte der Polizist. »I can't let you stay here.«

Er nahm mich beim Arm. Ich dachte daran, mich loszureißen und davonzulaufen, aber ich hatte nicht mehr die Kraft dazu. Wir wandten dem Kanal den Rücken zu und wollten gerade die Straße überqueren, als der Lärm des Bulldozers plötzlich aufhörte. Eine Männerstimme brüllte irgendetwas. Der Polizist blickte sich um, und ich hörte ihn sagen: »God damn, they got another one!« Ich drehte mich um, und noch bevor ich sah, was der Bulldozer in der Schaufel hatte, wusste ich, dass Lucia es nicht geschafft hatte.

Jetzt riss ich mich los und jagte über die Straße zurück und die Böschung entlang. Die Hände, die mich festhalten wollten, griffen ins Leere, denn ich schlug sie zur Seite oder duckte mich unter ihnen hinweg. Ich stürzte die Böschung hinunter und ins Wasser und auf den Bulldozer zu. Ich sprang daran hoch und schwang mich auf den ausgeschwenkten Arm, an dem die Schaufel hing. Mit einer Hand bekam ich den Rand der

Schaufel zu fassen. Ich zog mich daran hoch, schwang ein Bein über den Rand und ließ mich in die Schaufel hineinfallen. Und da lag sie, mitten im Dreck und im Müll. Einen Arm unter dem Leib begraben, den anderen von sich gestreckt, als versuchte sie, sich vor irgendetwas zu schützen, vor einem der Dornenäste, die aus dem Dreck herausragten, oder vor der verbeulten Stoßstange eines Autos, die quer über der Schaufel lag. Ich zog das Zeug von ihr herunter, packte sie und zerrte ihren leblosen Körper hoch, bis ich sie in die Arme nehmen konnte. Da kniete ich mit ihr, kniete in dem glitschigen Schlamm in der Baggerschaufel und brüllte mir das Herz aus dem Leib, bis ich keine Stimme mehr hatte.

*

Sie holten mich am nächsten Tag aus einer Gitterzelle der *Migra*, wo ich zusammen mit zwei Dutzend anderen Illegalen die Nacht verbracht hatte.

Draußen standen Sombra und ihre Eltern in der Sonne. Sombra kamen die Tränen, als wir uns anblickten. Wir umarmten uns, und ihre Mutter umarmte uns beide, während ihr Vater, der seine Uniform mit dem Abzeichen der *Migra* trug, so tat, als wäre er völlig unbeteiligt und hätte von nichts eine Ahnung.

Ich war ziemlich benommen. Hatte die ganze Zeit kein Auge zugetan. Hatte Antworten gesucht auf meine Fragen. Hatte jenen verwünscht, von dem man mir in Chiapas so oft gesagt hatte, dass er der Allmächtige sei und alle Fäden in der Hand halte und über uns wache wie ein liebender Vater über seine Kinder. Nicht mehr und nicht weniger hatte ich mir für Lucia gewünscht. Nur dass sie durchkommen würde. Auch für all die anderen, die es nicht geschafft hatten. Und für alle, die nach ihr kommen würden und keine Chance hatten. Sie hatte es schaffen sollen, stellvertretend für alle andern. Mit mir und ihr hatte das nichts zu tun. Nichts mit Liebe. Ich hatte gestern bei unserem Wiedersehen begriffen, dass es etwas anderes gewesen war, was uns auf dem Weg hierher verbunden hatte. Und jetzt schien es mir, als wäre eine Ewigkeit vergangen, seit ich ihr in meiner Verlorenheit auf einer einsamen Landstraße begegnet war. Müde davon, allein zu träumen, müde, meinen Weg allein zu gehen, so weit von dort entfernt, wo ich einmal zu Hause gewesen war. Ich war ein Junge, als ich Lucia begegnet war, und ich wurde an jenem Tag ein Mann.

Jetzt spürte ich nichts mehr von dem, was einmal in mir gewesen war. Keinen Hass, keine Liebe, keine Wut. Nichts. Der, der ich einmal gewesen war, war in mir gestorben. Der, der ich einmal gewesen war, lebte nicht mehr.

Sombra nahm mich bei der Hand. Sie hatte Tränen in den Augen.

»Sie wollen, dass du dir alle noch einmal anschaust und diejenigen identifizierst, die du erkennst«, sagte ihr Vater zu mir.

Wir gingen ins Leichenschauhaus. Polizisten und Beamte der *Migra* begleiteten uns. Sie zeigten mir die Toten und es waren nichts als Leichen. Ich erkannte Pedro wieder. Sonst niemand.

Dann stand ich vor Lucia. Sie lag da, sauber und still, aber sie schlief nicht. Sie war weiß wie Schnee, obwohl sie keine Weiße gewesen war. Ich sah die Narbe an ihrem Bein, die ihr vom Kampf gegen die Mächtigen geblieben war. Ihr Gesicht, in dem alles zusammenpasste, obwohl es einmal zusammengeflickt worden war, dieses wunderschöne Gesicht, das ich nie geküsst hatte. Ich trat näher an sie heran. Jemand wollte mich zurückhalten, aber eine leise Stimme sagte, dass alles okay sei. Lucias Augen waren zu. Noch einmal hätte ich in ihre Augen sehen wollen. Ein einziges Mal. Ich legte ihr eine Hand auf den Arm und beugte mich über sie und küsste ihre Lippen und meine Tränen fielen auf ihr Gesicht. Ich richtete mich auf und berührte mit den Fingern meine Tränen auf ihrer Haut, und ich betete zum ersten Mal seit langer, langer Zeit, betete, dass mich eines Tages jemand dorthin führen würde, wo sie jetzt war.

Als ich mich von Lucia abwandte, suchte meine Hand die von Sombra, und wir hielten uns fest, während wir miteinander hinausgingen in die Sonne.

*

Noch am gleichen Tag brachten sie mich mit all den anderen zurück über die Grenze und lieferten uns den Bullen von der *Grupo Beta* aus.

Überall waren die Leute dabei, die Stadt sauber zu machen und die Spuren des Unwetters zu beseitigen.

Wir wurden in einer Gemeinschaftszelle eingesperrt und am nächsten Tag entlassen.

Ich ging zu den Tunnels hinunter und fragte nach Flaco. Dann ging ich durch die Stadt und suchte nach der Katze. Ich fand Flaco in *Manny's Bar*.

»Wo warst du die ganze Zeit?«, fragte er mich.

»Drüben«, sagte ich in meiner Muttersprache, die er nicht verstand. Er starrte mich verwirrt an und wechselte einen schnellen Blick mit Manny.

»Bist du okay?«

Ich nickte und sagte ihm, dass ich ein anderer Mensch geworden war und nicht mehr der war, den er gekannt hatte. Auch das sagte ich in meiner Sprache. In der Sprache der Tzotzil.

Hinter der Bar bekreuzigte sich Manny schnell. Er hatte offenbar Angst vor mir, obwohl er viel größer war als ich.

»Mann, sind das die Stimmen, die du manchmal gehört hast, Santjago? Die Stimmen deiner Vorfahren?«, fragte Flaco.

Ich schwieg.

»Ich wusste, dass mit seinem Kopf etwas nicht ganz

stimmt«, sagte Flaco. »Bring ihm eine Cola, Manny.« Flaco legte mir den Arm um die Schultern und zog mich zu sich heran. »Das hast du gut gemacht, mein Freund«, raunte er mir zu.

Ich sagte nichts. Manny brachte mir eine Cola.

»Genickschuss«, sagte er. »Die Bullen haben ihn heute Morgen im Park gefunden, keine hundert Meter von der Stelle entfernt, wo es Tomo erwischt hat.«

Jetzt wurde mir klar, dass er von Bernardo redete. Und er glaubte, dass ich es war, der ihn umgebracht hatte.

»Warum sagst du nichts, mein Freund?«, fragte er.

»Weil ich wie tot bin«, sagte ich.

Manny hatte es gehört. »Jesus, Maria«, sagte er. »Geh nach Hause, Junge!«

Ich rutschte vom Barhocker und lief hinaus. Nein, ich wollte nicht nach Hause. Ich hatte ein neues Ziel und einen neuen Traum. So lief ich durch die Stadt und durch den Tunnel zurück nach Amerika. Ich lief durch Nogales, Arizona. Ich lief vorbei an McDonald's und an *T. T.'s Saloon* und ich lief eine steile, löchrige Straße hinunter und zur Schule hoch. Ich lief an der Autowaschanlage vorbei und durch die engen Gassen und vorbei an leeren, alten Backsteingebäuden und über die Eisenbahnschienen und am Fluss entlang, der nach Norden floss. Ich sah den Streifenwagen mit den beiden Polizisten auf einem Parkplatz stehen und sie blickten herüber und winkten mir, und ich lief aus der Stadt hinaus ins offene Land, durch das hohe gelbe Gras und auf einer unbefestigten Straße, wo mir der rote Lehmdreck an den Schuhen hängen blieb. Irgendwo setzte ich mich in den Schatten eines Cottonwoodbaumes.

Als es Nacht wurde, ging ich in die Stadt zurück und verkroch mich dort, wo ich mich schon einmal verkrochen hatte. Ich machte mich klein in dem Autowrack und wartete auf den Morgen und auf Sombra. Ich wartete auf einen neuen Anfang.

ACTEAL, Mexiko (AP) - Ein Trupp bewaffneter Männer überfiel gestern ein Indianerdorf. Sie eröffneten das Feuer mit automatischen Gewehren und schossen auch die Fliehenden nieder, unter denen sich auch Frauen mit ihren Kindern befanden. Insgesamt wurden bei diesem schlimmsten Zwischenfall seit der Rebellion von vor drei Jahren 45 Menschen getötet.

Aus dem *Arizona Daily Star* vom 24. Dezember 1997

Werner J. Egli
Der Fremde im Sturm

224 Seiten   cbt 30043

Luc lebt mit seiner Großmutter im menschenleeren Sumpfgebiet
Louisianas. In einer Sturmnacht dringt ein verletzter Mann
in ihr Haus ein und verschwindet mit Lucs Gewehr im Moor. Ist
er tatsächlich ein Schwerverbrecher, wie die beiden Männer
behaupten, die ihn verfolgen? Luc spioniert den Fremden nach
und gerät in den Strudel eines Verbrechens.

cbt

www.bertelsmann-jugendbuch.de

Werner J. Egli
Jamaica Charlie Brown

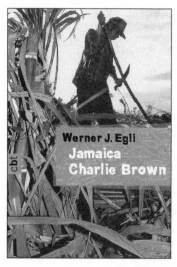

256 Seiten   cbt 30041

Auf ungeklärte Weise kam Charlie Browns Vater auf den
Zuckerrohrfeldern Floridas ums Leben. Ebenso mysteriös sind
die Umstände vom Tod einer Studentin, die gegen die
Ausbeutung der Jamaikaner durch den Zuckerkonzern
protestierte. Charlie Brown lässt sich von einem Privatdetektiv
überreden, bei Ballantine Sugar anzuheuern und verdeckt
Nachforschungen anzustellen.

www.bertelsmann-jugendbuch.de

Werner J. Egli
Der Ruf des Wolfs

256 Seiten   cbt 30044

Als Wolfsspuren in den Rocky Mountains entdeckt werden,
setzt eine große Hetzjagd ein. Auch das Halbblut Zane hat die
Fährte des Wolfs aufgenommen. Allein durchkämmt er die
Wälder, um das Tier vor den Häschern zu retten. Schließlich
gelingt es ihm, den verletzten Wolf einzufangen. Eine spröde
Beziehung entsteht, doch nun wird auch Zane gejagt.

Werner J. Egli
Heul doch den Mond an

224 Seiten   cbt 30039

»Lipstick« taufen sie ihren knallroten VW-Bus, »Dusty« den jungen Halbwolf, den sie unterwegs auflesen. Die Schweizer Paula und Billy sind on the road: von Kanada durch den Westen der USA ins sommerliche Mexiko. Es ist das Lebensgefühl des Globetrotters, das sie genießen, und es sind die Pannen des großen Abenteuers, die sie zusammenschweißen.

www.bertelsmann-jugendbuch.de

6050